徳間文庫

再雇用警察官

七色の行方不明

姉小路 祐

徳間書店

目次

第一話　黄金の闇　5
第二話　紫の秘密　111
第三話　反転の白　253

第一話　黄金の闇

1

「うちのお母さんが若い頃は、〝女の結婚適齢期はクリスマスケーキだ〟って言われていたそうなんよ」

「クリスマスケーキ？」

「二十四が最も売れ頃で、二十五がその次で、二十六を過ぎると値打ちが下がってディスカウントしなくては売れなくなる……って意味よ。だからお母さんは周囲からせかされてお見合いをして、二十五歳で結婚をしたんよ」

「けど、二十五歳やと、人生百年時代のまだ四分の一よね」

「良美《よしみ》ちゃんは結婚の予定はあるの？」

「いいえ、ぜーんぜん。独身主義ではないけど、いいなと思う人もいなくて」

新月《しんげつ》良美は、三十三歳になる。高校時代の同級生だった糸川麻子《いとかわあさこ》から電話がかかってきて、こうしてカフェで会うことになったのだ。クラス同窓会で会って以来、約三年ぶりのことだ。

日曜日のなんばパークスは賑《にぎ》わっていた。南海電車の最大ターミナルであるなんば駅に隣接するこの地には、プロ野球・南海ホークスの本拠地である大阪球場が設けられ、一九九八年まで公式戦が行なわれていた。その後、住宅展示場となった。良美が子供の頃は、球場のスタンドは残されていて、グラウンドにモデルハウスが建つという独特の光景が目にできた。その展示場も今ではすっかりなくなって、地上十階・地下三階建てで屋上庭園もある大型複合施設となっている。

「良美ちゃんは仕事頑張っているし、お給料も安定しているからいいわね。たとえずっと独身でも生活には困らないでいけるでしょ」

「お給料はそんなに多くはないけど」

大阪府警に新月良美は勤務していて、多忙だが充実した日々を過ごしている。

「うちはお母さんがうるさくって……姉は三十一歳で結婚して、大みそか婚だと言われたけれど、うちはそれも過ぎてしまった」

きのうの糸川麻子の電話では「警察官である良美ちゃんに、折り入って相談したいことがあるの」ということであったが、まだ本題に入らない。きのうは「どういう用件なの？」と訊《き》いたら、「従兄弟《いとこ》の消息が不明なので気になって」と電話口の向こうで麻子は答えた。「消息が不明」という言葉を聞くと、良美はスルーできない。現在の良美の配属先は、生活安全部消息対応室《しょうそくたいおうしつ》であり、行方不明者に関する案件を扱っている。

「うちはエステティシャンとして働いているけど、女性専用のサロンなのでまったく出会いがないのよ。スタッフも全員が女性だし、卒業した美容系専門学校も女子ばかりだった。学校と職場が二大出会いチャンスと言われているけれど、それがないままよ。うちのお母さんが若い頃は、お見合いがよく行なわれていて、お母さんかて近所の世話好きな御隠居さんに持ちかけられて、お見合いをしてお父さんと結婚に至ったんよ。けど今はそういうコミュニティもなくなっている。そうなると、残された方法は、ネットお見合いになる」

「女性誌でもよく広告を目にするわね。実際、どうなん？」

良美も、ネットお見合いに関心がないわけではない。どういうものなのかは気になっている。

「いろんな婚活会社がネットお見合いの広告を出しているので、迷ったんやけど、登録料も払うんだし、一番成婚率が高いと謳《うた》っている婚活会社に登録して、ネットお見合いを始めたんよ。けど、やってみるとけっこう目移りするのよ。目移りという表現は適切やないわね。魅力的な男性ばかりやからではなくって、写真とプロフィールだけではわからなくなるのよ。みんないいことしか書いていないし、写真も奇跡の一枚を使ったり、修正かけたりしている。このうちかて、同じことしてるけど」

麻子は軽く笑った。

「そうね。お洋服だって、このなんばパークスみたいな店舗《てんぽ》で実際に手に取って色合いやサイズや着心地を確認できるほうが、ネット通販よりも確実で納得できるわね」

良美はあまりネット通販では買わない派だ。

「そのとおりよ。ネットお見合いの会社もそういう声を拾い上げてなのか、オフ会のような形で、一ヵ所に会員男女が実際に集まってのお見合いパーティもあるのよ。大阪や神戸で月に二、三回のペースで開催されているんやけど、うちはきのうの土曜日に初参加してみた。せやけど、それがすごく慌《あわ》ただしいんよ」

「慌ただしいって？」

「男女とも二十人くらいずつの会員が参加していて、約四十人だった。あまり広くはない会場で、パーティと名前は付いていても食べ物はなくて隅っこにミネラルウォーターが置いてあるだけよ。まあ、飲食が目的ではないから、どうでもええんやけど」

「参加費は要《い》るのよね」

良美はそういったものに参加したことがないが、興味はある。

「男性が四千円で、女性は二千円よ。必要経費は会場費とスタッフの人件費くらいやから、会社のほうは儲《もう》かるわね」

「時間はどのくらいなの？」

「一時間半くらいよ。けど、そんなに長くは感じない。入り口で番号札を渡されて、胸に付けるように言われる。うちは赤文字で書かれた八番だった。男性は青文字なのよね。番号札とともにプロフィールシートという用紙が渡されて、氏名は書かずに番号だけ記入して、そのあと年齢や職業や趣味を書いていくのよ。何年以内に結婚したいとか、子供は何人くらいが理想だとか、海外暮らしや地方移住が可能かとかも、◯を付けていく。さらには男性には年収を記入する欄があって、女性には得意な料理を書く欄があったわ。開始時間になると女性たちは番号順に円形に並ぶようにスタッフから求められて、その外側に男性が立つのよ。つまり二重円の構造になる。そこから顔合わせタイムが始まるんだけど、一人三分間しか与えられない。お互いに一礼してプロフィールシートを交換して、少し会話をしたら、もうベルが会場に流れる。女性は動かないで、男性だけがグルグル移動していく。お見合いの回転寿司のようなものよね」

「初対面で三分間なら、たいした会話はできないわね」

「そうなのよ。結局のところ、挨拶《あいさつ》程度で終わってしまう。全員との顔合わせが終わったら、二重円が解《と》かれて、フリータイムトークとなるのよ、一人三人まで、もう一度話したいという相手のところに行って再度プロフィールシートを交換して二度目のお話をする。それも持ち時間は一人四分間しかないのよ。二十組もいたら、そこまでで一時間十五分ほどが経過してしまう。そのあとは男女別に壁側に対面するように並んで、〝この人と会場を出たあとで、一対一でもう少しお話をしてみたい〟と思った相手の番号を、プロフィールシートの下欄に書いて提出する。それでマッチングすればカップル成立となって、そのあとデートをしていくわけなの」

「それはたしかに慌《あわ》ただしいわね」

「結局のところ、女性は容姿《ようし》と若さ、男性は年収と職業、という基準で選ばれることになる。短い時間で人間性なんかわからない」

「そうね。うちにはムリね」

良美は内面重視だ。相手の年収や職業や外見にはこだわらない。

「結局、カップル成立は二組だけで、あとの三十六人ほどはその場で解散よ」

「麻子ちゃんは成立したの？」

「野暮《やぼ》なことは訊かんといてよ。せやけど、そのあともう一度お話ししてみたいという相手はいたので、その人の番号は記入したのよ。まるでタイプやなかったけど」

「え、なんでそんなことしたん？」

「前置きが長くなったけど、良美ちゃんへの相談という本題はここからなの。参加者の男性の中に一人、顔見知りがいたのよ。うちの従兄弟に小谷章雄《こたにあきお》という二歳年上のウェブデザイナーがいるの。母親同士が姉妹でお互いの家も近くて、小さい頃はよく一緒に遊んだ。無口でシャイな性格やけど、とても優しい男の子よ。彼の家が郊外に引っ越したので、会う頻度《ひんど》は少なくなったけれど、交流はあった。彼は美大に進学して、卒業制作展を開くということで、案内ハガキをもらって見にいったことがあったの。デジタル技術を駆使した最新のアート作品がいろいろ楽しめた。そのときに、小谷章雄の高校時代の親友という男性が来ていて、親しげにしゃべっていたのよ。長身なうえにサッカーの日本代表のユニフォーム姿だったので、めっちゃ目立った。向こうからうちに自己紹介をしてきて、このあと彼はスポーツバーに飲みに行くということで、『よかったら一緒にどうですか』と誘われたけど、ノリの軽そうな男なのでお断わりしたわ」

「そんなことがあったの」

「その男性とはそれっきりだったけど、約十年ぶりに、なんとお見合いパーティで再会したのよ。着ているものはお洒落《しゃれ》なスーツで、髪も長めになっていたけれど、間違いなかった。十三番の番号札を付けたその男性に、うちは回転寿司のような顔合わせタイムに『小谷章雄の友人さんですよね』と話しかけてみた。でも、彼は『あ、いえ、別人ですよ』と否定した。長身で面長で、鼻も顎も長い特徴的な顔だちは間違えようがない。プロフィートルシートの年齢も章雄と同じ三十五歳と書かれていた。『小谷章雄の卒業制作展に来てはりましたよね。サッカーのユニフォーム姿で』と差し向けても、『おれはサッカーになんか関心はないよ。人違いだ』とすげなかった。でも目は揺れていた。章雄は美大を卒業したあとフリーランスのウェブデザイナーとなって、実家を出て一人暮らしをしていたんだけど、四ヵ月ほど前から音信不通となっていなくなったのよ。彼のお母さんである伯母《おば》が心配してあちこち探したようだけど、まったく手がかりもなくていまだに所在がわからないままなの。芸術家だから、気が向いたときに数日間ほどぶらりと大型バイクでツーリングに出かけることもときどきあったそうだけど、さすがにずっと音信不通なんておかしい」

「行方不明者届は出したの？」

「ええ。彼のお母さんは所轄署に行方不明者届を提出したけれど、自発的な蒸発と見受けられる、と警察は動いてくれなかった。だから、章雄の友人男性と出会えたことは幸運に思えた。せやけど、『人違いだ』という返答だった。顔合わせタイムはそれで終わったけれど、うちはあきらめきれないでフリートークタイムになるのを待って彼に話しかけた。嫌そうな顔をされたけれど、かまわないで『フリートークのお相手をお願いします』と声を掛けてプロフィールシートを交換して、『小谷章雄が所在不明となったままで、お母さんがひどく心配しています』と持ちかけた。『ですから、小谷章雄なんて男は知らないし、人違いで迷惑です』と突き放すような返答だったけど、話しかけているうちに相手の名前を思い出したのよ。卒業制作展を見に来ていた彼は、『おれは盛本《もりもと》と言います。植物の森ではなく、盛り上がるほうの盛です』と大きく手を拡げて自己紹介をしていた。そして『将来は自分の会社を立ち上げてバンバンやろうと思ってます。大学では経営学を専攻しています』と続けた。そのときのやりとりを思い出したうちは、『盛本さんですよね。経営学専攻の』と問い詰めた。お見合いパーティのプロフィールシートには番号だけで名前は書いてないけど、職業欄には実業家、年収は一千万円以上とあった。彼は動揺を表情に浮かべたあと『自分はそんな名前ではありませんし、経営学専攻でもないです。きょうはせっかくのパーティに来たんですから、時間を無駄にしたくないです』とうちから離れて、フリートークタイムになったものの男性から声を掛けられなくて手持ち無沙汰そうにしている地味な女性のところに駆け寄って、会話を始めた。そうなったら、もうジャマをすることはできない。そのあとは、彼を観察することしかできなかった。スタッフさんの『それではフリートークの相手を代えてください』の声がかかるやいなや彼は機敏に別の女性のところに駆け寄って、プロフィールシートを交換した。その女性は、会場に集まった女性の中でひときわ目をひくモデルのような美人だった。ピンクのベレー帽がとてもよく似合う二十代前半の若い子だったのよ。すらりと背が高くて色白で、ぱっちりとした二重瞼《ふたえまぶた》の持ち主だった。彼は、うちのことなんか忘れたかのように、とても楽しそうに会話をしてたわ。結局彼は最後までうちと目を合わそうとしなかった。そして、そのベレー帽の美人とカップル成立となって、意気揚々《いきようよう》と二人で会場を出ていった」

「二組成立のうちの一組となったわけね」

要するに、麻子は行方不明になっている従兄弟の友人であった盛本という男と偶然に出会ったけれども、他人のふりをされてしまい、確かめるすべがなかったということになる。

「良美ちゃんが頼りなのよ。力になってくれない？」

「章雄さんの消息を知る手がかりは、何もないのかしら」

「関係がちょっと複雑なんやけど、章雄のお母さんである伯母は、彼が高校生のときに離婚しているのよ。写真家であった夫、つまり章雄のお父さんが写真スタジオの女性従業員と不倫をしていたことがわかって、そうなったの。章雄は父親と一緒に暮らすことを選んだ。伯母のほうはそのあと再婚して、今では小さい子供も居るので、行方を探すには探したけど徹底したものではなかったかもしれない。前夫との子ではあるけれども、離婚後は同居ではなかったから、知らないこともありそうなの」

「同居していたお父さんは？」

「七年前に亡くなっている。章雄は独身やから、そのあと一人暮らしだった」

「そっか。章雄さんの住まいはどこやったの？」

「柏原市《かしわら》よ」

「それなら大阪府内だから、明日うちの上司と同僚に相談してみるわ。もし扱えるようなら、うちなりに頑張ってみる」

良美はそう答えた。

上司と同僚といっても、各一人しかいない。総勢三人の小所帯だ。


「実母さんからもう一度行方不明者届を所轄署に出してもらって、そのあとわれわれのところに送付してもらう方法が採れるかもしれない。単純な一般行方不明者ではない可能性が出てきた新事情を、行方不明者届に付記してもらえば」

消息対応室室長である芝隆之《しばたかゆき》は、良美の話を聞き終えたあとそう答えた。

行方不明者は大きく、特異行方不明者と一般行方不明者に分かれる。誘拐《ゆうかい》、拉致《らち》、監禁《かんきん》といった犯罪性のあるものが特異行方不明者で、家出、借金からの夜逃げ、家庭内暴力からの逃避といった自発的なものが一般行方不明者だ。特異という言葉が示すように、特異行方不明者案件は少数で、大部分は一般行方不明者だ。前者は犯罪に関わるので警察が乗り出すが、後者は民事不介入の原則から警察は関与しない。ただし両者の判別は難しい。リトマス試験紙があるわけではないのだ。

そういう微妙な場合は、所轄署から消息対応室に送付されて、調査をしたうえで判別をしていく。行方不明者数が毎年最上位級の大阪府警が、全国に先駆けて設置したのが、この消息対応室だ。とはいえ、試行ということで三人だけの小所帯で、職場も四天王寺《してんのうじ》署の倉庫の二階を間借りしている。

「なんぞ隠された事情がありそうですな。一般行方不明者案件とされた中には、特異行方不明者が埋もれている場合が、ときたまですけど、おますよって」

もう一人の同僚である安治川信繁《あじがわのぶしげ》は、良美の話をメモを取りながら熱心に聞いてくれていた。彼は定年まで大阪府警の刑事部などで働き、再雇用でこの消息対応室に配属された。良美は最初のころは、この安治川をお荷物だと感じた。年金の支給年齢が満六十歳から順次引き上げられることにともない、企業や官庁で再雇用をしていく制度が始まったが、従来のように六十歳でスパッと退職するシステムのほうがスッキリする。再雇用だと退職金はすでにもらっていて、給与は現役時代の約半分になるから、やる気が出るとは思えない。そういったお荷物を現役世代が抱えなくてはいけないのは不公平だと良美は愚痴りたくなった。再雇用の者たちが近い将来もらう年金は、自分たちが納める保険料が原資なのだ。そのうえ職場では、お荷物の世話まで背負わされる。自分たちが六十歳になったときは、年金制度自体が破綻してしまっていてもらえないかもしれないのに……。

ところがこの安治川は、いい意味で予想を裏切った。彼の長年の警察官人生で培った経験と人脈ネットワークは半端なものではなかった。そして、現場に出たときは若い良美よりも早足で歩いた。

「一年間に行方不明者届が出される件数は、全国で八〜九万人にも及びますのや。一口に行方不明と言うても、事情はさまざまで七色、いや百色でも足りひんくらいに多彩です。そんなにようけあったら、その中には殺害されていながらも発覚せず、死体も出てきいひんさかいに事件にならんと、行方不明のままになっているケースもあるんやないかというのがわしの持論です。捜査本部を設置して人員と費用を掛けて捜査をするのも大事ですけど、もっと行方不明者の調査に警察は力を入れなあきません。殺人事件の捜査ほど派手やのうて、マスコミや世間からの注目度は低いですけど」

2

小谷章雄の実母である初恵《はつえ》から所轄署にあらためて行方不明者届を提出してもらい、所轄署からの送付を受けて、小谷章雄に関する調査に消息対応室が乗り出すことになった。

安治川と良美は、まず初恵と会うことにした。

「章雄は、とてもおとなしい子でした。小さいころは本を読むのが大好きで、中学生になった頃からはパソコンを四六時中操作していました。夫の晴造《せいぞう》はアクティブで豪《ごう》放磊落《ほうらいらく》な性格でしたが、そこは似ませんでしたね。でも芸術家の血は引いていました。高校も美術系に進みました。晴造は一眼レフカメラを使う写真家でしたが、章雄はウエブデザイナーになりました。章雄が高校生のときに、私は離婚しました。章雄は自分の意思で父親のほうを選びました。性格は違っても、同じ芸術の道の先達《せんだつ》が近くにいるほうがいいと思ったのでしょうね。晴造のほうも章雄のことは可愛がっていました。別居してからは、章雄とあまり会わなくなりました」

「離婚の原因は、晴造さんの不倫だったそうですね」

糸川麻子から事情を聞いている良美が、訊き役となった。

「離婚を切り出したのは夫のほうでした。夫がよく使っていた写真スタジオの従業員であった浦田映美《うらたえみ》という女性のことが好きになったから別れてくれ、と告白されたのです。元々夫婦仲はあまりよくなくて、惰性《だせい》のように続けていたと思います。妹もそうでしたが、私は親から『女は早く結婚しろ』とうるさく言われて、晴造とお見合いをしました。晴造の実家は京田辺《きょうたなべ》のほうにあって、土地持ちのかなりの名家ということで私の親は気に入りました。だけど、家柄と個人は違いますよね。それに晴造は三男坊ということもあって、実家とは疎遠《そえん》にしていました」

「お子さんは、章雄さんだけだったのですね」

「夫は、『子供は面倒だからいらない』という考えでしたが、それには私は賛成できなくて、妥協案のような感じで一人だけもうけました。夫にとっては、結婚も家政婦を雇うという感覚だったのかもしれません」

「離婚の申し出をすんなり受け入れはったのですか」

「私は、章雄が中学生になって子育てが一段落したあと、近くのフードコートでパートとして働くようになりました。そこでは、同い年の社員男性が何かと相談に乗ってくれました。彼は高校中退の学歴でバツイチの苦労人でした。もちろん、やましい関係ではなかったです。でも惹《ひ》かれていたのは確かです。夫から離婚を言われたときは、それを受け入れて再婚の道を歩くのが天命ではないかと思えました。その彼が、今の夫です」

「晴造さんも再婚しはったのですね」

「浦田映美と入籍はしましたが、晴造のほうから出向く通い婚のような形だったようです。ですから、章雄が居づらいということはなかったと思います。そしてそれから十年ほどして、晴造は沖縄の離島で撮影中に崖《がけ》から転落して亡くなりました。そのあとは、章雄は一人暮らしをしていました」

「章雄さんの行方不明は、いつ頃わかったのですか」

「章雄とは疎遠にはなっていましたが、私の誕生日には毎年花を贈ってきてくれました。無口ですが、そういう優しいところがあるのです。ところが今年は花が届きませんでした。もしかして旅行中なのかとしばらく待っていたのですが、音沙汰《おとさた》がないので、携帯に電話をしてみましたが繫《つな》がりません。気になったので、柏原市の家のほうに行ってみました。離婚して家を出たあとは、私は鍵は持っていないのですが、外からでも何かわかるかもしれないと思いました。行ってみたら、ガスは閉栓されており電気メーターも回っていませんでした。隣家の奥さんとは顔見知りなので伺ってみたところ、ここしばらくは章雄の姿を一度も見かけていないし、夜間に家に灯《つ》りが点いていたこともないということでした。胸騒ぎがしたので、その足で警察署に行きました。行方不明者届を出すように言われて、写真を添えてその翌日に提出しました。警察も調べてくれたのですが、ガス会社や電力会社に閉栓や配電停止を章雄のほうから電話連絡していることや、ウェブデザインの仕事をもらっている会社がいくつかあるのですがそのうち三社に今後の受注辞退の通知を送っていることから、自発的な失踪《しっそう》だと思われるということでした。その後、章雄からは何の連絡もないままです。麻子ちゃんやその母親たち親戚《しんせき》にも尋ねてみましたが、手がかりは何もありませんでした。

ずっと気にはなっているのですが、三十五歳というのは立派な大人ですし、どうしようもないまま今に至っています」

初恵は、力なく小さく首を振った。


そのあと安治川と良美は、小谷章雄が住んでいた柏原市に向かった。大阪府の東南部に位置する柏原市は、生駒《いこま》山系に接し、自然に恵まれている。丘陵地には特産品である葡萄《ぶどう》を栽培する農家がかなりの数あって、河内《かわち》ワインや柏原ワインの原料になっている。その一方でベッドタウンともなっていて、市内東部には住宅やマンションが立ち並ぶ。小谷章雄の家は、その一角にあった。二十五坪ほどの木造一戸建ては、一人暮らしなら充分な広さと言えた。

「雨戸は全部下りています。バイクもありませんね」

「けど、もし家の鍵を持っておる人物がいたら、容易《ようい》に施錠《せじょう》でける。バイクもキーを手に入れることがでけたら、乗り去ることは可能や」

前の道路は人通りは少なそうだ。目撃されずに入ることは可能だろう。

「ガスは閉栓されていますね」

良美は玄関先を見上げた。

「この家のように、ガスメーターが外にあって、係員が家の中に入らなくても閉栓でける場合は、立ち会いは不要なんや。毎月ポストに入っているガスや電気料金の明細書にあるお客様番号がわかれば、電話だけで依頼ができる」

「家に入ることができれば、料金明細書の一枚や二枚はありそうですね」

ガス閉栓や配電停止の連絡があったからといって、小谷章雄本人が電話をしたとは限らない。

「ウェブデザインの仕事をもらっている会社のうち三社に今後の受注辞退の通知を送ったというのも、引っ掛かる。なんで全部やないんや」

「うちも気になりました。パソコンを調べたら、主要な取引先とそのアドレスはわかるでしょう。フリーランスだけにいろんな会社から仕事の依頼があると思えますが、それら全部の把握《はあく》は本人でないと難しいですよね」

「何者かが、自発的な失踪という外形を作った可能性はあるな。けど、その動機には見当がつかへんな」

「家の中に入りますか？」

初恵からは、必要なら窓や扉を壊してもいいという許可は得ている。

「いや、それはまだ早いで。それに厳密には、初恵はんはこの家の所有者やない。元居住者に過ぎない」

壊して入るほどの緊急性は見られない。

「では、どう動きますか」

「隣家をはじめ近隣の聞き込みをしたあと、父親の晴造はんの再婚相手であり、義理の母に当たる映美はんを訪ねる。晴造はんの死後は、あんまし関わりはないかもしれんけど、何かヒントが得られるかもしれへん」

初恵は、晴造の葬儀以降は映美と会っていないということだが、連絡先は知っていた。初恵は映美にも章雄の行き先を知らないかと電話したが、「まったく心当たりがない」という返事だったという。だがそれから約四ヵ月が経っているし、直接会ってもみたかった。

3

「初恵さんから、知らないかという電話はありましたが、本当に何も知りません。晴造さんのほうからの通い婚だったので、章雄さんとは会うことは少なかったです。晴造さんが亡くなってしばらくは、お墓のことや遺産のことで話し合うために何度か会いました。でも、そのあとは疎遠にしていました。血のつながりもなくて、無口な子でしたから」

浦田映美は、自分のスタジオを大阪市内に持っていた。滑舌《かつぜつ》はよく、バンダナをシく違うタイプだ。

ヨートボブの頭に巻き、ジージャンとジーンズで上下を揃えている。初恵とはまった
「なかなかええスタジオですな」

映美のスタジオに入る前に、近隣で簡単な聞き込みをしておいた。映美がこの家屋を購入して、前半分を改装してスタジオにして、その奥に住居を構えたのは七年前ということだった。その七年前に、夫であり章雄の父である晴造が死亡している。現在の映美には同棲相手が居るが、結婚はしていないようだ。

「警察だからといって、あらぬ疑いを掛けないでくださいね。晴造さんは沖縄の離島で、希少な海鳥の巣を撮影しようとして誤って崖から足を踏み外《はず》して転落死しました。あたしは同行していません。現地の警察は事故死だと断定しました」

「いやいや、わしらは殺人事件の捜査担当やあらしません。あくまでも章雄さんの消息を知りとうて来たんです」

「調べたらわかることですので、先に申し上げておきます。晴造さんの遺産は、あたしが思っていたよりも多くありました。晴造さんが稼いだのではなく、その三年前に病死した京田辺の彼のお父さんが財産を残していたのです。彼のお父さんが持っていた広い土地の一部に高速道路が通ってインターチェンジができたことで、その補償金が転がり込んでいました。彼のお父さんは、それで純金の延べ板を買っていたんです。

三男坊だった晴造さんの不安定な仕事をかねてから気にしていたお父さんは、その延べ板を晴造さんが相続するように遺言を書き残していました。彼の二人のお兄さんは、土地や建物や株券を相続できたので異議は言いませんでした。御存知のように、金の価格が大きく上がって、晴造さんは予想外の遺産を手にできたのですが、あまり欲のない晴造さんは使うことがないままでした。それを息子の章雄さんとあたしで、折半しました」

「失礼ですけど、なんぼくらいになりましたんや」

「あたしは、金の延べ板を現金に換えて、八千五百万円を手にできました。だから、こうしてスタジオのオーナーになれました。でも、遺産目当てで晴造さんと結婚したのではなかったことは強調しておきます」

「それであらためて訊きますけど、小谷章雄はんの行方について、まったく思い当たらはりませんのやろか」

「本当に、思い当たることはないです」

「一番最近に連絡をしはったんは、いつですやろか」

「最近と言われても、ずいぶん前です。晴造さんの一周忌はあたしが主宰して行なったのですが参加者も少なく、お墓も永代供養墓地にしましたので、三回忌はもういいかなと電話連絡をして彼の了解を得たのが、最後ですね。ですから、もう五年ほど前のことです」

「そのあと彼からの連絡や来訪は？」

「ないです。こう言ってはなんですが血の繋がらない義理の親子ですし、晴造さんのほうからあたしのところへの通い婚だったせいもあって元々希薄な関係でした。お互い仕事もありましたから」

「年賀状のやりとりもなかったんですか」

良美が尋ねた。

「年賀状はあたしも章雄さんも出さない主義でした。あたしは、仕事関係者からもらったときは、儀礼的にお返しで送りますが」

「章雄さんには、交際女性はいなかったんでしょうか」

「あまりそういう話はしたことがないけれど、いわゆる草食系男子だと思えます。むしろもっと進んだ絶食系男子というタイプかしら。晴造さんは『息子は、仕事も趣味も大半の時間をパソコン相手に過ごしている。休日もそうだ。たまに出かけるときは、行き先も言わないでぶらりとバイクでツーリングの一人旅に行く。極端な男だよ』と言っていました。でも、お互いに干渉《かんしょう》し合わないという暗黙のルールで、父子関係はうまくいっていたと思えます。あたしと晴造さんとの通い婚という関係にも、彼としては不満はなかったようです」

「遺産分けも、すんなりいったわけですね」

「はい。そのあたりは彼は、晴造さんに似ていて、財産には無頓着《むとんちゃく》でしたね」

「晴造はんのほうからの通い婚ということは、柏原市の家の鍵は持ってはらへんかったのですか」

「いいえ、たまにはあたしのほうから向こうの家にも行きましたから」

「鍵はもう返さはったんですね」

「ええ、でも、一度鍵を失くしたことがあって晴造さんから合鍵をもらいました。葬儀のあと合鍵は章雄さんに返したのですが、そのあと旅行バッグの底から元の鍵が出てきました。ですが、返しそびれたままです」

「それなら、お借りでけませんやろか。章雄はんの所在を摑《つか》むヒントが家の中にあるかもしれませんので」


あるじが四ヵ月ほど不在になった家の中は、かなり埃《ほこり》が溜まっていた。しかし、乱雑としているわけではなく、キッチンのシンクに洗っていない食器が放置されているといったこともなかった。洗濯機の横の籠《かご》は空《から》だった。電気が通っていない冷蔵庫には、わずかに調味料や缶ビールが入っていただけで、食材が腐っているといったことはなかった。

「章雄はんは突然居なくなったんやのうて、準備をして出ていったように見えるな。つまり自発的な蒸発ということを窺《うかが》わせる。せやけど、何者かが少し手を加えたなら、同じ外形は作れる」

仕事場に使っていたと思われる部屋も、ある程度片づいていた。

「携帯電話はもちろんのこと、パソコンが見当たらないですね。パソコンは、仕事に必須だったはずですけど」

「ノートパソコンやったら、持ち出しは容易や。章雄はん自身がバイクに載せたのか、せやないのか。そこはわからへん」

「日記やビジネスダイアリーのようなものも見当たらないですね」

もともとそういうものは書いていなかったのか、章雄が持ち出したのか、誰か別人が持ち去ったのか、摑みようがなかった。

4

安治川と良美は、糸川麻子が登録している婚活会社に足を向けた。

ラフな服装の男女数人の社員が、あまり広くはないオフィスで働いていた。壁はくすんでいて、カウンターも置かれていない。ネットで登録して、やりとりもネットを通じてなのだから、会員がここに訪れてくることはないのだろう。

「われわれは信用第一のコンプライアンス厳守の会社です。会員のかたの個人情報をみだりに開示することはできません」

関西支社長をしているというメタボ体型の中年男性は、やっかいだなという表情で応対した。

「みだりに連絡先を教えてくれと言うているんやないんです。行方がわからへん男性の消息を知っているかもしれへん会員はんが登録してはるんです。他に手がかりがあったら、ここまで来えしません」

「しかし、簡単に教えたとなると会社の信用に関わります」

「けど、もしも犯罪が絡《から》んどったとして、あえて協力せんかったとしたら、逆に御社の信用は下がるんとちゃいますやろか」

「その会員さんが、犯罪に絡んでいるという証拠でもあるんですか」

「仮に会員男性が、パーティで接した女性会員に別人の名前をかたっていたとしたら、それは詐称《さしょう》になりますやろ」

盛本と思われる男性は、糸川麻子から「盛本さんですよね。経営学専攻の」と問われて「自分はそんな名前ではありませんし、経営学専攻でもないです」と否定していた。

「そういうことがあったんですか」

支社長は驚きながらも困惑した。

「こちらでは氏名や住所や学歴など、ほんまのことをきちんと登録してはりますよね」

「もちろんです。われわれは登録に際して、住民票や最終学歴学校の卒業証明書を添付していただいております。それから独身証明書も必須です。万一にでも、不倫の舞台にならないように気をつけております」

「そしたら、こないしましょう。こないだの土曜日に行なわれたお見合いパーティで、十三番の番号札を付けた男性は、盛本という名前やなかったかどうかを、確認してくださいな。もし盛本はんやなかったら、すぐに引き下がります。大学時代の専攻は経営学やと聞いとります」

支社長は渋々といった表情で、パソコンのキーボードを叩いた。

支社長の頰が強張《こわば》った。

「やはり彼の本名は、盛本やったんですね」

「盛本さんが犯罪に関わっておられるのですか」

「いえ、それはまだ何とも言えしません。ただ、その可能性はありますのや」

「われわれに、どうしろと?」

「せやから、盛本はんの登録内容を教えてくださいな。住所までは求めしません。勤務先だけでもお願いします」

「われわれから聞いたということは、絶対に秘密にしてもらえますか」

「もちろんです」

「約束ですよ。必ず守ってくださいな」


安治川と良美は、婚活会社を出た。

盛本の勤務先は、自らが経営する会社であり、そこでは代表取締役を務めていると婚活会社に届け出ていた。その会社所在地は、JR福島駅近くにあった。大阪環状線に乗って大阪駅から一駅というアクセスの良さもあって開発が進み、若者たちに人気のエリアである。

一階がコインランドリーになったテナントビルの四階にある〝ユース・アンビシャス・ユニオン〟というスペースが、その会社の所在地になっていた。

四階まで上がって、鉄製のドアをノックしてみたが反応はない。開けて中に入ってみると、誰も居ない畳敷きにして十五畳ほどのスペースに、楕円《だえん》形テーブルと数脚の椅子が置かれ、壁側に電気ポットやコーヒーメーカーや電子レンジ、それに小さな流し台が設けられている。流し台には〝使ったあとは必ず清掃を〟の貼り紙があった。

その部屋の奥にはかなり長い廊下があり、刑務所の独房を連想させるような小部屋が両側に続いている。

「もしかして、ここはレンタルオフィスではないでしょうか。テレビの特集番組で見たことがあります。若い起業家志望の人たちが安い賃料で、机と椅子だけの個室をレンタルしているんです。広い場所を借りる賃料を払わなくて済みますから」

「どうやらそのようやな」

廊下に足を運んでみる。両側に二十室あまりの狭い部屋が並んでいる。真ん中あたりに〝盛本裕三郎《ゆうざぶろう》〟とフェルトペンで書かれた小さな紙が、扉に貼られていた。ノックしてみたが応答はない。ノブを回してみたが施錠されていた。

二つ隣の部屋から小柄なボサボサ頭の三十歳くらいの男が出てきた。カップラーメンと箸《はし》を手にしている。

「すんまへん。盛本はんは居てはりせんやろか」

「盛本さんですか。きょうは見ていないですね。バイトの日かもしれません。あ、いや、彼はもうバイトには行っていないだろうな」

彼は低い声でそう答えると、流し台のある共同スペースに向かった。

「バイトでっか？」

安治川はあとを追いかける。

「ここの連中は僕を含めてほとんどが、まだ本業では食っていけないですよ。バイトをやって、生活費やここの賃料などを稼がなくてはいけません。僕もこれから軽く腹ごしらえをして、居酒屋で働きます」

「さいぜん、『彼はもうバイトには行っていないだろうな』と言わはりましたな？」

「親しくしていたのではないので詳しくはわかりませんけど、彼は『近いうちにここを出ていくよ』と嬉しそうに話していました」

「成功しはったということですか？」

「そういうことでしょうね。でも詳細は知りません。夢の実現者はみんなから妬《ねた》まれますから、彼も黙っているんだと思います。ただ、金回りが良くなったのは間違いないです。かつては僕と同じようにここでコンビニ弁当を食べてバイトに行っていましたが、今はもう夕方には帰っているようです。それに、着ているものが全然変わりましたね。お洒落なブランド物になりました」

「盛本はんと親しいかたはどなたですか」

「めいめいが独立自営者で、ライバルでもありますから、いないと思いますよ」

彼はカップラーメンのフィルムを開けて、お湯を注ぎ込んで、蓋《ふた》をした。

「どういうビジネスの起業を盛本はん目指してはったんですか」

「お互いにここでは、事業内容はあまり話しません。アイデアを盗まれたら困りますからね。まあ、最も手軽なのは新しいアプリの開発ですね。若い利用者が食いついてくれるようなアプリが作れたなら、少ない元手でいっきに起業ができます。でも実際にこの世界に入ってわかったことですが、成功できるのはほんのごく少数ですよ。僕もできることなら、もう続けたくないのですが、今さら引くに引けないです」

小さく吐息《といき》が出た。

「それで、あなたがたはどうして、盛本さんのことを調べているんですか?」

彼は安治川と良美を等分に見た。

「ここだけの話にしてほしいんですけど、実は盛本はんはネット婚活の会社に登録してはって、先日はお見合いパーティにも参加してはったんですよ」

「ああ、そうなんですか。お父さんもタイヘンですね」

彼は、同行した良美が盛本のお相手候補で、安治川がその父親だと勝手に誤解したようだ。

「いや、まあ。昔のお見合いとちごうて、なかなか深い情報がプロフィールからはわかりませんさかいに」

安治川はその誤解に乗ることにした。

「僕なんか婚活どころか、食べるのでカツカツの状態です。それでも、こういう狭苦しい部屋にずっと籠《こ》もっていますと、無性に結婚してみたくなるときがあります。現実逃避なんですけどね」

「厳しい世界のようですなあ」

「成功者は華やかな脚光を浴びますが、その陰には何十倍、いえ何百倍もの敗北者がいるんです。とりわけ新しいアイデアは出尽くしている観があります。ネット婚活にしても、黎明期《れいめいき》に創業していたら大きな利益を手にできていたでしょう。登録してくれた会員から会費をもらっておきながら、お相手の検索は会員たちが勝手にやって連絡も取り合って、デートもしてくれます。斡旋《あっせん》する必要がないんです。結婚式場や貸衣装会社と提携しておいて、結婚に漕《こ》ぎ着くことができてウキウキしているカップルに紹介をすることで、マージンを得ることもできるわけです」

「なるほど」

「だから、たくさんのネット婚活の会社ができて乱立飽和状態です。会費は下がる傾向にあると思います。会場を借りてのお見合いパーティというのも、それで別収入を得ようという方策なんでしょう」

「盛本さんは、代表取締役という肩書でしたけど、ホントなんですか」

　良美が訊いた。

「会社なんて、わりと簡単に設立できますから、嘘ではないでしょう、実質的な社員が自分一人でも、代表取締役になることは可能ですよ。名刺に書けば、それで世間一般の信用度は上がります。ここの連中も、何人かはやっているでしょう。会社設立登記費用に使うお金がもったいないので、僕はやりませんけどね」

「このオフィスから、盛本さんはどちらに移られるのでしょうか」

「聞いていません。成功してここを出ていく勝ち組よりも、あきらめて退去していく負け組のほうがずっと多いんです。そういうことはお互い尋ねないという暗黙のルールがあります。さあ、もういいですか」

彼はカップラーメンの蓋を開けた。

青年起業家と言えば聞こえがいいが、彼のようにバイトをして糊口《ここう》をしのいでいる若者も少なくないのだろう。


安治川と良美は、大阪環状線に乗って、弁天町《べんてんちょう》へと向かった。共同賃貸オフィスを出たあと交通部に照会して、盛本裕三郎が運転免許証を保有しているかどうかを確認してもらった。免許所持者だったので、その画像を送信してもらった。免許証の住所は、港区の大阪港近くのマンションとなっていた。

「成功して余裕ができたから、結婚を考えて婚活パーティに参加したということのようですね」

「あの共同賃貸オフィスに引きこもっていた時期は、出会いの機会はなかったやろしな」

「苦節十年と言いますけれど、大学を出てからすぐに起業を始めたとしたら、今年で十三年目ですね」

「長いやろな」

大学の同期生で企業に就職した者は、早ければ主任や係長のポストを得て、世帯も持っているだろう。

「でも、ようやく勝ち組になれたようですね」

「どやろな。それはわからへんで」

「なんでですか」

「個人差もあるかもしれへんが、苦労して成功した者は、すぐにお洒落なブランド物に金を掛けることはせえへんのとちゃうか。まずは自分の会社の地盤固めをするほうが先やないかな」

環状線の弁天町駅から地下鉄中央線に乗り換えて二駅乗った大阪港駅が最寄りであった。地下鉄の路線ではあるが、大阪港駅は地上高架駅である。その大阪港駅から徒歩三分の高層マンションに、盛本は住んでいた。

安治川は、十五階建てのマンションを見上げる。部屋番号からして、盛本は十三階に住んでいると思われた。その部屋からは、夕陽が沈む大阪港を一望できるだろう。

運転免許証の住所は、約四ヵ月前にこのマンションへの転居変更の届出がなされているということであった。

「きょうは、ここまでにしとこうや」

「訪ねないんですか」

「せいてしもうて警戒されるのはようない。婚活会社も、自分たちが情報を流したということは黙っとるやろから、彼はこっちの動きは知らんままや」

安治川はマンションの周辺を歩きながら、防犯カメラがないかを確認していった。

「盛本という男がまだキーマンと決まったわけやないで。小谷章雄はんの知人ということを否定したのは妙やが、お見合いパーティの場やったさかいに照れくそうて素性を隠そうとしたのかもしれへん。他にもっと調べることはある。小谷章雄はんの大学時代の交友関係や仕事上の関係者を当たってみることや」

消息対応室が扱ったこれまでの案件の経験では、キーマンを見つけることが進展に繋がることが多かった。行方不明者の消息を最もよく知っている人物がキーマンだ。

「念のため、糸川麻子はんに盛本裕三郎の画像を送って、間違いないかどうか確認しておいてんか」

「わかりました」

糸川麻子はすぐに返信してきた。「絶対にこの男よ」ということであった。

5

盛本が住むマンションの近くには、防犯カメラが二台設置されていた。その録画を取り寄せるとともに、盛本以外の小谷章雄の周辺人物を地道に洗っていった。

仕事関係や美大関係の周辺人物の中からは、関わりの深い人物は浮かんでこなかった。小谷章雄という男は、コツコツと依頼をこなしていく職人肌で、徹夜しても期限は守るという実直さがあり、作品自体には特別な秀逸《しゅういつ》さはなかったが、急ぎのグラフィックデザインが求められるときは重宝されていた。インドア派なのであまり出歩くことはなかったが、ときたま一人でバイクに乗ってツーリングをすることがあり、それが彼の息抜きになっているようであった。

美大時代の仲間たちとは、卒業制作展以降は共同展覧会を開くこともなく、同窓会に出てくることもないということであった。恋人やガールフレンドについては学生時代から噂も出たことがなく、無縁のようであった。浦田映美が言っていた「絶食系男子というタイプかしら」という見方は、的を射ているようであった。

小谷章雄の高校時代にも、範囲を拡げた。そこで浮かんだのはやはり盛本裕三郎であった。小谷と盛本とはウマが合うようで、昼休みはよく二人でゲームに興じていたようである。盛本は積極的で饒舌《じょうぜつ》な陽キャラで、小谷章雄とはまるで正反対であったが、それゆえにお互いがないものを補い合う間柄であったのかもしれない。盛本は府下の私立大学の経営学部に進学していた。

　盛本裕三郎が住む大阪港近くのマンションの防犯カメラの映像を見ていくのは時間がかかったが、ごく最近のものに注目すべきシーンがあった。盛本が、黒髪ストレートロングの若い長身の女性を連れてマンションに入っていったのだ。そして約三十分後に二人は出てきて、連れだって西のほうに歩いていった。その先には、海遊館《かいゆうかん》や天《てん》保山《ぽうざん》マーケットプレースなどのデートスポットがある。

　若い女性の映像を、糸川麻子に見てもらった。

「この映像ではベレー帽はかぶっていませんが、婚活パーティで、盛本さんがカップル成立を射止めた美人だと思います。すらりとしたモデル体型で、髪型も同じです。どうやら二人はおつき合いを始めたようですね。実は、報告しておきたいことがあります」

　糸川麻子は再度、婚活パーティに参加していた。

　彼女なりに、良美たちに任せっきりにするのではなく、もう一度盛本裕三郎に会う機会があればと考えてのことだった。だが、盛本裕三郎は今回は参加していなかった。

盛本どころか、麻子の他に連続参加したのは男性一人だけだった。

最初の回転寿司のような顔合わせのときに、その男性のほうも気がついてくれた。

「ああどうも。また会いましたね」

「よくいらっしゃるんですか」

「ええ。早く結婚相手を見つけたくて……性懲《しょうこ》りもなくマメに参加しています」

彼はイケメンではなく、背も低くて小太り体型で、プロフィールシートを見ると職業は社会福祉施設勤務のヘルパーで年収は三百万円と書かれてある。条件的にはスペックは低いが、性格は良さそうだ。だが、こういうパーティでは、女性たちはなかなか彼を望まないのだろう。

「他のかたたちは、あまり頻繁《ひんぱん》には参加しておられないんですか」

「僕のような人間は少ないと思います。会費とは別にパーティ費用を支払って参加してみたものの、こういう短時間では相手のことがよくわからないと期待外れとなって、もう来なくなるほうが普通かもしれません。ネットなら、いつでもコンタクトできるという考えかたもあります。自分は実際に対面しないとわからないと考えています。でも、なかなかマッチングしませんね」

ここに来る女性の多くは、高収入の結婚相手を探している。もしもうまくゲットできれば、自分は額に汗して働かなくても優雅な生活ができる。瀟洒《しょうしゃ》で広い家に住んで、最新の家電製品を揃え、美味しいものを食べて、趣味や旅行を心ゆくまで楽しみ、自由な時間を満喫できる。子供ができても、学習塾や習いごとをたくさん受けさせて、名門の学校に通わせることができる。結婚相手に高い経済力と財産があれば、ほとんどすべての願望がかなう。そうなれば、結婚はまさに黄金の人生に繋がる夢の扉なのだ。

顔合わせタイムはそれで終わった。

フリートークタイムになるのを待って、麻子のほうからもう一度彼に声をかけた。

「少しよろしいかしら」

「え、自分でいいんですか」

「実は、他の目的があって、きょうは来たのです」

誤解させるのは良くない。

「はあ」

「前回、ピンクのベレー帽の女性が参加していたのを覚えてはりますか?」

回転寿司の顔合わせタイムで、男性はすべての女性と三分間ずつ会うことができる。

「はい、とても美しいかたでしたね」

「プロフィールシートにどのように書かれてあったか、何か印象に残っておられませんか」

「大学院生で二十四歳でした。大学院生でありながら婚活をしているということに少し驚きました。彼女は『なるべく若くして結婚したいので、婚活も早めに始めることにして、入会したばかりなんです』と話してくれました。『将来は何かの研究者になりたいのですか？』と訊いたところ、『いえいえ、親がやはり大学院卒なので、進学をうるさく勧められたのです』と苦笑していました」

「かなり良家のお嬢さんみたいですね」

「ええ。自分なんか足元にも及ばない高嶺《たかね》の花です。フリートークタイムでは勇気を出して声を掛けようとしましたけれど、他の男性たちが群がるようにしていて割り込む余地はありませんでした。彼女はカップル成立しましたけれど、お相手はよほどすごい男性だったんでしょうね」

6

糸川麻子からその話を聞いた新月良美は、心配になった。まだ盛本裕三郎のことは調べ切れていないが、何の仕事をしているのか、よくわからない。盛本が女性連れで防犯カメラに映っていたのは一度だけだが、一人で歩いているシーンは数回あった。いずれも平日の昼間だ。鞄など持っていないから、ビジネスでの外出という印象はない。帰りはデパートの紙袋を下げていたときもあった。

福島区にある共同賃貸オフィスは、まだ借りてはいるものの、ほとんど使っていないようだ。そこの共同賃借人の一人は、「金回りが良くなったのは間違いないです」と言っていた。

「盛本裕三郎といっしょに歩いていた婚活パーティで知り合ったと思われる大学院生の女性のことが気がかりです。どうやらいいところのお嬢さんのようですが、もしかしたら結婚詐欺《さぎ》で彼女が狙われているのではないか、と案じてしまいます」

そういう後ろめたいことをしているから、糸川麻子から「盛本さんですよね」と問われて、他人のふりをしたのではないか。

「わしらの若いころには、ネット婚活会社なんてあらへんかった。相手のことはネットを介してしか知ることができひんのやから、完全には正体は摑めへん。けど、ネットに出ている文言は、信じられやすい」

安治川は、芝のほうを向いた。

「もし結婚詐欺が絡んでいたとしたら未然に防ぎたいです。消息対応室本来の業務やないかもしれませんけど、確かめてみたいです」

「そうだな。結婚詐欺は、ネット社会になってから増えてきた気がする。国際ロマンス詐欺というのもあるが、国内でももちろん結婚詐欺はある」

芝は小さくうなずいた。

「ネット婚活会社が仲介しているさかいに、ついつい信用してしまうということは否めへんと思います。けど、すべてのネット婚活会社が厳重なチェックをしてるとは限らしません。ちゃんとしてるところもありますやろけど、わしが足を運んでみた印象ではあの会社はあんまし信用でけへんように思いました」

賃料が安そうなくすんだ壁のオフィスで、応対した関西支社長という人物もあまりしっかりはしていなかった。

「ネット社会になる以前には、結婚相談所と呼ばれるお見合い仲介業者があったが、話がまとまったときは成婚料という報酬が入った。しかも最初の一対一のセッティングには同席して、そのあとの交際に至るまで関わりを持っていたから、成婚するかどうかをしっかり見届けられた。入会時においても、相談員が直接に対面して細かくチェックをすることができた。ところがネットの普及とともに変化した。そういう関与は若い人がうるさいと嫌って、お手軽婚活に移行していくようにもなった。多対多の出会いで、一定の書類の提出はあるものの、あとは本人たち任せという方式を採っている。成婚したかどうかは、申告制なら摑めない。成婚してもしなくても、クリック一つで退会できる。そうなると、成婚料収入はもらえない。会員が支払う会費だけが収入源だから、やたら宣伝に費用をかけて、とにかく新規の会員を集めるというところも出てくる」

「ネット婚活会社によっては、結婚詐欺師が紛《まぎ》れ込みやすいと言えますな。そうなってくると、悪貨が良貨を駆逐《くちく》するという図式で、きちんとやっておる婚活会社を含めて、業界全体が信用を失いかねしません」

「業界のことよりも、利用者である市民が騙《だま》されることを防ぐ必要がある。われわれとして、できる範囲でやってみよう。ただし、あくまでも慎重に」

糸川麻子が登録していた婚活会社は、たしかにホームページは華やかに作られていた。〝登録会員から絶賛の嵐〟〝成婚率抜群の実績〟〝業界最安値の良心的会費〟〝個別的希望を最大限に尊重〟などの謳《うた》い文句が躍るように並んでいた。

「また、あなたたちですか」

メタボ体型の関西支社長は、前回よりもさらに面倒くさそうな顔で応対した。

「必要があって来ましたんや」

「何か犯罪に関わっていることなんですか」

「せやないと、警察官がわざわざ来《け》えしません」

糸川麻子は、婚活パーティで盛本とマッチングが成立したピンクのベレー帽の女性が、自分と一番違いの九番の番号札を付けていたことを記憶してくれていた。

「こないだお尋ねしました盛本裕三郎はんのことはまだ調査中ですねけど、結婚詐欺師かもしれへんという可能性が出てきました」

「えっ、詐欺師」

「あくまで可能性ということですけど」

「そういうのは一番困る……」

　支社長は、つぶやくようにそう言った。

「こないだ伺ったときに、会員はんには住民票や在職証明書や独身証明書を提出してもらうと言うてはりましたけど、それ以外の年収証明書や納税証明書はどないなんですか」

「弊社《へいしゃ》では、そこまでは求めていません。年齢や職業でおおよその額は推測できます」

「あまり細かいものまで求めると、会員が集まらへんというのが本音ですやろか」

「いや、そういうわけでは……重要なのは独身証明書ですよ。既婚者でありながら登録して異性を探すという不心得者《ふこころえもの》は、きちんとチェックしています」

「けど、いくら役所が発行する独身証明書があっても、事実婚や同棲していることまではわからしませんな」

「そんなことは弊社では摑みようがないです。会員たちはみなさん成人なのですから、信頼とマナーで成り立っています」

「旧来のお見合いなら、そういうこともわかったでしょうな」

「言いがかりのために来たんですか」

「いえいえ、盛本裕三郎はんのことを調べてみて、実際は代表取締役社長という実態はあらへんのとちゃうかという感触を得ております。せやったら、カップル成立した女性は、詐欺の被害者になりかねへんという危惧《きぐ》がおます」

「われわれにどうしろと？」

支社長は額に汗を滲《にじ》ませた。

「その女性の情報をお願いします。パーティのときの番号が九番の女性です」

「われわれから聞いたということは秘密にしてもらえますか」

支社長は前回と同じ確認をした。


九番の女性は、由良橋《ゆらはし》むつみという二十四歳の大学院生であった。大阪聖女大学の文学部文化学専攻の修士課程二年で、来春修了予定ということであった。

その足で、大阪聖女大学に向かう。

由良橋むつみの名前を出したとたんに、応対した女性事務職員の顔色が変わった。

そして文学部の事務長をしているという初老の男性が、安治川たちを奥の部屋に案内した。

「警察からお越しになったということですが、由良橋さんの身に何か起きたんでしょうか？」

事務長は不安そうに細い目をしばたたかせた。

「と言わはりますと？」

「事件か事故があったので、いらしたのではないんですか？」

「実は、由良橋むつみはんが結婚詐欺に遭《お》うてしまう可能性が出てきましたんで」

「彼女は元気にしているのですか？」

「どういう意味ですやろか」

「大学院生も二年目になると、受講する授業もほとんどなくて、研究と論文作成が主になります。ですから、あまり大学に顔を出さなくてもいいのですが、指導教授が連絡をしても彼女は電話に出ないのですよ」

「それは、いつごろからでっか」

「三週間ほど前には、指導教授の研究室に彼女は来ていました。それと、二週間ほど前に在学証明書を取得しています。なので、それまでは無事なわけです。ところが十日前にあった指導教授のゼミを無断欠席しています」

「由良橋むつみさんは、自宅通学生なのですか？」

良美が訊く。

「いえ。博多《はかた》の出身で、女子学生専用のワンルームマンションに住んでいます。先日女性職員に見に行ってもらったのですが不在でした。それで指導教授とも相談して警察に行方不明者届を出すことを検討していたのです。ただ、大学院生の場合は、フィールドワークや論文の資料集めのために遠出をしてしまうことも少なくはないのです。とにかく時間的に自由な立場ですからね。ですから、こっちが大騒ぎして何もなかったということも考えられまして、つい二の足を踏んでしまいます」

「博多の親御さんに連絡は？」

「いたしました。彼女のほうから何か親に伝えているということもなかったです。もちろん帰省《きせい》したわけでもなかったです。彼女は父子家庭で、お父さんは博物館の主任研究員で、現在は海外で遺跡発掘に携わっています。学究肌の人物のようで、あまり心配はしていません」

指導教授の篠沢《しのざわ》も部屋に入ってきた。度の強そうな眼鏡をかけて、痩《や》せた体軀《たいく》に半白髪だ。国立大学を定年退官して、去年から私学である大阪聖女大学に赴任したと自己紹介した。彼もまた再雇用ということになる。

「由良橋君は、日韓の比較文化を研究しています。何度も単身で韓国に行っていますので、今回もそうなのかなと思っていました。ただ、これまでゼミを休んだことはなかったので、心配は心配です」

「ゼミというのは毎週あるのですか」

「いえ、不定期です。ゼミといっても彼女と一対一の個人指導のようなものです。修士論文に取りかかっているのですが、研究がある程度進んだ段階で、会うことにしています。由良橋君は父親も学識のある人で、そういう環境に育ったので、私の指導がなくても自分でほとんどできる院生です。父親のコネで九州の美術館への就職も内定していて、あとは修士論文を完成させればいいという恵まれた立場です」

「消息を絶ってはる理由に、心当たりは？」

「それはないです。彼女の携帯に電話をしてすぐに出なかったことはありますが、折り返しの電話は必ずくれました」

「電話をかけても通じひんのですね」

「はい。電源が入っていないか電波の届かないところにいる、というコールが判で押したように返ってきます。事務長さんとも相談して、そろそろ行方不明者届を出そうと思っていたところでした。でも、届を提出しても、成年者の場合は積極的に警察は動いてくれませんよね」

「犯罪が絡んでいたときは別ですけど」

今聞いた事情だけでは、すぐには特異行方不明者とはならないだろう。

「あのう、由良橋さんが婚活をしていたということはお聞きになっていませんか？」

良美が少し遠慮がちに言葉を挟んだ。

「婚活ですか。いやあ、そういうプライベートなことは……」

指導教授は事務長のほうを向いた。事務長は、私が知るわけありませんよとばかりに大きく首を横に振る。

「さいぜん、二週間ほど前に在学証明書をもらっていたということでしたけど、どないふうにしてもらうんですやろか」

安治川は、在学証明書という言葉が引っ掛かっていた。婚活をするときに、学生なら在学証明書が必要だということだった。

「本学では電子化が進んでいます。事務室の横にある発行機に学生証を差し込んで、手数料を投入すれば、在学証明書や学割証明書などの諸書類が交付されます。事務室の執務時間外でも日曜日でも発行が即時可能なので、学生たちには好評です」

事務長がやや自慢げにそう答えた。

「そしたら、学生証を差し込んで料金を入れたら、別人でも発行されるのですな」

「別人……いや、そんなことをしてもメリットはないでしょう。氏名も印字されるのですから、別人が入手する理由がありません」

「普通はそうですな。由良橋むつみはんの写真を見せてもらいたいんです」

「写真は学籍簿に貼られています。全員の学籍簿はデータ保存されています」

事務長は、部屋の隅に置かれてあるパソコンのキーボードを、パスワードを入れたうえで叩いた。

画面に出てきた画像の顔写真部分を拡大してもらう。黒縁眼鏡をかけたおかっぱ髪の女性であった。ほぼ化粧っ気はない。糸川麻子が婚活パーティで見た由良橋むつみとは、まったく似ていなかった。

「在学証明書には写真は付いてへんのですね」

「写真はありません。記載事項は、学部、学科、学年、氏名、生年月日です。どこの大学でもそんなものですよ」


由良橋むつみが借りていたワンルームマンションは、大学から徒歩圏内にあった。事務長に同行してもらい、マンション管理会社にも連絡して社員の立ち会いを求めたうえで、由良橋むつみの部屋を開けてもらった。

よく整頓《せいとん》された部屋であった。壁に本棚が設けられ、ぎっしりと書籍が並んでいた。机の上には研究資料のファイルが積まれている。その横に置かれているノートパソコンを開いてみるが、その大半は研究に関するものばかりだ。財布や銀行のカードはあったが、学生証と携帯電話は見当たらなかった。

クローゼットにある衣類はそれほど多くはなく、バッグを含めてブランド物はない。洗面台にある化粧品も、ルージュや乳液といった最小限のものだ。

部屋の中で唯一、若い女性らしいと思えるのは、ベッド脇の壁に貼られた男性五人組歌手のステージ写真だ。数枚あるが、いずれも同じグループだ。

安治川はその端整な顔立ちの五人組は初見だったが、良美は知っていた。

「彼らは、ナエ・ワンジャニムですね」

「聞いたことがあらへんな」

「〝私の王子様〟という意味だそうです。K－POPの実力派グループです。日本でも去年あたりから人気が出てきました」

「どうやら彼女もファンのようやな」

「研究の息抜きになっていたんでしょうね。この写真などは、みんな若いですから、デビューして間もないころだと思えます」

「教授はんの話によると、日韓の比較文化が専攻テーマで韓国にも何度か行っていたということやから、向こうでステージを観たのかもしれへんな」

ワンルームマンションには管理人室はなかったが、エントランスには防犯カメラが設けられており約一ヵ月分は保存されているということであった。立ち会いにやってきた管理会社の社員に依頼して、その映像を見せてもらった。由良橋むつみの姿が最後に見られたのは、二週間ほど前のことであった。エコバッグと携帯電話を手に一人で出ていく姿だった。それ以降は、映っていない。

女子学生専用マンションということで、カメラに映るのは若い女性たちばかりだ。男性の立ち入り禁止のルールは守られているようだ。

「あ、もしかして」

良美が、画面を指差した。

「すみませんが、もう一度巻き戻してください」

「どないしたんや」

「この人、婚活パーティに参加していたほうの〝由良橋むつみ〟さんに似ていませんか」

巻き戻された画面には、マンションに一人で入っていく女性の姿が映っていた。ベレー帽はかぶっていないが、黒髪のストレートロングだ。本物の由良橋むつみの最後の姿が映っていた約一週間後である。

「せやな」

婚活パーティに参加していたほうの〝由良橋むつみ〟は、約一時間後に一人でマンションを出ていった。

「この女性は、由良橋むつみという名前をかたって婚活パーティに参加したようやな。

在学証明書も学生証をつこうて自動発行機で入手した可能性がある」

「なりすましですね。でも、どうしてなのでしょうか」

「現役の大学院生という肩書で参加したかったんとちゃうかな。学歴コンプレックスがあるのかもしれへん。それにしても、二人がどうやって関わりを持ったんやろ」

「ひょっとしたら、Ｋ－ＰＯＰグループが接点かもしれません。女の子って、一人で参加した推《お》しのコンサートで、隣の席になった子と仲良くなることがわりとよくあるんです。同じファンということで気が合うんです」

「そういうものなのか」

「知らない土地でのコンサート終わりに食事に行くのは女性一人ではちょっと不安でも、推しの同志なら、それまでは見ず知らずの他人であってもいっしょに行動できるものなのです。感想を言い合ったり、持っているグッズの写真を見せ合ったりして、楽しく過ごせるんです」

「本物の由良橋むつみはんにとっては、唯一の趣味のようやから、それが接点やということはありえるな」

「この黒髪ストレートロング女性の正体が知りたいですね」

「それは、でけそうや。彼女は盛本裕三郎と親しくなろうとしてる。盛本を張り込んで尾行したら、いずれは現われるやろ」

「そうですね。それにしても、盛本裕三郎の結婚詐欺の被害者になっているかもしれないという危惧を持って大阪聖女大学まで来たのですが、予想外の別の拡がりになりましたね」

「本物の由良橋むつみはんの父親から行方不明者届を出してもらおう。そうしたら、両方の調査が可能になる」

7

由良橋むつみの父親は、行方不明者届を出してくれた。

安治川と良美は、盛本裕三郎が住む港区のマンションの近くに車を停めて張り込むことにした。

「防犯カメラで見た限りでは、二人が会ってマンションに入っていったのは一度だけでしたね」

「せやな。時間的には三十分ほどやった。彼女としては、どのマンションのどないな部屋なのか、見ておきたかったんやろな。わしにはまったく経験はないけれど、婚活パーティでカップル成立となったあとは、探り合いになるんとちゃうか。相手が、自分の結婚相手にふさわしいかどうかを見極めていくプロセスや」

「うちもそう思います。プロフィールカードという薄い紙切れ一枚と短い時間のトークだけの出会いですから、もっと詳しく知りたいと考えますよね」

婚活パーティでのカップル成立というのは、交際が始まるということまで意味するのではない。結婚相手の候補として意識するという程度のものだ。その日のうちに無理という結論になることもあるだろう。

「もし新月はんやったら、相手のマンションを一度訪れるだけに留《とど》めるか」

「いえ。男性が実家暮らしならともかく、三、四回は伺ってみたいですね。自宅で生活している姿を見ると、性格がさらにわかりそうです。もしも結婚ということになったら、家で一緒に過ごす時間が大半ですからね」

「せやな。恋愛が目的やのうて、結婚という共同生活がゴールやさかいな」

「それにしても、由良橋むつみさんになりすました女性は、由良橋むつみとして結婚するんでしょうか」

「二つの場合がありえるな。一つは身分証をつこうて由良橋むつみの戸籍を得たうえでの入籍や。本物の由良橋むつみと知り合うたあと、彼女のことをあまり熱心に探す人間が周りにおらへんということは確かめたと思う。結婚にともなう改姓をして盛本むつみとなったら、さらに探られにくうなる」

「でも、いつかは発覚しそうですね」

「もう一つは、自分の戸籍をつこうて婚姻して、そのあとは表向きは由良橋むつみを装い続けることや。婚姻届には証人二人がサインするけど、極端に言うと、それは成人であれば誰でもええんや。たとえ通行人に頼んで書いてもろても、それで通る」

「ずいぶんアバウトですね」

「結婚届のような慶事は、善良な市民が提出するもんやという前提になってるんかもしれへん」

「でも、そんな虚飾の結婚をして幸せなんですかね。そもそも結婚って何でするんだろうって思いもありますね」

「わしに訊かれてもようわからんで」

安治川は、兄夫婦が突然の交通事故死をしたことで、残された幼い女児二人を引き取って、多忙な刑事をしながら懸命に育てた。そのあとは両親が相次いで要介護者となって、介護に追われた。結婚をするという選択肢は与えられなかったような人生だった。

「わしはそれでも不幸やと思うたことは一度もあらへん。ヨメや自分の子供はおらへんけれど、人並み以上に家族を大切にしたという誇りがある。姪っ子も老親も、まぎれもない家族やからな」

「誇りですか」

「誇りという表現は大げさかもしれへん、手がかかる身内を見捨てることなく、人として恥ずかしくない生きかたをした、ということや。おっと、お出ましのようや」

安治川は運転席で身をかがめた。由良橋むつみになりすました女性が、やってきた。きょうは茶色のベレー帽だった。


芝室長は、ナエ・ワンジャニムのコンサート日程を調べた。半年ほど前に、日本での初コンサートを行なっていた。関西では大阪城ホールが会場になっていた。主催するイベント会社に、府警本部を通じて照会をかけた。時期的に考えて、そのころに二人の〝由良橋むつみ〟が知り合った可能性があった。さらに区役所に対して住民票等関係書類の公用請求をした。そして入国管理局にも照会を行なった。


消息対応室に三人が集まった。

「新月君の勘が当たったたな。大阪城ホールでのナエ・ワンジャニムのコンサートでそれぞれ一人参加した二人は、隣り合わせの席だった」

芝が記録を示した。

「そこまでわかるんでっか」

「スマホやパソコンなどでチケット購入者が入力した内容は、主催社のコンピューターにデータとして残る。主催社にとってもリピーターを得る重要なツールになるからな。この時点では偽名は使っていない。一人は大学院生の由良橋むつみで、隣席の女性は北区に住む三咲《みさき》ユキという二十三歳の女性だ」

住民票の写しを差し出す。

「わしらも尾行をすることで、盛本裕三郎とデートしたあと帰宅したベレー帽女性の住所を摑むことができました。まさにこの住所です」

「由良橋むつみと三咲ユキは、三ヵ月ほど前に韓国で同じ日程での二日間の滞在をしている。その日にはナエ・ワンジャニムがソウルでコンサートをしている。大阪城ホールで意気投合して仲良くなった同年代の二人は、今度はいっしょにソウルへ行ったのだろう。由良橋むつみは研究のためよく訪韓していたということだが、三咲ユキのほうも何度か渡韓している。二人は韓国が好きという点でもウマが合ったのかもしれないな」

「この住民票によると、三咲ユキは約二年前までは西淀川区に住んでいますね」

「君たちばかりに現場を任せてはいけないから、私はそこに行ってみたよ。化学工場の裏手にある社員寮だった。工場で聞き込みをしてみた。工場主の話によると、三咲ユキはかなり苦労してきた女性のようだ。泉南《せんなん》市の出身で、シングルマザーの母親とは十七歳で死別している。高校二年のときだ。兄弟姉妹はいない。アルバイトをしながら高校に通っていたようだが、欠席日数が多くて原級留置となり、退学した。そのあと西淀川区の工場で働くようになった。男性従業員に交じって化学処理の班員として、吸引防止マスクに防護服という夏場は暑くてたまらない姿で業務に就《つ》いていたということだ。過酷だが、そのぶん手当は出るようだ。ほとんど欠勤したこともなく真面目に働いていたが約二年前に過労で倒れて、それを機に退職した。二十一歳のときだ。退職後のことは、工場主は知らないということだった」

「その先は、わしらのほうである程度は摑めました」

　盛本裕三郎と三咲ユキは近くのイタリアンレストランでランチのあと、大阪港クルーズ船に乗った。盛本裕三郎は、三咲ユキの肩に手を回して楽しげだった。そのあと、盛本は地下鉄の大阪港駅まで三咲ユキを見送ったあと、マンションに戻っていった。三咲ユキはバイバイと手を振って地下鉄の昇降口をいったん降りたあと、また上がってきた。忘れ物でもしたのかと思われたが、盛本のマンションとは逆方向に少し歩いてレンタル倉庫の会社に向かった。そこでパンフレットをもらって、再び地下鉄の昇降口を降りた。

　そのあとは地下鉄を乗り換えて東梅田駅で降りて、三咲ユキは北区にあるスタイリッシュなワンルームマンションに帰っていった。そのあと、盛本とのデートのときの清《せい》楚《そ》系《けい》のファッションからは別人のような派手なドレスに着飾って出てきてタクシーに乗った。

　タクシーは曾根崎新地《そねざきしんち》にある高級フレンチ料理店の前で停まった。店の入り口では、六十年配の恰幅《かっぷく》のいいスーツ姿の男が満面の笑みで待っていた。二人は食事をしたあと、近くの高級クラブに入っていった。三咲ユキはそこでホステスをしており、同伴出勤をしたわけだ。

「ホステスと大学院生か。かなりの別世界だな」

「クラブで聞き込んでみました。三咲ユキは阪急東通りにあるキャバクラから移ってきたということでした。それが約九ヵ月前です。その前は、近くのメイド喫茶にいたことがわかりました。メイド喫茶では、かなりの人気嬢だったようで、店のほうもカムバックを望んでいるということでした。そのこともあって、彼女の店内写真をまだ残していました。ここから先は、新月はんにお願いします」

「はい。メイド喫茶での写真は、現在とはずいぶんと雰囲気が違いました。メイクで変わるという域を超えていました。考えられるのは、美容整形です。彼女も何度か渡韓している記録があるということですが、美容整形大国と言われている韓国で手術を受けたのではないでしょうか。それも一度や二度ではない気がします。彼女は一年前にバイクの免許を取得していますが、その免許証の写真はまた少し印象が違いました」

「外見を変えて、このたびはお見合いパーティでの名前やプロフィールも変えたということか」

「新しく人生をやり直したかったように思います」

「美容整形を受けることは本人の自由だ。おそらくその資金のために、ネオン街で働くようになったのだろう。そこまでは人からとやかく言われる筋合いのものではない。だが、なりすましはダメだ。しかもなりすました相手である由良橋むつみさんは、所在不明なのだ」

「由良橋むつみさんは、一人暮らしの研究中心の生活であまり人と交流がないので、しばらく行方がわからなくても心配されないという立場にいましたね」

「三咲ユキが由良橋むつみはんのワンルームマンションに入っていく姿が映っていたのは、約二週間前でしたな。在学証明書が発行された時期と合致しとります。学生証を得るために入ったということはありえます」

「学生証を差し込んだら発行されるということを、三咲ユキさんは知っていたのでしょうか」

「いっしょにソウルに行っていたときなどに、雑談として聞いていた可能性はある。学割証明書も同じように機械で発行されるということやった。むつみはんは、学割をつこうて訪韓していたんとちゃうかな」

「ユキさんがワンルームマンションに入っていったということは、何らかの方法でむつみさんの部屋の鍵を入手していたということですね」

「おそらくせやろな。あくまでも、まだ推測の段階やが」

「たしかに現状では、せいぜい状況証拠に過ぎないな。参考人として事情聴取を求めるのが関の山だが、それをやると、こちらが動いていることがわかってしまう。さらなる調査が必要だな。まだまだ持ち駒は充分とは言えない」

「それと今回の原点である小谷章雄のことも、調べてみんとあきません」

「そうだな」

8

安治川は、盛本のマンションの張り込みを良美に任せて、三咲ユキが中退した公立高校に足を運んでみた。

西淀川区の工場での働き口を紹介したのは、一年生のときに担任をしていた理科教師であった。

「三咲さんは、気の毒な生徒でした。母一人娘一人の家庭で、母親があまり身体《からだ》が丈夫ではないので、一年生のときから夕方に新聞配達をして、夜はファミレスでアルバイトをしていました。どうしても睡眠不足になりますよね。授業中は寝てばかりでした。成績は正直言って最下位でした。普通ならクラブ活動や友人たちとのおしゃべりで楽しいはずの放課後も、すぐに帰宅していましたね。成績下位の生徒たちには補習をするのですが、それもアルバイトがあるので出られないと断っていました。教師たちの中には、そういう事情を理解しないで、不真面目な生徒だという烙印《らくいん》を押す者もいました。二年生のときに母親は病死しました。そのときの入院費もかかったようです。彼女はさらにアルバイトを増やしました。なかなか朝が起きられず、遅刻や欠席も多くなってしまいました。結局三年生に進級できませんでした。もう一度二年生をやり直すように勧めたのですが、彼女は自主退学しました。それで、西淀川区の化学工場を紹介したんです。他の工場から出た廃液を引き受け、薬品などで中和化してなるべく無害な状態にしてから、下水道に流すという仕事です。きつくて危険もある業務なので、いつも人手不足の状態です」

「化学分野での産業廃棄物処理みたいなもんですかね」

「ええ、そうです。苛酷《かこく》なだけに給料は高めですがね。その工場には、もう一人私の教え子がいました。三咲さんの四年上の卒業生です。彼を通じて、三咲さんのことは聞くことができました。嫌な顔一つしないで、頑張って働いているということでした」

「三咲はんのお父はんは？」

「彼女はいわゆる不倫関係でできた子です。父親に当たる男性と母親とはかなり年齢差があったようです。養育費は少ないながらも支払われていたのですが、彼女が中学二年生のときにその男性は病死して、送金が途絶えたということです。あまり家族運のない生徒でした」

「工場は退職しはったようですな」

「ええ。安原《やすはら》君から聞いて残念に思いました。安原君というのは、今言いました先輩ですよ」

「その後のことは？」

「安原君も、三咲さんが辞めたことで縁が切れたようで、近況は知らないと話していました」

「彼の連絡先を教えとくれやす」

安原善男《よしお》は、仕事帰りに会ってくれた。

「ユキさんの身に、何かあったんですか？」

安原は心配そうに訊いてきた。

「いえ、そういうわけでは」

「彼女は、頑張り屋さんでしたが、スポーツは何もやってこなかったので体力にはあまり自信がないと言っていました」

「退職後は、どちらに転職しはったか、御存知でしたか」

「それは、教えてもらえなかったです。いろいろありましたんで」

「いろいろというのは？」

「あまり言いたくないです」

　安原は視線をそらした。

「そこをなんとか……もしかしてプライベートなことですやろか」

「ええ、そうです。まあ、もう済んだことなんで話しますけど、しばらく彼女と交際していたんですよ。でも私もあまり女性慣れしていなくて、カラオケとかお好み焼き屋とかいったデートしかできなくて、物足りなかったんだと思います。『気になる人ができた』と別れを切り出されました。聞いてみると、ひっかけ橋として有名なミナミの戎橋《えびすばし》でナンパしてきた男だというんです。『そんな軽い男はやめておけ』と先輩面《づら》して意見したのがまずかったんだと思います。彼女は黙って立ち去って行きました。それからは工場で顔を合わせても、ろくに口をきいてくれませんでした。そしてその翌月に退職しました。私とのことが影響しているように思っています」

「それからは、一度も連絡を取ったり会うたりはしてはらへんのですね？」

「いや一度だけ、電話があって会うことになりました」

「いつごろでっか」

「一ヵ月ほど前でした。見違えるほど綺麗になっていたのでビックリしました。でも、なんだか遠い世界に行ってしまった印象を受けました。つき合っていたときはタメ口でしたが、そのときは丁寧だけど他人行儀な言葉使いになっていました」

「用件は何やったんですか？」

「いえ、それはちょっと」

安原は再び視線をそらした。

「彼女がどないな仕事をしてはるか聞きはりましたか」

「少し水を差し向けてみたのですが、答えてくれませんでした」

「電話は突然にかかってきたんですな」

「ええ、意外でした。もしかしたら、ヨリを戻したいということかもしれないと期待したのですが、あっさり消えました」

「それで、そのときの用件は何やったんですか」

「広い意味で、私の仕事関係のことです。ヨリが戻ったなんてことはありません。すみませんが、これくらいにしてください。このあと友だちと約束があるんです」

安原は軽く頭を下げて、さっと切り上げた。

9

盛本裕三郎はマンションを出て、地下鉄に乗り、自動車販売店に向かった。ディスプレー用に置いてある車を見て回り、運転席にも乗った。販売員は身振り手振りをまじえて、熱のこもった説明をしていた。由良橋むつみになりすました三咲ユキがマンションに訪ねてきてランチのあと大阪港クルーズデートをしたとき、彼らは徒歩で移動していた。盛本は運転免許はあるものの車は持っておらず、購入を考えている様子であった。

一時間近く話をしたあと、盛本は販売店をあとにした。今日の段階ではまだ契約に至っていないようであった。それから盛本は、福島区にある共同賃貸オフィスに足を向けた。そこは短時間で出てきた。大きめの紙袋を手にした彼は、近くの不動産会社に入った。そのあとは、電車を乗り継いでマンションに帰った。

尾行していた良美は、自動車販売会社と不動産会社で聞き込みをした。自分が訪ねてきたことはくれぐれも盛本には伏せてくれるように念押しした。

盛本はやはり車の購入を考えていた。新車を、ローンは組まずに一括で買うつもりだと話していた。販売員には、『レンタカーで借りて走りやすかったからその車種がいいなと思っているが、女性に人気の車種があるならそちらのほうがいい』という希望を出していた。

共同賃貸オフィスのほうは解約をしていた。彼は、「今後は起業ではなく、資産運用でやっていく」と話していたということだった。


良美が消息対応室に戻ったあと、しばらくして安治川も帰ってきた。

芝は、府警本部を介して、盛本裕三郎の戸籍や住民票などを取得していた。

盛本裕三郎は、生家である和歌山県の熊野地方の盛本家から四歳のときに養子縁組によって遠縁に当たる大阪の盛本家の一員となっていた。熊野地方の生家では、五人の兄妹の三男であった。それで名前に三が入ったと思われる。子供がなかなかできなかった大阪の養親は、遠縁から子供をもらうことにしたようだ。ところが皮肉なことに裕三郎が養子に来たあと、養親は実子二人を授かった。

芝は、安治川と良美に戸籍を示した。

「これは私の推測だが、熊野地方の生家は、子供が多いので養子に出したのだと思う。しかし、そのあと養子先で弟と妹ができた。裕三郎は生家に戻るわけにもいかず、かといって養親先では実子ではない微妙な立場に置かれていた。そのためだろう、裕三郎は通学が可能な大阪府下の大学に入学しながらも、一人暮らしを始めて住民票も移している」

「わしのほうは、盛本裕三郎が出た大学に行ってきました。あんまし収穫はあらしませんでしたけど」

盛本の養親は、クリーニング店を経営していて、経済状態は悪くはなかった。裕三郎も学生時代は奨学金を借りることなく、卒業していた。

「大学を出た盛本裕三郎は、中堅クラスの証券会社に就職して営業マンとして従事したものの、五年ほどで退職しとります。証券会社の同僚の話では『いくら顧客を儲けさせても、給料はたいしてもらえない』と愚痴っていたということです。直属の上司とはそりが合わへんこともあって、退職するときは『起業家として成功して、自分の会社をいつか上場してみせますから』と大見得《おおみえ》を切ったという話でした」

「盛本裕三郎は三十五歳なので、退職から八年が経つわけだな」

「共同賃貸オフィスを借りたのも約八年前でした。そして、きょう解約しました」

良美も短く報告をした。

「大阪港が見える高層マンションを借りたのが、四ヵ月前だ。そして今は、新車の購入をしようとしている。外形的には、起業で成功したように見えるが」

「うちは、盛本裕三郎さんを張り込んでみて感じたのですが、そんなに仕事をしているようには見えないんです。いくらパソコン一つでいろんなことができる時代だといっても、自宅で一人の作業での本格的な起業は難しいでしょう。共同賃貸オフィスを退去するときに『今後は起業ではなく、資産運用でやっていく』と話していたということですが、資産運用でやっていくには元手となる財産がかなり必要ですよね」

「そこなんやが、わしには、高校時代の同級生である小谷章雄はんの失踪が関わっているように思えるんや」

「小谷章雄さんの失踪ですか……章雄さんのお父さんである晴造さんは、金の延べ板を相続していましたね」

　写真家の晴造の再婚相手であった浦田映美は、晴造が亡くなったあとそれを章雄と半分ずつ相続した。そして換金して八千五百万円になったと話していた。だとすれば、章雄も同じくらいの価値のある金の延べ板を得ていることになる。章雄は父親譲りの芸術家肌で、あまり経済感覚はなく、金価格の高騰にも関心を持たず、そのまま保持していたように思える。

　芝は頭の後ろで手を組んだ。

「ゴールドというのは不思議な資産だ。天然に存在する金属なのだが、希少なうえに綺麗な輝きを持ち、人を魅了する。いくら長く持っていても、それが利息などの収益をもたらすものではないが、インフレには強い。それどころか、価格が上がれば二倍、三倍にもなる。そして不動産や株式のような履歴は残らないから、簡単に動かせる。

それだけに、相続税や贈与税を逃れる手段としても使われる。預金、証券、不動産、ゴールドと四分割して資産を保有するのがベストだと唱えるファイナンシャルプランナーもいる」

「小谷章雄はんも金の延べ板を父親から相続したはずやのに、わしらが家の中を見た限りでは見当たらへんかったです。浦田映美はんが換金したときよりも価格は上がって、九千万円以上の価値があるんやないですか」

「父親譲りの財産には無執着な性格ということだったが、数少ない友人の一人である盛本裕三郎がそれにつけ込んだとしたなら」

「わしも同じことを思うてます。盛本裕三郎がもし起業で大成功していたなら、忙しゅうなって婚活や車の購入どころやあらしませんやろ。暇そうにしながらも、金回りはええ——その原資は、小谷章雄が持っておった遺産の金の延べ板やとしたら、辻褄《つじつま》が合うてきます。けど、証拠はまだ何もおません」

「さっきも言ったように、ゴールドというのは流れが摑めない。もし仮に盛本裕三郎が横取りしていたとしても、なかなかわかるものではない。いくつもの買い取り店で少しずつ売れれば、アシも付かない」

「もし盛本裕三郎さんが横取りで裕福になったのだとしても、ネット婚活パーティの場では成功した起業家として振る舞えますよね。虚飾ですけど、わかりようがないです」

当初、盛本裕三郎が糸川麻子に対して他人のフリをしたことから、彼が結婚詐欺師ではないかという疑いが湧いた。どうやら結婚詐欺師ではないようだが、違う意味での虚飾男として婚活パーティで知り合った女性を騙そうとしている可能性が出てきた。

「だけど、盛本裕三郎さんが、教養を備えたお嬢さん育ちの美人として狙いをつけた女性もまた虚飾でしたね。金のメッキをした漆黒でした。氏名すら別人をかたっています。虚飾同士のカップルだなんて、なんだかせつないですね」

良美は哀しい目になった。

「感傷は横に置いておこう、われわれの仕事は、行方不明者の消息を追うことだ。K－POPグループのファンとして三咲ユキと知り合った由良橋むつみは、ここ三週間ほど音信がない。一方の盛本裕三郎と高校時代からの友人であった小谷章雄は、自宅の電気やガスを止めて自らの意思で姿を消したという外形を作ってはいるが、その理由はわからないままだ」

「とにかくまだまだ調べなあかんことは、少のうないです。今回の事案の特徴は、お互いが自分のほうの虚飾をヒタ隠しにしながら、交際そして結婚へと進もうとしていることです。関心のベクトルは相手に向いとります。せやからわしらは、そこにつけ入る隙があるのやないかと思えます。感づかれへんようにじわじわと調べていくことは不可能やおません」

「それにしても、そうやって結婚をしたとしても、ずっと通せるわけがない。結婚は一時的なものではないのだ。それが盛本裕三郎も三咲ユキもわかっていないようだ」

芝は苦々しそうな表情になった。

「室長の言わはるように、長続きはせえへんでしょうな。いつまでも嘘を続けるわけにはいかしません。それでも、一時期でも幸せやったらええと考えているんやないですか」

「まあ、虚飾カップルでなくても、多くの夫婦は新婚時代のハッピーは続かないものだからな。しかし、一時期でも幸せならいい、というのには賛成できないな」

「うちは、ちょっと違う意見です」

良美が少しためらいがちに小さな声で続けた。

「あの二人のことを支持はしませんけど、ある程度の理解はできる気がします。室長も安治川さんも、今は豊かではなくても明日はきっと良くなるという成長の希望があった昭和世代ですよね。それだと、長い展望が持てるのです。だけど、今の若年《じゃくねん》世代は、将来の日本に不安があるんです。年金はもらえないかもしれない。少なくとも現在の制度は維持できないですよね。だから政府自体が、投資という不確実なものを勧めているんですよね。国の借金がどんどん膨らんでいくのも心配です。それを返済していくのは平成以降に生まれた者たちですよね。重い税負担が将来的にかかってくるに違いありません。その担《にな》い手は、少子化でどんどん少なくなっています。先のことに希望が持てないのだから、とにかく今を楽しんでおこう。あとのことは考えないでおこう――そういう刹那的《せつなてき》な心理に、若年世代の何割かはなってしまうのです」

「うーん。つまり、今がよければすべてよし、ということだな。まあ、たしかに若い人たちの離婚は多いな。しかし、それでいいのかな。安治川さんはどう思う？」

「わしは……そういった生きかたは個人の自由やと思います。大げさに言うたら人生観の違いですさかいに。せやけど、もしもそこに犯罪が絡んでいるとしたら、話は別ですな。あの二人の周りで、小谷章雄と由良橋むつみという二人の男女が行方不明になっとります。その真相は明らかにされなあきません」

消息対応室はさらに調査を続けた。

安治川は、和歌山県警の知り合いに連絡を取って、盛本裕三郎の生家のことについて調べてもらった。

裕三郎は三男であったが、他の兄妹たちはそれぞれ成功していた。長男は、農業をしている生家の父親が持っていながらも有効に使えていなかった山林を利用して製材所を始めて、その経営を軌道に乗せていた。次男は世界遺産である熊野古道に観光客が増えていることに目をつけて、レストハウスを建てて繁盛していた。妹の長女は公立の医大を卒業して、東京で開業していた。そして次女は交換留学生として渡米したあと、国連機関に就職していた。

生家は平凡な農家であまり裕福とは言えなかったが、もしも裕三郎も生家に留まっていたなら、養子先の大阪の盛本家で肩身の狭い思いをすることもなく、兄妹たちと同じように自分の道を切り拓《ひら》けていたのではないか、という忸怩《じくじ》たる思いを抱いていた姿を安治川は想像した。ある種のコンプレックスと言えるかもしれない。それを克服するには、起業をして兄妹以上の成功を収めることで見返すとともに、自分を口減らしのように他家に出した実の両親を後悔させたいと考えていたのではないか。

福島区の共同賃貸オフィスにもまた足を運んで、他の賃貸人にも話を聞いた。二年前に成功者が出ていた。彼は意気揚々と共同賃貸オフィスを出て、御堂筋《みどうすじ》に面したビルの最上階に新しい会社オフィスを構えた。そしてアイドルグループに所属していた若い女性と婚約して、共同賃貸オフィスでのかつての賃借人全員に結婚披露宴の招待状を送ってきた。しかし、誰も出席しなかったということだ。大阪屈指のシティホテルでの披露宴への祝い金を持っていく余裕もなく、また勝ち組に入った彼の晴れ姿などは見たくはないとみんなが思ったようだ。

そのあと成功者の彼は、新居案内と結婚披露宴報告を送ってきた。これ見よがしに、新婦とのツーショット写真も添えられていた。容姿端麗《ようしたんれい》という形容がぴったりの新婦の肩を抱く姿は、まさにウィナーズトロフィーを手にした優越感に溢《あふ》れた勝者であった。

盛本裕三郎も同じような絵図を描きたかったのだろう。三咲ユキの美しさは、ウィナーズトロフィーに十二分になりえた。

盛本の証券会社時代の同僚にも当たってみた。転職者が少なくない会社で、盛本の同期生の約二割が中途退職していた。その中でも、約五年で辞めた盛本は早いほうだった。盛本の配属先は、海外市場でのデイトレード部門で、昼夜がほぼ逆転したような生活を強《し》いられ、新人であっても利益のノルマを毎月達成することが求められた。盛本は「消耗品《しょうもうひん》のようにこき使われるのがたまらない」と言い残して辞めていった。

同じ苦労をするのなら、会社や顧客の利益のためではなく、自分のために時間とエネルギーを注《そそ》ぎ込みたいと考えての起業であったのだろう。だが起業の道も険しかったようだ。盛本は最近になって、デイトレードの最近の資料がほしいと八年間ほど離れていた職場を訪ねてきたことがあったということだ。起業家からデイトレーダーへの転身を視野に入れていたのかもしれない。

新月良美は、三咲ユキが一時期勤めていたメイド喫茶の店長に聞き込みをして、元同僚の女性に会うことができた。その彼女は、当時は大学生でアルバイトとして週三回ほどシフトに入っており、三咲ユキと仲が良かったということだった。卒業後は退店して保育士として就職したが、現在は技術系サラリーマンと結婚して名古屋で主婦をしていた。連絡を取ってみると、大阪の実家に帰る所用があるということなので、会ってもらうことにした。

「ユキさんは、メイド喫茶に勤める前の工場で有害物質を吸引してしまって入院したことがあったそうです。それが辞めるきっかけになったということでした。酸素マスクをはめて作業するそうですけれど、古くなっていてひび割れしていたそうです。たいへんなお仕事ですよね」

「仲が良かったと聞きました」

「ええ。韓国のステージグループが好きという共通項があって、仕事終わりにカフェに行って、よく話をしました。彼女は男性グループで、あたしは女性グループというお気に入りの違いはありましたけれど」

「三咲さんがメイド喫茶にいた期間はどのくらいだったのですか」

「約一年でした。あたしも一年半くらいで大学卒業とともに辞めました。普通の喫茶店に比べて時給はいいけれど、若い子でないと務まらない仕事なので、長く居続ける子はいないですよね」

「三咲さんは美容整形を受けはったようですね」

「ええ。術後はダウンタイムがあるけど、工場勤務だとそんなに長く休むことができないし、同僚たちに冷やかされるかもしれないから、メイド喫茶に転職してから受けることにしたと言ってました。韓国に行って、目を二重《ふたえ》にして鼻を高くしたのは知っています。耳の軟骨を鼻に持ってくるそうです。とてもうまくできていたので、あたしもやろうかと迷いました。そのあと脂肪吸引もしてスリムになっていました」

「その費用はどうしたのですか」

「工場時代の貯金と退職金がそこそこあったようです。それでも、コンサートをがまんするなど苦労はあったと思います。彼女は〝親ガチャ〟という言葉をよく使っていましたね。裕福な家に生まれた子供たちは親に護《まも》られて、ぬくぬくとした生活が送れる。そのうえに美人だったら、ステータスの高い男と結婚して恵まれた人生を送れる。けれども、自分のような病弱なシングルマザーの家に生まれたなら、十代からバイト三昧《ざんまい》のしんどい青春を強いられ、顔にもメスを入れて改造しなくてはいけない。どういう境遇や手札を持って生まれるかは、出てくるガチャのようにまったくの運任せになっている。こんな不公平なことはない、と」

「心情はわからないでもないですけど」

少年係にいた良美は、非行に走る少年少女たちの多くが家庭的に恵まれていないことをしばしば感じさせられた。家に自分の居場所がないから、街に出ざるを得ないのだ。だが街には誘惑や危険が待ち構えている。

習い事やスポーツクラブなど自分の才能を伸ばす機会を、飲んだくれの父親やパチンコ店に入り浸りの母親たちは与えてくれない。それがあれば、彼ら彼女らには違った人生があったかもしれない、と残念に思うこともよくあった。

「それでも、ユキさんは強い女性だとあたしは思います。シングルマザーの母親を若くして亡くしたけれど、自分の力で顔を変えて、ひいては人生を変えようとしているのですから」

10

芝室長は、安治川と良美からのそれぞれの電話報告を受け、消息対応室が動いていることを悟られないように留意したうえでのさらなる調査続行を指示した。

盛本裕三郎と三咲ユキが今回の行動に至った背景と動機については、輪郭《りんかく》が見えてきた。しかしながら二人がそれぞれ、小谷章雄と由良橋むつみの行方不明に関わっているという証拠はまだ得られていない。ガサ入れをかければ摑める可能性はあるが、家宅捜索令状を得るための根拠はまだ充分とは言えないし、ガサ入れをかけてしまうと容疑が向けられていることに気づかれてしまう。今回の事案は、それを避けたかった。

芝の携帯が受信を告げた。三咲ユキが住んでいる北区のマンションのオーナーに、もし彼女から解約の申し入れがあったなら内密に教えてほしいと頼んでおいた。その連絡だった。結婚するので来月に退去する、ということであった。

三咲ユキは盛本裕三郎との交際を深めて結婚に漕《こ》ぎ着けた。転居となれば、部屋にあるかもしれない証拠はなくなってしまう可能性があった。

芝からの連絡を受けた安治川は、三咲ユキのワンルームマンションに向かった。そして張り込むことにした。

待つこと約二時間、ユキがジーンズ姿で現われた。そしてマンション横のガレージスペースに駐《と》めているバイクのところに行き、荷台ボックスからヘルメットを取り出した。そして少し走って、中古バイク販売店に向かった。ユキは、店員たちにバイクを見せて、話し始めた。売却の相談のようだ。店員は腰をかがめてバイクを見ていった。

やはり芝からの連絡を受けた良美は、曾根崎新地のクラブに向かった。ユキはそこでホステスをしていたが、一週間ほど前に退店をしたことがはっきりした。

三咲ユキと盛本裕三郎の結婚は、秒読み段階に入ったと言えそうだった。

あまりゆっくりしているべきではなかった。証拠が散逸《さんいつ》してからでは、追及の手駒《てごま》が少なくなってしまう。

安治川は、和歌山県警の知人刑事に電話をかけた。

「えらいすまんことやけど、なるべく早いとこ、現地に行って調べてほしいことがありますのや」

もし彼が多忙なら、安治川は自分が出向くつもりでいた。同じ和歌山県とはいえ、県警本部のある和歌山市と盛本裕三郎の生家がある熊野地方とではかなり距離があった。

「いいですよ。安治川さんには若い頃、お世話になりました。借りを返させてください」

快諾《かいだく》の返事だった。

良美は、三咲ユキが働いていたことがある西淀川区の工場まで足を運んで、元交際相手であった安原善男を訪ねた。安原は、最近になって彼女から連絡があって一度だけ会ったということだったが、どういう用件だったのかについては「広い意味で、私の仕事関係のことです」と答えただけで、さっと切り上げていた。けれども、三咲ユキが別れた交際相手にわざわざ連絡をしてきたということは、彼でないとできない何かがあったと考えるべきであった。

「それは勘弁してください」

そう言って安原は口をつぐんだ。しかし良美は食い下がった。

「もし刑法に違反するようなことがあったなら、あなたも告発されますよ」

「刑法違反だなんてそんなことは……」

「だったら、話せるはずです」

「工場には黙っていてもらえますか。下手をしたら処分対象になります」

芝は、三咲ユキが出向いた中古バイク販売店に足を運んだ。三咲ユキは安価で販売店に売っていた。芝はそのバイクを少し見たうえで、即金で購入した。そのあと鑑識課に連絡をした。バイクは購入によって芝の所有物になったのだから、捜索差押といった面倒な手続は不要であった。

11

盛本裕三郎は気むずかしそうな顔で、道頓堀《どうとんぼり》に架《か》かる日本橋の北側にやってきた。

東京の日本橋は〝にほんばし〟と呼ばれるが、大阪の日本橋は〝にっぽんばし〟という呼称である。盛本を呼び出したのは、大阪聖女大学で大学院生の由良橋むつみを指導担当していた篠沢教授であった。教授から「由良橋むつみさんのことで、どうしても伝えておきたいことがあります。由良橋さんには絶対に何も告げずに一人でいらしてください」という直々の電話があったのだ。「どんな用件ですか」と訊いても、「それはお会いしてからしかお話しできません」という答えしか返ってこなかった。

待ち合わせ場所に指定されたのは、地下鉄堺《さかいすじ》筋線の日本橋駅から降りて北に少し歩いた安井道頓《やすいどうとん》の石碑の前であった。安井道頓は豊臣氏の許可を取りつけて、私財を投じて道頓堀を開鑿《かいさく》した商人である。道頓堀という名は彼に由来する。

教授は先に着いていて、待っていた。

「大阪聖女大学文化学専攻科で、由良橋むつみさんの指導教授をしております篠沢です」

篠沢は名刺を差し出した。

名刺を持っていない盛本は軽く一礼した。

「盛本です」

「あなたは大阪出身ですか」

「生まれは和歌山県ですが、五歳のときに大阪に来て、以後はずっと大阪住まいです」

「それならば、残念石《ざんねんいし》というのを御存知でしょう。おもしろい名前ですな」

「そんなの知りませんよ」

「そうでしたか。大阪城を築くときに、豊臣秀吉は各地の大名に役務《えきむ》を指示しました。トラックもクレーンもない時代に、小豆島《しょうどしま》など各地方から遠路はるばる築城のために大きな石が運ばれてきました。それなのに、大阪城の築城には使われなかった石がいくつかあったのですよ。それが残念石と呼ばれるわけです。そのほかに、運搬途中で事故などによって大阪城まで辿り着かなかった石も、残念石と呼ばれます。たとえば大山崎町にある淀川河川公園に置かれている残念石は、石を載せていたイカダが転覆したことで、そこで運搬が中止となったのです。石が落ちるのは城が落ちることに繋がるのでゲンが悪いということで、途中で放置されたわけです」

「先生、早く用件に入ってもらえませんか。これでも忙しい身なのです」

「いやいや、もう用件に入っていますよ。学部生時代の由良橋むつみさんが書いた卒業論文のテーマが〝各地に残る大阪城の残念石〟です。残念石の中には有効利用されたものもあります。その一つがここに建つ安井道頓の功績を讃える紀功碑《きこうひ》です。由良橋さんから聞いていませんか？」

「いや、あまりそういう話は……自分は偏差値の低い大学の卒業なので、難しい話は苦手です」

「由良橋さんは成績優秀で、九州の美術館に採用内定になっています」

「九州になんかは行きませんよ。自分と結婚して大阪で暮らします。結婚披露宴には大学関係者は呼びたくないという彼女の意向がありましたので、先生を招待する予定はありませんが」

「結婚のことは初耳ですな」

「結婚披露宴は、自分たちのためにするものです。お招きしないのは申し訳ありませんが」

「盛大になさるのですかな」

「いえ、小規模なものになるでしょう。起業家を目指した同志には全員招待状を送りますけれど、誰も来ないでしょうから」

「あなたの親族は参加なさるのですか」

「今の家族も生家の家族も、呼びますよ。起業家を目指した同志たちは来なくても、身内は義理でも出席しないわけにはいきません。最上級のシティホテルを会場にします」

「由良橋さんの親族も来られるのですか」

「その予定です」

「もうお会いになりましたか」

「いえ、彼女は『父親とは折り合いが良くないから、あまり呼びたくない』と言っていましたが、そういうわけにはいきません。披露宴には、父親を含めた家族全員が来てくれることになりました」

安治川が、盛本の後ろからそっと近づいた。

「盛本はんは御存知ないようですけど、その父親たちの正体は、レンタル家族というやつです。お金をもろうて、その日限りで家族の役を演じるわけです。ネットで調べてみたら、大阪にもいくつかあるのですが、元劇団員たちが中心メンバーになっているところがありました。わしやったらそこにすると考えて、照会しました。そしたら、由良橋むつみという女性から申し込みがあったそうです。来々月の十六日が、結婚式と披露宴の予定日ですな」

「藪《やぶ》から棒《ぼう》に、おまえは誰なんだ？」

消息対応室が動いていることを察知されないように、盛本裕三郎にも三咲ユキにも、これまで直接会うことなく、調査を進めてきた。それが今回のアドバンテージであった。盛本はわけがわからないとばかりに首を振った。

「篠沢先生に、あんさんを呼び出してもらうように頼んだ者です」

盛本は、三咲ユキのことを由良橋むつみだと思い込んでいる。だから、彼女の指導教授から「どうしても伝えておきたいことがあります。由良橋さんには絶対に何も告げずに一人でいらしてください」という連絡があって、やってきたのだ。もちろん、篠沢教授は本物だ。大学に出てこず消息を絶ったままの由良橋むつみのことがとても気になったので、こうして協力してくれたのだ。

「先生には感謝申し上げます。それで、由良橋むつみはんの写真を持ってきてくれはりましたか」

「ええ。学会で手伝ってくれたときのものがありました」

篠沢は胸ポケットから、由良橋むつみが受付に座っている写真を取り出した。黒縁眼鏡をかけたおかっぱ髪だ。学籍簿の写真と同じだ。三咲ユキとは似ても似つかない。

「嘘だろ」

盛本は写真を見せられて、声を震わせた。

「嘘やおません。婚活会社に提出するのは、写真のない在学証明書です。大阪聖女大学では、学生証を機械に差し込んで料金を投入すればそれで発行されます。あんさんのほうも、提出書類がそないに厳しゅうない婚活会社を選びましたな。年収証明までは不要でした。まあ、お互いさまと言うべきですな」

「まさか……」

盛本は言葉を詰まらせた。

「由良橋むつみ君の行方を、君は知らないのかね。私の教え子である本物の由良橋むつみ君の行方だ」

篠沢は声のトーンを上げた。

「知るわけがない。今の今まで、むつみさんが別人だったなんて……」

盛本はその場を立ち去ろうとした。安治川はその腕を摑んだ。

「帰らんといてください」

「いったいおまえは何者なんだ」

「大阪府警生活安全部消息対応室の安治川信繁です。あんさんには、高校時代の同級生であった小谷章雄はんのことを聞かせてもらわなあきません。行方不明者届が出とります」

盛本は、摑まれた腕をピクリとさせた。

「そう言われても、小谷君とはずいぶん会っていない」

「はたしてそうですやろか。あんさんは、婚活パーティに参加したときに、糸川麻子という女性から『小谷章雄の友人さんですよね』と話しかけられて『いえ、別人ですよ』と否定し、『小谷章雄の卒業制作展に来てはりましたよね』と差し向けられても『人違いだ』とすげなく答えましたな」

「あれは……正直言って好みのタイプの女ではなかったので、会話したくなかったから適当に切り上げたまでだ」

「せやけど、その卒業制作展のときはあんさんは糸川麻子はんに、このあとスポーツバーに飲みに行くが『よかったら一緒にどうですか』と誘いましたやろ」

「あのときは、まだ若くて可愛かったから」

「あんさんは、新車の購入をしようとしてますな。販売会社では、『レンタカーで借りて走りやすかったからその車種がいいなと思っているが、女性に人気の車種があるならそちらのほうがいい』という希望を出していた、と販売員はんから聞きました。それを手がかりにレンタカー会社を当たってみました。小谷章雄はんが行方不明となったころに、あんさんはレンタカーを借りてはります。そしてその車が走る姿が、小谷はんの家の近くの防犯カメラに映ってました」

「それだからって、どうしてこんなふうにしつこく訊かれなければいけないんだ」

「Nシステムで追跡したら、その車は和歌山県の熊野地方に向かっとりました。あんさんの出身地ですな」

「故郷に帰るのが違法なのか」

「もちろん、違法やあらしません。けど、あんさんは生家の親兄妹とはそないに仲がようなかったはずです」

「そんなことまで……プライバシーの侵害だ」

盛本裕三郎は、少し声を上擦《うわず》らせた。

「故郷に帰るのは自由ですけど、もしも遺体をトランクに乗せていたとしたら違法行為ですな。死体遺棄罪が成立します」

安治川の合図で、二人の男性が現われた。どちらも屈強そうな体格をしている。

「和歌山県警の者です。あなたの父親が所有し、長兄が製材のために使っている山林がありますな。伐採《ばっさい》したあとは、植林されています。何十年後かに成長した木を、また製材していくわけです。私有地ですし、一度植林されたならそこを掘り返すことはまずありません。隠し場所としては最適ですな」

「同じく和歌山県警の者です。所有者であるお父さんの許可を得て、少し不自然に盛り土があるところを掘ってみました。遺体が出てきました。遺体は服を着ておらず、所持品もありませんでしたが、ＤＮＡ採取は可能でした。これから小谷章雄さんのＤＮＡと照合することになります」

盛本の顔面が青ざめた。突然の展開は予想だにしていなかったに違いない。安治川が追い打ちを掛けるように続けた。

「盛本はん。あんさんは狭い共同賃貸オフィスで約八年もの間、苦闘してはりました。そして他の連中や親兄妹を見返せるウィナーズトロフィーを得て、今まさに絶頂期やったと思います。せやけども、あんさんはほんまの勝者やおませんな。一時的に豊かになれただけです」

安治川は、盛本の腕を摑む力を緩《ゆる》めた。

「あんさんの企ては、残念石に終わりました。城を築くまでには至りませんでした。もうここらで観念して、全部認めはったほうが楽になりますで」

「しかし……」

盛本はまだあきらめきれないような表情で首を小さく振った。

「あんさんが手にしたと思うたウィナーズトロフィーもまた、ほんまもんやなかったのです」

安治川は、由良橋むつみになりすましました三咲ユキの正体を明かした。

「なんて女なんだ……」

「小谷章雄はんから金の延べ板を盗《と》って文字どおりの一攫千金《いっかくせんきん》をしたあんさんは、今度は彼女から一攫千金のための結婚相手として狙われることになったんです。悪銭身《あくせんみ》につかず、ということのようですな」

盛本は、安治川を睨《にら》んだ。

「偉そうに言うなよ。安定した給料が毎月入ってくる警察官にはわからないさ。人生の賭けをし続けていく苦しさも、いくら努力をしても壁がとんでもなく高くて厚いことも」

「それはわからしません。けど、人のものを盗ったり、それが発覚せえへんように命を奪うことが許されるものではないことは、確かです」

「説教は聞きたくない。もう疲れた。一時的どころか、一瞬で夢は終わった」

天を仰いだ盛本の腕を、安治川は離した。

これから和歌山県警の刑事たちが、死体遺棄容疑で盛本を聴取することになる。そのあとは大阪府警が引き継いで殺人容疑で取り調べることになる。

12

三咲ユキは、大阪市西区にある川口基督《キリスト》教会の前までやってきた。

呼び出したのは、化学工場時代の同僚であり、交際相手でもあった安原善男だった。

「いったいどういうことなの。安原さんには工場時代に世話になり、おつき合いもしていたけれど、ちゃんとお話ししてお別れしましたよね」

待ち合わせの時間から十五分ほど遅れてきたことを詫《わ》びることもなく、ユキは不機嫌そうに言った。

「三咲さんが工場を辞めたあとも、力になってあげたよね」

安原の声には力がなかった。

「あのときの御礼はしたじゃないの。そして、もう会わないって約束してくれたわね」

「事情が変わったんだよ。もらったお金は今から返すよ」

安原は、五万円が入った封筒を取り出した。

「その事情とやらを説明してよ。電話では、『来てくれないことには話せない』ということだったから、こんな知らない場所まで来たのよ」

ユキは周囲を見回した。教会以外は倉庫とマンションが立ち並んでいる。

「由良橋さんですよね。大阪聖女大学の由良橋むつみさんですよね？」

教会の蔭《かげ》に控えていた新月良美が現われた。

ユキは驚いたまま、何も答えない。

「由良橋むつみさんなら、ここは『知らない場所』ではないはずです。この川口居《きょ》留地《りゅうち》は、大阪聖女大学発祥《はっしょう》の地です。新入生のときに、必修単位である神学概論の授業で全員訪れているはずです」

慶応四年（明治元年）に、東京、神戸に次いで、新潟とともに大阪が開港された。そして外国人居留地として、この川口地区が充《あ》てられた。それによって、洋館が建ち、街路樹や街灯が並ぶ西洋風の町並みができる。川口居留地はさらに拡げられ、大阪府庁舎や大阪市庁舎もこの地に建設される。すなわち、明治初期の経済と行政の一大中心地が、この川口居留地を中心に築かれていたのだ。

しかし大阪港は水深が浅くて大型船が入れないなどの欠点があったため、貿易の中心は神戸に移ってしまう。神戸の異人館街は、その当時の居留地の面影《おもかげ》を今に残している。

神戸に移った貿易商人たちに代わって、外国人宣教師たちが川口地区に住むようになる。そして、キリスト教系の学校を設立していく。現在の桃山学院大学、平安女学院大学、プール学院、大阪信愛女学院などの学校は、川口地区がルーツとなっている。大阪聖女大学もその一つだ。

「人違いです」

「いいえ、あなたは由良橋むつみさんです。婚活パーティでは、九番の番号札を付けていて、盛本裕三郎さんとカップル成立しましたよね」

「あなた、いったい誰なの？」

「相手に尋ねる前に、自分の名前を言うのがマナーですよね」

ユキは、安原を一瞥《いちべつ》した。ろくに事情を知らない安原の前では、三咲ユキでなければおかしいのだ。

「だから、人違いだと言ってるでしょ。あたしは三咲ユキよ」

ユキは踵《きびす》を返そうとした。良美はその前に立ちはだかり、警察バッジを見せた。

「大阪府警の新月良美です」

「チクったのね」

ユキは、安原を睨みつけた。

「こっちから話したわけではない。でも、調べ上げられたなら嘘はつけない」

安原は小さく両手を拡げた。

「利用されるのは、もうたくさんだ。残念ながら、ユキさんは顔だけでなく、性格も変わってしまった」

ユキは携帯電話を取り出そうとした。

「盛本裕三郎に連絡しようとしても、繋がりませんよ」

そう言いながら、芝が登場した。

「盛本裕三郎は、つい先ほど逮捕されました。高校時代の友人であった小谷章雄さんを、金の延べ板を奪って自分のものにする目的で殺害し、遺体を埋めたことを認めました」

ユキは見開いた目で、芝を見た。

「やはり、そのことは知らなかったようですね。盛本裕三郎は起業で成功なんかしていません。彼の経済的原資になっているのは、小谷章雄さんから奪った金の延べ板でした」

良美が芝の言葉を引き取った。

「結婚するに際して、あなたは本来なら盛本さんにいろいろ訊いて、確認したかったこともあったでしょう。だけど、あなたもスネに大きな傷がありましたね。それを詮《せん》索《さく》されることは避けたかったから、深くは訊けなかったのでしょう」

ユキは、何も答えない。警察がどこまで摑んでいるのかを推《お》し量《はか》っているようだ。

良美は続けた。

「メイド喫茶時代の同僚さんにも、話を聞くことができました。あなたは〝親ガチャ〟という言葉をよく使っていたそうですね。うちは少年係にいたときに、いろんな少年少女と接してきました。〝親ガチャ〟自体は否定しません。ちゃんとした両親に愛情を持って育てられるかどうかは、運次第です。だけど、それだけで人生のすべては決まりません。親に護られて生きてきた若者たちは、その反面打たれ弱いです。人生の前半はそれで大過なくいけても、親が居なくなった後半は苦しくなります。逆に、親には恵まれなかったけれども自分の力で頑張ってきた若者たちには、たくましさと強さが備わっています。ただし、その頑張る方向が誤っていたなら、人生自体を踏み外すと思います」

「上から目線で語らないでよ」

ユキは反発した。

「そういうふうに聞こえたのなら、ごめんなさい。けど、うちはユキさんの頑張りかたには賛成はできません。人の命を奪って犠牲にしてしまうことは、どんな理由があっても許されません」

芝が半歩前に進み出た。

「あなたが売り払ったバイクは、私が買いました。何らかの痕跡が残されていないかという期待があったからです。そして鑑識にかけました。神様はあなたを許さなかったようです。バイクの荷台ボックスから、微量の人骨組織が検出されました。DNA鑑定にはまだ時間がかかるとのことですが、おそらく大学院生の由良橋むつみさんのものでしょう。安原さん、あなたは一ヵ月ほど前にひさびさに連絡をしてきた三咲ユキさんから、どういう話をされましたか?」

「頼まれごとがありました」

「具体的には?」

「私どもの工場には廃液中和などに使うためにいくつもの薬品が置いてあるのですが、『硫酸クロムがほしいので内密に売ってほしい』と頼まれました。新しい仕事として、ハンドバッグ造りをしてみたいのでその工程で必要だということでした。皮革《ひかく》のなめしのために、硫酸クロムは広く使われています」

「それで、どうしましたか」

「もしかして彼女との関係が復活できたならという一縷《いちる》の望みもあったので、頼みを聞き入れました」

安原は恥ずかしそうに頭を掻《か》いた。

「鑑識の話によると、硫酸クロムは紫色の固体状のもので、水に容易に溶けるそうです。浴槽《よくそう》に硫酸クロムを溶かしたうえで、そこに人間の遺体を沈めると一昼夜で白骨化するということです。そうなのですか？」

「硫酸クロムの溶解力は強いので、ありえることだと思います」

安原は恐ろしいものを見るような視線をユキに送った。

ユキはその視線をかわすかのように横を向いた。

「その骨は、水で洗浄して乾燥させたなら、標本のように無臭になるそうです。それをハンマーで砕けば、粉々になります。少しずつバイクの荷台ボックスに入れて海に持っていって埠頭《ふとう》から捨てれば、散骨ができますね。見事な死体の隠しかたです」

ユキは黙ったままだ。

「盛本裕三郎は、あなたのような化学的な遺体の消しかたの知識がなかったので、レンタカーで運んでこっそり生家の山林に埋めました。私有地なので掘られる可能性はまずない場所でしたが、万一もし発見されたとしても身元の手がかりがわからないので、お兄さんに容疑が向くことになりそうでした。彼は、親兄妹を憎んでいました。

親兄妹への思いは、あなたにも洩《も》らしていたのではありませんか。あなたのほうは身バレを避けたかったので結婚式や披露宴に家族を呼びたくなかったけれど、彼のほうはウィナーズトロフィーを見せつけるために親兄妹を招きたかったのですから」

芝の携帯が受信を告げた。

「はい、芝です。御苦労様です……」

短い通話を終えた芝は、ユキのほうを向き直った。

「あなたが賃貸契約解約を申し入れていた北区のワンルームマンションの家宅捜索令状が下りましたので、鑑識が作業に入りました。そして、浴室の床や排水口から、硫酸クロムの成分が検出されました。あなたが売却処分したバイクの荷台ボックスから採取できた人骨組織とともに、有力な証拠になりました。これで逮捕状が請求できます」

「うっ、くやしい」

ユキはかすかに呻くように喉を震わせた。

「同行願います。あなたの身柄《みがら》を刑事部に引き渡します」

良美が小刻みに震えるユキの肩を抱きかかえるようにして、車に向かった。

13

消息対応室に芝と良美が戻ってきた。安治川の姿はまだだ。

「安原君が気の毒だったな。三咲ユキが連行される姿を見ながら、泣き出していた。正視できなかったよ」

「彼は、何かの罪になるのですか」

「あくまでも皮革のなめし目的だと信じていて、死体処理に使われることまでは本当に知らなかったと思われる。だから遺体損壊の幇助罪《ほうじょざい》にはおそらくならないだろう。工場から勝手に持ち出したことは厳密に言えば窃盗《せっとう》になるけれど、われわれに協力してくれたのだから、工場のほうには大目に見てほしいと具申《ぐしん》しておくよ」

「ユキさんから持ち出しを頼まれて、断り切れなかったんですね」

「泣きながら小さく『ずっと好きだったのに』と洩らした声が聞こえたよ」

「安原さんとの交際を続けていたら、彼からプロポーズされていたかもしれませんね。だけど、安原さんでは結婚相手の対象にはならなかったんでしょうね。うちから見たら、地道に働く純朴《じゅんぼく》な人ですけどね」

「自分を幸せにするのは男性の地位や経済力だという物差しからしたら、安原君は外れるよな」

「ユキさんも、裕三郎さんも、結婚をすることによってトクをしようというスタンスでしたよね。だから相手の虚飾が見えなくなっていたんじゃないでしょうか。皮肉なことに、お互いが虚飾を張っていたのに」

そこへ安治川が帰ってきた。

「遅うなりました。盛本裕三郎はすっかり観念して、詳細な自供をしとります」

「ご苦労さんでした。三咲ユキのほうは容易には犯行を認めない気配もあるが、物証が得られているので、もはや申し開きはできない」

「バイクが売られたことは幸いでしたな。バイクも海に沈められていたら、人骨という証拠は得られませんでした」

「念入りに拭いたから、痕跡は残っていないと思い込んでいて、現代の鑑識技術の精度の高さを知らなかったのだろう」

「彼女は結婚式や披露宴に臨むにあたって、良家のお嬢さんらしい衣装や小物を揃えたり、家族役の出席者をレンタルするのに費用が要《い》ったんやと思えます。曾根崎新地のクラブではトーク力があまりなくて表情も固いということもあって超売れっ子とまではいかなかったようですし、美容整形代もずいぶんかさんでいたようですさかいに」

「虚飾をするのにも軍資金がいるということだな。盛本裕三郎のほうも高収入を装うために、延べ板を換金した現金をかなり使っていた」

「そのことなんですけど」

良美が遠慮がちに言った。

「ユキさんは、裕三郎さんの虚飾性にまったく気付いていなかったのでしょうか。ジェンダーフリーの時代に、こういう表現は不適切かもしれませんけれど、男性の多くが女性の外見や若さによって評価の高低差をつけるのはしかたのないことだと思います。とりわけお見合いパーティのような短い時間しか与えられなかったなら、そうなります。ウィナーズトロフィーというのも、美しいトロフィーでなければ羨《うらや》ましがられませんよね。けれども、女性による男性評価の基準は、そこまで外見が影響しません。自分の人生を託せる信頼感があるのか、経済力にしても安定したものなのか、といった先を見据えた評価をすると思います。ユキさんは、裕三郎さんの将来性に不安を抱くことはなかったのでしょうか」

「実は、わしも新月はんと同じ可能性を考えた。男女同権は否定せえへんけど、男女同質やあらへん。男は男なりの、女は女なりの、考えや見方をすると、昔人間のわしは思うてしまうんや。デートをしながら、盛本裕三郎が成功したという起業の内容を尋ね、どういう規模でやっているのかも訊いて、その未来図や有望性を知ろうとしたやろう。けど、盛本は専門的すぎるからといった理由をつけて、はぐらかしたと思われる。ほんまの内容はあらへんのやさかい、そうしか答えようがあらへん」

「それだと、よけいに気になりますよね」

「三咲ユキを尾行していたとき、不思議な行動があった。大阪港クルーズデートをしたあと、彼女は地下鉄の昇降口で裕三郎に手を振って別れたあと、少し間を置いて昇降口を上がってきた。そして一人でレンタル倉庫に向かって、パンフレットをもらっておった」

「たしかにそういうことがありましたね」

良美も同行していた。

「さいぜん、そのレンタル倉庫に寄ってみたんや。彼女はその数日後に現われて、正式契約をしとりました。それで……おっ、ひょっとしたら」

安治川は、受信を告げた携帯に出た。

「やっぱし、そうでしたか……丁寧《ていねい》に報告もろて、すまんことです……」

礼を言って、携帯電話を切る。

「タイミングのええ連絡でした。ついさっき、刑事部が鑑識を伴って、レンタル倉庫に出向いてくれました。三咲ユキが借りたレンタル倉庫には、硫酸クロムが保管されとりました。由良橋むつみはんのときに使用した残り半分と思われます。本来なら証拠になりかねないものですよって、残りは処分するのが普通ですけど、また使うかもしれへんということを想定して、捨てへんかったんとちゃいますやろか」

　良美が驚きの表情を浮かべた。

「裕三郎さんのマンションの近くに置いておいたということは……彼の遺体処理を考えていたということですか」

「結婚したものの将来的な価値があらへん男やとわかったときは、彼の命と保有資産を奪おうという筋書やったと思える。横取りの横取りという構図や」

　盛本裕三郎は、換金で得た現金のすべてを散財する気はなく、元証券会社営業マンの知識を活かして個人デイトレーダーとしてやっていくつもりだったようだ。その資金は充分に残していただろう。だが、起業家と同じく、デイトレーダーも成功するのは一部の者たちだけだ。

「今の刑事部からの電話によると、三咲ユキはまだ犯行については黙秘してるものの、由良橋むつみはんとの繋がりは認めとるそうや。同じK－POP男性グループのコンサートに行くにしても、由良橋むつみはんは各地での日本ツアー公演のチケット代や交通宿泊費を親からの送金で悠々《ゆうゆう》と何度も行けるのに、自分は防毒マスクをして汗まみれで働いた給料から大阪での公演を一回観に行けるのがやっとだった、と。たとえ同一内容の演目であっても、コンサートのツアーを追っかけるのが熱心な推しやそうですな。それなのに由良橋むつみはんから、観に行った公演回数の多さを自慢されてマウント取られるのがたまらなかった、と供述してるそうや」

「気持ちはわからないことはないですけど」

良美は重そうに息を吐いた。

「三咲ユキとしては、親ガチャの差をなりすまし結婚によって乗り越えるための手段として命を奪う動機だけではなく、由良橋むつみさんへの屈折した妬《ねた》みとコンプレックスが殺害の潜在意識にあったのかもしれないな」

芝がほんの少し同情気味に言った。

「それにしても、ネット社会の今後が少し心配になる。相手の素性がろくにわからないまま表面として出されているデータだけで影響されたり、判別してしまう。卒業証明書などの書類が出ていたら、鵜呑《うの》みのように信用することになる」

「どないな学校を卒業したなんて、ほんまは実力とは関係あらへんのやけど、日本社会はブランドが好きですな。デパートでもブランド販売店が大きい面積を占めとります。世界遺産、オリンピックのメダリスト、ノーベル賞といったもんも、ある意味ではブランドになりますな」

「政府は未婚率の高さを気にしているが、このままではさらに出会いの場が少なくなっていきそうだ。若い人はスマホが体の一部のようになっていて、調べ物もニュースもスマホに頼る。だからスマホで結婚相手を見つけようとする人は、これからも増えそうだ。まあ、こんなことを言うと、昭和生まれのオジサンの愚痴になってしまうな」

「平成生まれのうちかて、そう思いますよ」

良美はフォローするように言った。

友人の糸川麻子が小さな疑問を抱いて良美に相談したことから、こうして事件性が明らかになった。そうでなければ、小谷章雄も由良橋むつみも行方不明のままだった。

盛本裕三郎という新たな行方不明者が加わっていた可能性もあった。

「せやけど、デジタル社会の進行は、悪いことばかりやあらしませんで。今回、三咲ユキと由良橋むつみはんがコンサートでの隣席になっていたという接点がわかったのは、デジタル化で記録が残っておったおかげですがな。Nシステムかてデジタル化の賜物《たまもの》です」

「たしかにそうですね」

「ええこともある変化や……そう思わんことにはやっていけしまへん。デジタルの波は止めようがあらしませんよって」

「最年長の安治川さんが一番ポジティブだな」

「ほんとですね」

芝も良美も軽く笑った。

第二話　紫の秘密

1

「ここにお集まりの皆さんは、源氏物語という千年以上も前に書かれた小説が、国内でも国外でも非常に高い評価を受けているということを御存知だと思います。しかし全巻で五十四帖もある源氏物語をすべて読んだというかたは、実はそんなに多くはおられないでしょう。もちろん原文でなくてもいいのです。現代語訳を含めて、完読したかたはどのくらいおられますか？　恐縮ですが、挙手していただけますか」

会場となった京阪《けいはん》大学多目的ホールには、四百人あまりの聴衆が集まっていたが、手を挙げた者は一割もいなかった。

「ご協力ありがとうございます。かく言う私も、今でこそ国文学科教授としてこうして偉そうに講演をしておりますが、高校時代に完読にチャレンジしたものの、あえなく挫折《ざせつ》しました。うちの学生にも、そういう挫折者は少なくありません。第十二帖の〝須磨《すま》〟の前後でやめてしまう者が多いので、〝源氏物語の須磨帰り〟と呼ばれていま す」

会場に失笑が洩《も》れた。聴き入っていた安治川信繁《あじがわのぶしげ》も苦笑いをした。安治川もやはり現代語訳で読み始めたが第八帖の〝花宴《はなのえん》〟で挫折していた。しかし源氏物語には興味があった。定年になれば再チャレンジして読んでみようと思ったものの、再雇用警察官として多忙な毎日を送っているのでまだ実現できていない。地下鉄の中吊り広告で、京阪大学市民開放土曜講座の案内告知を見て、聴講してみることにした。京阪大学の教員陣がさまざまなテーマでの講演をする市民開放土曜講座は、毎月一回開催されていた。生涯教育のための社会貢献と大学のPRを兼ねており、参加費は無料で、予約も不要であった。今月の土曜講座は〝開設五周年記念〟と銘打って、文学部国文学科の大滝寺秀臣《おおたきでらひでおみ》教授が演壇に立っていた。きょうの会場はほぼ満席であった。〝京阪大学〟の腕章を付けた職員が聴衆席の最後尾でビデオカメラを回している。

安治川は約二ヵ月前に聴講してみたいと思うテーマがあった。若い研究者が歴史小説の新人賞をもらって、それを演題にしていた。しかし、そのときは仕事が入ってしまって断念した。参加したのはきょうが初めてだった。

「かなりの人たちが、いわゆる〝源氏物語の須磨帰り〟として挫折してしまう原因は三つあると思えます。一つめの原因は、五十四帖という長編小説であることです。毎週一帖読んでいったとしても、一年ほどかかります。登場人物も多いです。まあ、しかしこれは源氏物語に限ったことではありません。長編小説ならしかたのないことです。二つめの原因は、全体のストーリーが錯綜《さくそう》していることです。これは源氏物語独自のものです。これを解決するために、私は源氏物語を四グループに分割したらいいと考えています」

　鮮やかなロマンスグレー髪の大滝寺教授は、演壇で指を四本立てた。大滝寺はベテランの棋士《きし》のような風貌《ふうぼう》をしている。きょうはスーツ姿だが、着流しがよく似合いそうだ。

「第四のグループから申し上げますと、匂宮《におうのみや》三帖と宇治《うじ》十帖と呼ばれる光源氏が亡くなったあとの子孫たちの物語です。具体的には、第四十二帖の〝匂兵部卿《におうひょうぶきょう》〟から第五十四帖の〝夢浮橋《ゆめのうきはし》〟までです。合わせて十三帖あります。第三のグループは第三十四帖の〝若菜上《わかなじょう》〟から第四十一帖の〝幻《まぼろし》〟、そしてその次の〝雲隠《くもがくれ》〟までです。これは光源氏の壮年期から死去までの物語です。准太上天皇《じゅんだいじょうてんのう》という極めて高い地位にまで昇進した光源氏ですが、中年になった彼は若い頃のようには浮名《うきな》を流すような恋愛はしませんし、恋愛してもなかなかうまくいかないのです。公私ともに頂点を極めたなら、あとは落ちていくしかないという哀しさが伴うのが第三のグループです。

そして第二のグループは青年時代のハンサムな光源氏が、さまざまな女性と恋愛と情交を繰り広げる物語です。そのお相手には、高貴な女性もいれば、中位の女性もいます。美人もいれば、不美人もいます。光源氏をめぐる女性の嫉妬《しっと》や怨念《おんねん》も絡《から》みます。この第二のグループがあるから、源氏物語は恋愛小説だと言われるわけです。残る第一グループは政治小説になります。天皇の子ではあるものの母親の身分が高くなかったなどの理由から臣籍降下《しんせきこうか》という皇族外の人間になった光源氏の出生に始まり、左遷《させん》を経ながらも、能力を発揮して政界で頭角を現わしていくという出世物語です。この第二グループの恋愛小説と第一グループの政治小説が、一帖目の桐壺《きりつぼ》から三十三帖の藤裏葉《ふじのうらば》まで、ない交《ま》ぜになっていることが源氏物語のストーリーを複雑にしているのです」

演壇の天井からプロジェクタースクリーンがゆっくりと降りてきて、大滝寺の頭上の位置で止まった。

「私なりに、第一グループと第二グループを分けてみました。算用数字は何帖目かを示しています。両方の要素を持った帖も多々あるのですが、しいてどちらかに分類してみました」

第一グループ（政治小説）　桐壺1、葵《あおい》9、須磨12、明石《あかし》13、澪標《みおつくし》14、絵合《えあわせ》17、松風《まつかぜ》18、薄雲《うすぐも》19、初音《はつね》23、常夏《とこなつ》26、行幸《みゆき》29、梅枝《うめがえ》32、藤裏葉33

第二グループ（恋愛小説）　帚木《ははきぎ》2、空蟬《うつせみ》3、夕顔《ゆうがお》4、若紫《わかむらさき》5、末摘花《すえつむはな》6、紅葉賀《もみじのが》7、花宴8、賢木《さかき》10、花散里《はなちるさと》11、蓬生《よもぎう》15、関屋《せきや》16、朝顔《あさがお》20、少女《おとめ》21、玉鬘《たまかずら》22、胡蝶《こちょう》24、蛍《ほたる》25、篝火《かがりび》27、野分《のわき》28、藤袴《ふじばかま》30、真木柱《まきばしら》31

「政治小説と恋愛小説のどちらが源氏物語のメインストーリーであるかは甲乙つけがたいところがありますが、私はまずこの第一グループの政治小説を先にお読みになることをお勧めします。光源氏の誕生から明石への左遷を経ての出世物語に照準を合わせてお読みください。そのあとで、第二グループの恋愛小説をお読みになると、多様な女性との恋愛遍歴が光源氏の社会的地位と密接に関わっていることがおわかりになれると思います」

スクリーンが切り替わって、〝輝く日の宮〟という文字が出された。

「先ほど私は、須磨帰りをする原因は三つあると申し上げました。一点目は長編であること、二点目は政治小説と恋愛小説がない交ぜのストーリーになっていることでした。三点目は消えてしまった帖があると思われることです。一帖目の〝桐壺〟と二帖目の〝帚木〟の間に、本来ならもう一つ帖があったはずなのです。そうでないと筋が通りにくい部分があるのです。たとえば、六条御息所《ろくじょうのみやすんどころ》という高い身分の女性が重要人物としてしばしば登場するのですが、彼女と光源氏とのなれそめがどこの帖にも描かれていません。また光源氏は藤壺《ふじつぼ》という美しい義母に対して最愛の情を抱き、そのエディプスコンプレックスが彼の恋愛遍歴の核心を成しているのですが、光源氏と藤壺が初めて結ばれるシーンが欠落しています。藤壺は高貴な出であり、光源氏の生母である桐壺更衣《きりつぼのこうい》のあとの天皇の後妻であり、光源氏にとっては義理の母になります。〝この義理の母との禁断の関係を光源氏が性の初体験として持ち、そのあと藤壺から冷たくされた〟と一帖目のあとに書かれてあったなら、藤壺への思慕を忘れようと、帚木、空蟬、夕顔、という中の位の女性との恋愛に走るという行動がすんなりと理解できるのです。五帖目の〝若紫〟で光源氏は、病気によって内裏《だいり》を離れて里帰りした藤壺と再び禁断の関係を持ち、のちの冷泉帝《れいぜいてい》を懐妊《かいにん》させるのですが、そのとき藤壺は前のことがあるので強く拒もうとします。前のこと——すなわち一度目の性的関係が〝消えた二帖目〟に書かれていた、と私は推測します。それで筋が通ります」

スクリーンには〝桐壺の帖↓消えた二帖目↓帚木の帖〟と出た。

「根拠はそれだけではありません。〝桐壺〟の帖では光源氏の誕生から生母の死と十二歳の元服までが描かれたあと、〝帚木〟の帖では青年期の光源氏が女性遍歴を重ねていきます。大河小説にしては、年齢が飛びすぎています。それだけではなく、〝筑紫《つくし》の五節《ごせつ》の君《きみ》〟のように帚木以降の巻《まき》において初めての登場であるにもかかわらず以前に登場したことがあるかのような記述のある人物が何人かおります。それらの人物についての記述も〝消えた二帖目〟で書かれていたのではないかと思われるのです」

きょうの講座の演題は、〝消えてしまった源氏物語〟であった。大阪府警消息対応室に所属する安治川は、〝消えてしまった〟という言葉に惹《ひ》きつけられて、この講座の車内告知に目がいっていた。

「この二帖目の欠落については、古くは藤原定家《ふじわらのていか》が一帖目の桐壺の巻のあとに、〝輝く日の宮〟という巻名を記した後、『この巻もとより無し』と記しています。私はこの二帖目は、かつては存在したが、現存していないと考えています。後世の作家たちは、この二帖目の欠落を前提にして、こういう内容のものであったのではないかという推測に基づいて、自分なりの創作による補作をしています。たとえば、本居宣長《もとおりのりなが》の『手枕《たまくら》』、丸谷才一《まるやさいいち》の『輝く日の宮』、瀬戸内寂聴《せとうちじゃくちょう》の『藤壺』といったものがあります。興味を持たれたかたは、お読みください。私個人としては、〝輝く日の宮〟というのは、巻名タイトルとして他の帖と比べて長すぎると思います。他の帖の巻名は長くても漢字三文字までが大半です。ひらがなが入った巻名はありません。それが二帖目など元々なかったとする否定説の根拠の一つになっています。私は二帖目のタイトルとしては〝藤壺〟が最適であると考えます。一帖目から、桐壺、藤壺、帚木、空蝉、夕顔、と続くわけです」

スクリーンには、〝五十四帖の数えかた〟と出た。

「消えた二帖目の藤壺を入れたなら、源氏物語は五十五帖になるのではないか、という疑問を抱かれるかたもいらっしゃると思います。しかし、それは〝若菜上〟と〝若菜下〟を別々にして、三十四帖目と三十五帖目と数えるから、そうなるのです。よく考えてみれば、若菜だけが上下になっているのは不自然ではありませんか。ですから若菜は一帖と数えて、消えた二帖目の〝藤壺〟を入れて五十四帖なのです。さて、まだまだお話ししたいことはあるのですが、時間が来てしまいました。これを機に、みなさんが源氏物語という不朽の名作に関心をお持ちになり、まだ完読されていないかたは現代語訳でもかまいませんので、ぜひお読みになってください。私も定年まであと二年あります。その二年の間に、源氏物語の研究をさらに進めていきたいと考えております。ご清聴《せいちょう》、ありがとうございました」

会場は、大きな拍手に包まれた。

「最後になりましたが、ひとこと申し上げます。せっかく京阪大学に来られたのですから、どうかキャンパス内を御覧になってからお帰りください。そして、お子さんやお孫さんなど御親族のかたを入学させようと考えておられるかたは、ぜひこのホールにお残りください」

三十代前半の男性が二人演台に上がって、大滝寺教授の両脇に並んだ。

「私の講座には、京阪大学の卒業生である二人の気鋭《きえい》の研究者がおります。南山進《みなみやましん》一《いち》君と沢哲明《さわてつあき》君です」

紹介された二人は深々と頭を下げた。右脇に立った南山は、小柄で実直そうな顔立ちで黒縁眼鏡をかけている。彼は二ヵ月前に、土曜講座で講演を行なっていた。安治川はそれを受講しようと思ったが仕事で行けなかった。執筆した歴史小説が新人賞を受賞していて、その作品をテーマに講演をしていた。左脇の沢は対照的に、長身短髪でバレーボール選手のような外貌《がいぼう》だ。

「この二人は、助教《じょきょう》という肩書を持ち、私の講座の手助けをするとともに、新入生のための基礎演習という授業も担当しております。学生たちにとっては気軽に指導を受けたり、相談に乗ってもらったりできる兄貴分のような存在です。御親族の入学を考えておられるかたは、ぜひお残りいただいて、彼らに個別に本学への進学について御相談ください。今後とも、京阪大学をよろしくお願いします」

二人は、再び頭を深く下げた。

2

関西歴史出版社に一通の手紙が届いた。京阪大学の助教である南山進一が受賞することになった歴史小説新人賞を設《もう》けている出版社だ。

封筒の裏には差出人として、藤原真代《ふじわらまさよ》という名前だけが印字されていた。パソコンのプリンターを使ったものだと思われる。

手紙は以下のような内容であった。

〝関西歴史出版社気付　南山進一先生
前略、失礼いたします。

今月の大滝寺教授による京阪大学市民開放土曜講座を楽しく拝聴しました。私は他の大学の卒業生なのですが、国文学科がありませんでした。しかたなく英文学科生となりました。大学時代は有意義でしたが、一つだけ後悔があるとすれば、好きな国文学について充分に学習する機会がなかったことです。

かつて代々庄屋をしていた私の家には小さな蔵がありまして、そこにいくつかの古文書が眠っています。とはいえ、特別に歴史的に価値のある史料はなさそうですし、書画や骨董《こっとう》の類《たぐい》もたいしたものは眠っていません。ただ一つ、私が気になっているのは、〝源氏　二の巻〟と表紙に行書体で書かれた古文書が長持ちの底にあったことです。綴《と》じられているので、古文書というより、古書籍ですね。もちろん手書きです。

読もうとしましたが、紙がくすんでいるうえに古文です。そのうえ、読みにくい崩し字でした。それでも、藤壺という名前が頻繁《ひんぱん》に出てくることはわかりましたし、帝、内裏、更衣といった言葉も判読できました。さらに御息所という文字もあったのです。

これは源氏物語の写本だろうと考えて、現代語訳と照らし合わせてみたのですが、そのような内容に合致する部分はありませんでした。表紙に書かれた〝二の巻〟というのは、元のものをアレンジした二番煎《せん》じのパロディという意味なのだろうと考えて、私は長持ちの底に戻しました。

けれども頭の片隅にはずっと残っていました。地下鉄の車内告知で、〝消えてしまった源氏物語〟という土曜講座の演題を目にしたとき、あの古書籍のことが蘇《よみがえ》りました。

もしかしたら、何かヒントを得られるかもしれない。そう考えて、土曜講座を拝聴しました。そうしたら、五十四帖のうちの二帖目が現存しない幻のものという興味深い話を聞くことができました。

私の家は京都の洛北《らくほく》にあります。講座を拝聴したあと、長持ちを開けてもう一度〝源氏　二の巻〟を取り出しました。そして古語辞典を片手に、私の力で判読できる範囲で再び読んでみました。私は国文学科ではないですが、高校のときの古文は大好きでした。

藤壺や六条御息所のことだけでなく、皇位継承争いのようなことも書かれていました。これはどうやら、大滝寺教授がおっしゃっていた第一グループの政治小説のようです。表紙には〝源氏　二の巻〟とあるだけで、帖名は書かれていませんでした。原本を写したもののようですが、帖名は写さずに〝二の巻〟としたのかもしれません。この写本のもとになったのもまた写本で、そこに帖名が書かれていなかったというケースも考えられます。何しろ印刷などなかった時代ですから。

いずれにしろ、とても貴重な発見かもしれないという気がします。財宝のような金銭的価値はなくても、日本文学史を変える可能性はあります。

話は変わりますが、南山先生の歴史小説新人賞受賞作である『カスガの極秘』をとても興味深く読みました。私の出身地である京都も歴史に溢れた都市ですが、奈良はさらに古い歴史を擁《よう》しているのですね。歴史小説の形を借りながら、独自の見解を展開なさっている手腕には感服いたしました。深い専門知識と洞察力があればこその作品だと思います。南山先生の市民開放土曜講座も、もちろん拝聴しました。小説の内容を噛《か》み砕《くだ》いてわかりやすい解説をしていただき、感動いたしました。

南山先生なら、私にはおぼろげにしか理解できない〝源氏　二の巻〟について、真摯《しんし》にきちんとした研究をしてくださるのではないかと思い、筆を取りました。近いうちに大学のほうに電話をいたしまして、詳細をお話しさせていただきたいと思っております。その節はよろしくお願いします。

藤原真代〟

3

京阪大学へ出勤のために向かっていた沢哲明助教の携帯電話に、着信が入った。ディスプレーには〝公衆電話〟と出ている。

公衆電話からなどめったにないことだけに、沢は不審感を抱きながらも電話に出た。

「もしもし」

しばらく間を置いて、相手の声が響いた。

「沢さんですね。突然にすみません。今、お時間よろしいでしょうか」

男性とおぼしき無機質な声だった。

「どなたですか？」

またしばらく間が空いた。

「小野《おの》と申します。私は、ある高校の教員をしております。教え子が京阪大学で沢さんのお世話になりました」

「ああ、そうですか」

勧誘や宣伝の類ではなさそうだ。しかし、沢は警戒を解《と》かなかった。声の様子が機械的で少し不自然なのだ。

「実は、沢さんに取り上げてほしいものがあるのです」

「取り上げる?」

「平安時代の文学に関するものです」

声に違和感があり、反応が遅れる理由がわかった。相手は、コンピューターの音声読み上げ機能を使っているのだ。入力して読み上げるまでに時間がかかる。声ももちろん本人のものではない。

「必ずや沢さんの研究に役立つものだと確信しております。わが小野家に代々伝わる古びた写本なのですが、妻が勝手にそれを持ち出そうとしています。妻とは離婚話が進んでいます。私は、妻によって奪われてしまうのには抵抗があります。値打ちのあるものなら、その真価が世間に取り上げられること自体には反対ではないのですが、妻の手柄《てがら》になるのはたまりません。教え子から沢さんのことを聞いて、沢さんなら動いてくださるのではないかと思い立ちました」

胡散臭《うさんくさ》さも感じるが、電話を切る気にはならない。相手は自分のことをよく知っている様子なのだ。

「お会いして、小野さんから話を聞くことはできますか? 連絡先も教えてください」

「そうしたいのですが、事情がありまして、私の連絡先を明かすことは今の段階ではできません。信頼関係ができましたなら、可能だと思っております」

「どうしたら、信頼関係はできますか？」

「まずは私のことを信じてください」

4

大阪府警枚方《ひらかた》北警察署から、行方不明者届が生活安全部消息対応室に回ってきた。

行方不明者は、自発的な蒸発や家出など犯罪が絡んでいない一般行方不明者と、拉《ら》致《ち》や監禁《かんきん》など犯罪が絡んでいる特異行方不明者に分けられる。前者なら警察は関与しないで、探偵事務所や興信所などと呼ばれる民間機関が人捜しとして扱う領域になるが、一般行方不明者か特異行方不明者かの判別は容易《ようい》なことではない。そのときは所《しょ》轄署《かっしょ》から消息対応室に案件が送付されてくる。調査をして、できるだけ速《すみ》やかに判定をするのが、安治川たち消息対応室の仕事だ。

「行方不明者として今回の届出の対象になっているのは、京阪大学で助教を務めている南山進一、三十三歳だ。独身で大学に近い枚方市のマンションに住んでいる。届出人は奈良県在住の実母の南山佳津江《かづえ》、五十八歳だ。息子との携帯電話が繋《つな》がらないうえに、大学のほうも無断欠勤になっているということで、行方不明者届が提出された」

枚方北警察署から戻ってきた消息対応室室長の芝隆之《しばたかゆき》警部は、対象者についてそう説明した。

「助教って、どんな仕事なんですか？」

新月良美《しんげつよしみ》巡査長が尋ねる。

「私も詳しくは知らないが、教授、准《じゅん》教授に次ぐ地位の若手研究者を指す呼び名のようだ。助教は、授業も担当して教育にも関わるのが一般的だが、大学によってシステムの違いはあるそうだ。紛《まぎ》らわしいが、かつて使われていた助教授とは違う。以前の助教授が、現在の准教授に相当する。助教授はたいていが教授になれたが、助教はすべてがなれるとは限らない。終身雇用といった保障も必ずしもないようだ」

「この男性、知っとりますで。もっともわしのほうが一方的に知っているというだけですけど」

安治川信繁は行方不明者届のコピーを見ながら言った。消息対応室のメンバーはこの三人だけである。安治川は再雇用警察官という身分で、階級も巡査部長待遇という曖昧《あいまい》なものだ。

「京阪大学が月一回行なっている市民開放土曜講座で、教授から紹介を受けてましたのや。その二ヵ月前には、土曜講座での講師も務めていました。わしは仕事があって聴きにいけしませんでしたけど」

　南山進一は、関西の出版社が主催する歴史小説の新人賞を受けていて、その題材を元に土曜講座で講演もしていた。将来性のある研究者だと言えそうだ。

「母親によると、風邪一つ引かないほどの健康体で、居なくなる理由はまったく思い当たらないということだ。住んでいたマンションを母親が訪ねると、机の上に〝雲隠〟と書かれた小さな紙切れが置かれていた。紙切れからは南山進一の指紋が出ている。枚方北警察署は、それが自発的な失踪《しっそう》を示すメッセージの可能性があるとも考えている。しかしその一方で、無断欠勤などこれまで一度もなく、真面目な性格なので何らかの事故や事件に巻き込まれたこともありうると見ている。なかなか判別が難しそうな事案だ」

　芝は腕組みをした。

　安治川は少し間を置いてから言った。

「その雲隠というのは、ひょっとしたら源氏物語の帖名やおませんか。〝雲隠〟という帖名だけが書かれたものがあるのです。光源氏が死去したことを、その二文字で暗示していると言われとります」

　四十一帖の〝幻〟と四十二帖の〝匂兵部卿〟の間に、〝雲隠〟は位置する。

「雲隠という言葉は、姿を消すということではなく、死を意味しているのだろうか。

たとえば自殺するといったことを含めて」

「いえ、それは即断でけしません。いずれにしろ、大学やマンションに足を運んだうえで調査をしてみることが必要やと思います」

「そうだな。大学には連絡しておくから、今から行ってくれるか。届出人である母親の佳津江さんにも話を聞いておきたい。そちらは私がやろう」


安治川信繁と新月良美は、消息対応室のある地下鉄谷町《たにまち》線四天王寺前夕陽ヶ丘《してんのうじまえゆうひがおか》駅から天満橋《てんまばし》駅まで乗車して、京阪電車で枚方市駅に向かった。

「京阪大学ってかなり偏差値が高い私学ですよね。うちの高校時代に、同級生四人が受験しましたけど二人が不合格でした。そのうちの一人は附属高校の入試でも落ちていて、二連敗だと自虐気味《じぎゃくぎみ》に言っていたのを覚えています」

「新月はんの学年が大学入試を受けたのは十五年ほど前ですね」

「ええ。うちは調査対象者の南山進一さんと同い年の三十三歳です。高卒で府警に入ることが第一志望だったので、うちは大学に進学することは考えませんでしたけど」

「わしかて高卒や。わしの世代はもちろんのこと、新月はんの世代と比べても少子化はどんどん進んでいる。それやのに、大学の新設は増えている。かつては大学が受験生を篩《ふるい》にかけたが、今では受験生のほうが大学を選択でける。せやから大学のほうもかつてのような殿様商法で受験生を待っておったらあかん時代になったんとちゃうか。京阪大学の土曜講座では、受験生を親族に持つかたは残って進学相談をしてください、という呼びかけが教授からあった。受験生や学生が集まらんことには私学は成り立たへん」

「新聞で読んだことがあります。定員割れしている大学は、実に四割を超えているそうですね」

「選《え》り好みをせんかったら、進学希望者はどこかの大学に全入でけるという時代やな。わしらの高校時代は、欧米の大学は入りやすいけど卒業が厳しくて、日本の大学は入試は難関やけども入学すればあとは楽やと言われていた。けど今では、入試はたやすくて卒業も平易《へいい》ということになってしもうてる。せやから、日本の若者はダメになっている……ていうのは年寄りの愚痴《ぐち》やな」

「うちかてそう思いますよ。補導される少年の中には大学生も増えています。せやから成人年齢を十八歳にして自覚を持たせることには賛成です」

　枚方市駅からは徒歩圏内で京阪大学のキャンパスに着く。建学が浅い大学はどうしてもアクセスが不便な郊外に校地を構えるが、京阪大学は歴史があるので通学には便利なロケーションを有している。このあたりは受験生集めのアドバンテージになっているだろう。

キャンパスは清掃《せいそう》が行き届き、校舎もきれいなアイボリーカラーの外壁で統一されている。外観の良さも受験生が選ぶ決め手の一つになっているようだ。土曜講座のあと安治川はキャンパス内を歩いてみたが、学生食堂のメニューの充実ぶりには驚いた。

5

文学部応接室という表示が出た部屋に通されたあと、ロマンスグレー髪の大滝寺が現われた。

「文学部の中古《ちゅうこ》文学講座で主任教授をしている大滝寺秀臣です。もっとも中古文学講座では教授は私一人しかおりませんから、必然的に主任教授ですが」

「大阪府警消息対応室の安治川信繁と申します。こちら新月良美です。今、中古文学と言わはりましたか?」

「ええ。平安時代に成立した文学を、中古文学と呼びます。中古車みたいで嫌なんですが、それが正式名称なんですよ。奈良時代以前は上代《じょうだい》文学、鎌倉《かまくら》から安土桃山《あづちももやま》時代が中世文学、江戸時代が近世文学、明治以降が近現代文学です。わが京阪大学国文学科では、それら五つの時代ごとに講座を置いて、そこに教授または准教授を一名ずつ配しています。講座ごとに助教は二名ほどおります。そのほか各講座とも外部から

三、四名の非常勤講師を招聘《しょうへい》しています。それで授業やゼミをやりくりしています。学生たちは二回生になったときに、自分の専攻をどの時代の講座にするかを選択します」
「実はたまたまですけど、わしは大滝寺先生が講演しはった市民開放土曜講座を拝聴しておりましたのや」

「そうでしたか。そいつは何かのえにしですな」

「源氏物語の話はおもしろかったです。難しい内容で眠うなったらどないしようかと懸念《けねん》していたのですが、杞憂《きゆう》でした」

「そう言ってもらえると嬉しいですな」

大滝寺は、照れくさそうにロマンスグレーの髪を掻《か》き上げた。

「今回、行方不明者届が出ております南山進一はんも演壇に登場しはりましたさかい。お顔は存じ上げています」

「正直申し上げて、驚いています。とても真面目な性格なので、無断欠勤など考えられません」

「いつから欠勤なんですやろか」

「大学の教員というのは、普通のサラリーマンのような勤務時間の定めはありません。とりわけ助教時代は研究がメインになります。図書館に出向いて資料を探していても、自宅で論文を書いていても、仕事になります。出勤簿のようなものもないです。南山君は、一回生のための基礎演習というゼミを一コマ、二回生向けの中古文学概論という講義を一コマ担当していました。そのほかに高校生向けのオープンキャンパスでのガイド役や府内の高校の進路指導部を回っての広報活動などの仕事も担《にな》っています」

「一コマというのは？」

「大学の授業は九十分単位で行なわれます。九十分間が一コマになります。ですから担当としては週二回だけです。ただし、助教の役割というのは他にもあります。学生が提出したレポートを読んで添削《てんさく》をします。また私が個別に指示した業務もやります。三日前の二回生向けの講義のときに南山君は来なくて、休講になりました。事務室のほうからその連絡を受けたので、私は彼の携帯電話にかけましたが繋がりませんでした。彼は一人暮らしだと聞いていたので、彼が届けている実家のほうに連絡しました。すぐにお母さんが心配顔で大学に出向いてきました。やはり携帯に出ないそうです。その翌日の基礎演習も彼はやはり無断欠勤でした。お母さんの話によると、彼が住んでいるマンションを訪ねたところ、〝雲隠〟と書かれた紙が机の上に置かれていたということでした。私は、少し静観《せいかん》してみてはどうかとお母さんに勧めたのですが、行方不明者届を警察に出すとおっしゃいました。この私自身も、若い頃には研究に行き詰まってしまって、授業を休講にして一人旅に出かけた経験があります。もっとも、休講にすることは事前に伝えましたが」

「三日前から連絡がのうて、携帯電話もまだ繋がらへんということですね？」

「ええ、遺憾《いかん》ながらそうです。南山助教が講義を休んだのが三日前ですが、その日にいなくなったとは限りません。講義は月曜日なので、土日のことはわかりません。また平日でも、大学での仕事がないときは自宅で研究していることもあります」

「なんぞ心当たりは？」

「私にはないです。彼は、小説が新人賞をもらって好調だったと思うのですが、本人でないとわからない事情もあったのかもしれません」

「土曜講座では、もう一人助教のかたが演壇に出てはりましたね」

「ええ。私どもの中古文学講座では、助教は二人います。沢哲明君です」

「そのかたにも、お話を聞きたいです」

「正直なところあまり警察のかたにウロウロしてほしくはないのですが、まあしかたありませんな」

「それと南山はんの大学での部屋も見ておきたいです」

「この大学では、助教は個室が与えられていません。学科ごとの共同研究室という大きめの部屋にパーティションで区切られた各自の机があります。沢君を呼んで、案内させましょう。その前に一つお願いがあります。この件はなるべく学外には伏せたいのです」

「伏せたいと言わはりますと？」

「警察のかたなら新聞社などマスコミとも繋がりをお持ちでしょうが、助教が無断欠勤したことが取り上げられては、京阪大学の信用に関わります。今も言いましたように、研究に行き詰まって一時的に逃避したくなることは、われわれ学究の世界ではよくあることなのです」

大滝寺は、京阪大学の世間体や評判を気にかけているようだ。無料で土曜講座を開くなどのPRをして学生を集めようとしているこの時代に、スキャンダルはどんなものであってもマイナスになると懸念しているのだろう。

「わしら消息対応室は、分室のような場所にありますよって、マスコミがやってくることはおませんのや」


長身の沢哲明は、ラフなジーンズにトレーナーで現われた。土曜講座のときは、きちんとしたスーツ姿であったが。

「きょうは、基礎演習も講義もないので、こんな格好で失礼します」

沢は先にそう断った。

安治川と良美は、沢に先導されて文学部事務室の二階にある第一共同研究室に向かった。

　壁に大きく〝禁煙　私語厳禁　学生の出入り禁止〟と書かれた大きな部屋に、不透明のアクリル板で仕切られたボックスのようなスペースが、二十個ほど並んでいる。十数人の若年の男女が各ボックスに置かれてある机に向かって黙々と研究をしている。

「文学部の国文学科、哲学科、文化学科の三つに属する助教がここにいます」

　沢は潜《ひそ》めるかのような小声で説明した。滑舌《かつぜつ》はいいので、聞き取りにくさはなかった。

「英文学科や歴史学科などの他の学科は、文学部の第二共同研究室になります。南山助教の机はこちらです」

　文献資料、授業教材、基礎演習教材といった表題がややクセのある字で背表紙に書かれたファイルが、ブックエンドで挟まれて置かれてある。デジタルの時計と月別の卓上ダイアリーがその脇に並んでいる。それ以外のものはなく、机上は綺麗《きれい》だ。

「引き出しを開けてもよろしいですやろか」

「ええ、どうぞ」

　間仕切りしたスペースに、筆記具、付箋《ふせん》、ハサミ、ホッチキスといったものが整然と配置されていた。

「なかなか几帳面《きちょうめん》なかたのようですな」

これといって手がかりになるものはなかった。卓上ダイアリーの書き込みも〝レポート返却日〟〝課題締め切り〟〝スクールガイダンス会議〟といった仕事関係のものばかりだった。

「お話は、廊下の長椅子で承ります」

沢はそう促した。静粛《せいしゅく》が求められる共同研究室では、会話はしにくい。

安治川と良美は廊下に出た。廊下は広くて、長椅子が三脚置かれている。

「学生が訪ねてきたときは、ここで応対します。他の助教の邪魔をしてはいけませんから」

沢は声を潜めることなく言った。

「助教はん同士の会話も、中ではやりにくそうですな」

「ええ。廊下に出て話すことが求められます。もっとも一般企業と違って、大学の仕事はチームプレーではありませんので、あまり話し合ったりミーティングをしたりする必要はありません」

沢はそう答えた。

「そしたら、南山進一はんのプライベートな面はあんまし知らはらしませんか」

「ええ、お互いそういう話はしないです」

廊下の向こうから段ボールを抱えた三十代後半くらいの女性がやってきた。髪をポニーテールに結《ゆ》わえ、白いブラウスと黒のタイトスカート姿だ。メイクは薄い。

沢は「少しだけ中断させてください」と言って立ち上がった。

「急なお願いで申し訳ありませんね」

沢は女性に頭を下げる。

「いいえ、南山助教の代役が務まるかどうか自信はありませんけれど、精いっぱいやらせてもらいます」

女性も沢に頭を下げた。

「非常勤講師として、講義を二コマ担当してもらっている千歳《ちとせ》さんです。南山助教が来週も出勤しない場合に備えて、代役として臨時助教をお願いすることになりました」

沢はそう説明した。

「千歳実香子《みかこ》です。初めまして、よろしくお願いします」

彼女は、ポニーテールの黒髪頭を丁寧《ていねい》に下げた。安治川たちを大学関係者と誤解したのかもしれない。

安治川はやや戸惑いながら、沢に訊《き》いた。

「代役ですか……もしかして南山はんは、来週も出てこない兆候《ちょうこう》があるんですか？」

「いいえ、そういうことではありません。ただ、大学としては二週間連続の休講はよくないと考えているわけです。もし彼が出勤してきたなら、千歳さんには申し訳ないがすぐに交替してもらうことになっています。こうして荷物まで持ってきてもらったのに、勝手なことですが」

「いえ。大滝寺教授から『あくまでも期間は未定で、すぐに契約解消になるかもしれない』という前提条件を聞いたうえで、お引き受けしましたから了承しています」

「では、空《あ》いている机に案内します」

沢は、千歳実香子を先導して共同研究室に入っていった。

安治川は良美のほうを向いた。

「さいぜん大滝寺教授が言うたように、大学としては失踪騒ぎが大きいなってしもうたら、評判を落とすことになりかねないと懸念してるんやろ。そやから、代役を早めに準備したというところやないかな」

「欠勤は長引くと考えているのでしょうか」

「そいつはわからんけど、携帯電話も繋がらへんままの無断欠勤やさかい、たとえすぐに戻ってきても謹慎《きんしん》などの処分をうける可能性はあるんとちゃうか」

「それはありそうですね」

沢が戻ってきた。

「今の女性は、非常ナントカいうことでしたけど」

「非常勤講師です。非常事態の非常ではなく、常勤ではないという否定の意味で非が付きます。他の学校などで別の仕事を持っている一方で、こちらまで授業だけをしにきてくれるかたたちです。一コマいくらという時間単位の契約になります。私たち助教は常勤なので、スクールガイダンスや入学試験といった校務も受け持ちますが、非常勤講師のかたは授業前に来て、授業が済んだらお帰りになります」

「臨時助教て言うてはりましたな」

「ええ。千歳さんは中高生対象の塾講師をしておられるので、昼間の時間帯は空いているということで、大滝寺教授から臨時の助教をお願いしました。あくまで臨時なので期間は不定で、きょうから来てもらっています」

「いろいろと大変ですな」

「大学にとっては、授業をきちんとすることが最重要の責任です」

「あらためてお訊きしますけど、南山進一はんの失踪についてなんぞ思い当たることはおませんやろか」

「まったくありません。研究ばかりしていると息苦しくなる気持ち自体はわかります。助教には、論文作成のノルマも課せられますから、精神的にも肉体的にもとてもしんどいです。うちの大学では、助教は一年契約です。もちろん延長されることはいくらでもあるのですが、たとえ年度末にお払い箱になっても文句は言えません。もし論文作成のノルマが果たせなかったら、解約の理由になりかねません。それもただ書けばいいというものではなく、内容が高評価されるものでなくてはいけません。それだけにプレッシャーも強いのですが、助教はみんな自分自身と闘いながら研究漬けの毎日を頑張っています」

「無断欠勤も、解約理由になりますな」

「なるでしょうね。それを承知のうえでの行動なのか、よくわかりません」

沢は首をひねった。

「異性関係はどうですやろか」

「それは全然知りません。お互いそういう私的なことは訊《き》きにくいですし、訊くべきではないですから……一般企業で同じ部署の同年代なら、仕事帰りに飲みに行くといったこともあるでしょうが、われわれの世界はそういうことはありません。正直言って安い給料で、可処分所得のかなりを文献や資料の購入など研究のために費やしますので、そんなお金もないんです」

チャイムが鳴った。

「あと十分で、二回生向けの講義の時間になります。そろそろよろしいでしょうか」

「授業は、どのくらい担当してはるんですか」

「南山助教も私も受け持ち数は同じです。講義のほうは一コマです。彼は〝中古文学概論〟で私は〝中古文学の文体〟です。講義以外に一回生の基礎演習が一コマなので、それだけ見れば労働時間はとても短いのですが、研究と論文作成に注ぎ込む時間は無限に近いものがあります」

「基礎演習というのは？」

「新入生のための入門講習ですよ。高校まではクラス単位で行なわれる授業が、大学に入ると大教室での講義形式になりますから、戸惑いがありますよね。高校までのような学級担任の制度もありません。そのギャップを埋めるために、京阪大学では助教が基礎演習を担当しています。高校から大学への橋渡しの役割があります。助教は教授に比べて年齢も近いので学生たちも話しやすいです。中古文学講座をはじめとして国文学科には助教が九人いますので、基礎演習は一学年約百五十人を五十音順に九つのクラスに分けて、各助教が一クラスずつを担当しています。一クラス二十人以下の少人数で、きめ細かな指導が売りです。国文学科は、京阪大学で最も創設が古い学科です。幕末の国学塾が大学のルーツなんですよ。ですから他の大学よりも国文学科は充実していますし、学生数も多いのです。あのすみませんが、時間ですので、これで失礼します」

沢は共同研究室に戻ると、数冊の本とノートを手に出てきて、安治川たちに一礼して講義に向かった。

「うちは高卒なので、よくは知らないんですけれど、大学に進学した同級生たちは気楽な学生生活を送っていました。けど、先生のほうはなかなか大変なようですね」

「一年契約という立場はきついな。若い時期なら転職が可能とはいえ、お払い箱になってからの職探しは容易やない」

「そうですね」

「臨時助教になったという女性にも、話を聞いてみよや」

千歳実香子にも、廊下に出てきてもらった。

「南山助教が失踪したことは、大滝寺教授から連絡をもらって驚きました。南山助教とは面識がある程度ですが、真面目なかただとお見受けしていましたから」

「あまり交流はあらへんのですか」

「非常勤講師というのはあくまでもパートタイムです。決められた曜日の決められた時間に外部から来て、授業が終われば帰ります。こういう共同研究室の席も与えられません。ですから、教員のかたとの交流もほとんどないのです。学内の事情もよくわかっていないので、このたび基礎演習の代役を申し渡されましたが、務まるかどうか一抹《いちまつ》の不安もあります。せめて京阪大学の卒業生であれば、ある程度のことは理解できているのですが。むしろ学生さんにガイダンスをしてもらうことになるかもしれません」

千歳実香子はかすかに笑った。

「非常勤講師はんも一年契約なんですね」

「ええ、そうです。私はメインの仕事として、塾で中高生相手に国語を教えています。塾は夕方以降なので、昼間は時間が空いています」

「非常勤講師というのは、そういうかたが多いのですか」

「いいえ。他の大学で教授や准教授をなさっている先生が多いと思います。教授や准教授は、自分の大学で講義やゼミを持つ曜日や時間帯が決まっているので、空いている曜日や時間帯に他の大学に出向いて非常勤講師を務めます。端的に言えば、出稼ぎのアルバイトですね。私の場合はこの大学で〝中古文学における女性像〟と〝文学とジェンダー〟という二つの講義を受け持っています。前者は中古文学講座生向けで、後者は国文学科全員向けです。受講学生数に差がありますが、報酬は同じなのです」

「助教の時代は、研究に時間を取られて多忙そうですが」

「ええ。若い時期ほど苦しいと思います。大学院の博士課程を出ても、そう簡単には職にありつけません。とくに文系はそうです。ポスドク、すなわちポストドクターと呼ばれる非正規で収入の低い研究員という下積みの時期を多くの者が経ています。助教に採用されたならポスドクよりは収入が増えて、正規の教員になっていく道も開けますが、京阪大学の助教は一年契約なので、充分な保障はありません」

「なんでそないなことになるんですか」

「政府は平成になった頃から、大学院重点化政策と呼ばれる施策《しさく》を打ち出しました。それによって大学院に進学する若者は増加したのですが、大学教員の定数はあまり増えることなく、必然的に大学院の博士課程を出たものの定職に就《つ》けないという現象が出てきてしまったのです。欧米では博士課程修了者は企業にも就職しやすいと聞きますけれど、日本の企業は頭でっかちで独りよがりだとして採用しない傾向があるんです。私は京阪大学ではなく、京都の洛中《らくちゅう》大学の出身でそのまま大学院にも進みましたが将来性に希望が持てず、二年間の修士課程だけで終えることにしました。各大学とも実学を重んじる潮流が進んでいるので、国文学科というのは縮小される傾向にあります。私の母校である洛中大学では学生定員を半減させました。そういう状況下で、正規雇用の大学教員になるのは、他の学科や学部よりもさらに厳しいのです」

「修士課程というのも大学院なんですな」

「一般的に大学院は、修士課程が二年間で、そのあとの博士課程が三年間です。あわせて五年間になります。修士課程だけなら卒業時は二十四歳くらいなので、文系であってもまだ民間企業への就職は可能です。でも博士課程となると、容易ではないのです。だけど正規の大学教員になるには、基本的に博士号が求められます。そこにもポスドクが増えてしまう原因があります。もっとも大学教員といっても、私のような非常勤講師は別です。博士号を持っていなくても、就くことができます。ポスドクの中にも非常勤講師をすることで糊口《ここう》をしのいでいる人は少なくありません。糊口をしのぐと言うと誇張と思われるかもしれませんが、非常勤講師は一コマ一回を勤めて、一万五千円程度の報酬なんです。月に三十万円の収入を得ようとしたら、いくつかの大学を掛け持ちしてトータルで二十コマくらいの授業を担当しなくてはなりません。大学から大学へと移動しながら、そんなにたくさんの授業をすることは物理的に不可能に近いです。もちろん研究の時間は取れません。専任の教授や准教授になれば、六コマから七コマくらいでいいわけですし、移動も不要です。月収は数十万円もらえて、ボーナスも社会保険制度もあります。何よりも身分が安定しています。月とスッポンの差があるんです」

千歳実香子はほんの少し頭を下げた。

「ごめんなさい。日頃から不公平だなと思っていることなので、しゃべり過ぎました」

「いえいえ、参考になります。そしたら、助教という立場も、この大学では不安定なんですね」

「はい、そうです。でも、大滝寺教授はあと二年で定年ですから、南山助教か沢助教のどちらかが准教授として採用されるのではないでしょうか。そうなったら、採用されなかったほうは居づらいことだと思います」

「あんさんは可能性はないいんですか？」

「ありえないですよ。博士号は持っていませんし、京阪大学の卒業生でもありません。この大学では、他大学出身の専任教員はごくわずかだと聞いています」

「学閥《がくばつ》みたいなもんですか」

「まあ、そうですね。学歴が問われない社会になってきているのに、役人の世界と大学教員の世界は、いまだに出身大学が幅をきかせています」

「どちらの助教はんが有力なんですやろか」

「それは部外者の私にはわかりません」

千歳実香子は大きくかぶりを振った。

6

そのころ芝は、行方不明者届の届出人である母親の南山佳津江を消息対応室に呼んで、事情を聞いていた。

南山進一は、三歳年下の弟と二人兄弟であった。進一は大学三回生のときに父親を病気で亡くしていた。それまで専業主婦であった佳津江はパートでの仕事を探して働き始めた。進一は大学院に進まずに就職活動をしようかと考えたが、工業高校三年生の弟が電気工事会社への採用が内定して「おれが家計を支えるから」と言ってくれたということであった。

「進一は、いつまでも弟の世話になってはいられない、と一生懸命頑張っていたと思います。助教になれたときは喜んでいましたが、一年ごとに更新の契約でして、お給料は月に約二十万円で、残業手当がもらえる弟よりも低いです。しかも一学年下に沢さんという有望な人がいるので、『安穏《あんのん》とはしていられない』と言っていました。学部生時代は奈良市内の実家から通っていましたが、移動の時間を節約したいと、大学の近くにマンションを借りました。マンションといっても、昔の公団住宅をリノベーションした古くて狭い部屋ですが」

「歴史小説で新人賞をもらわれたのですね」

「はい。賞金も魅力でしたが、知名度を上げることで、自分の評価を上げたいと考えているようでした。マスコミが注目してくれたなら、京阪大学のＰＲにもなると話していました。今の大学は、宣伝が重要な時代だそうですね。進一はあまり多くは語りませんでしたが、それによって沢さんとの差を縮めたいようでした」

「縮めたいということは、年下の沢さんにリードされていると捉《とら》えていたのですか？」

「進一はそのような口ぶりでした。〝下《した》あがり〟と言うそうですが、沢さんは京阪大学の附属中学と附属高校を出ています。進一のほうは、高校までは奈良の公立です。しかも沢さんのお父さんは附属中学と附属高校のPTA会長をなさっていたとかで、大学の理事さんたちにも顔がきくようです。進一は、『実績でまさるしかない』と言っていたことがあります。私は専門的なことはよくわからないのですが、国文学の世界では新しい発見はめったにないそうで、画期的な新しい論文を書くことは簡単にできるものではないということです。それならば、小説という形で広く世間に認められるのも一つの方法だといったことを帰省したときに話していたことがあります」

「進一さんとはよく話をしておられたのですね」

「いえ。研究が忙しくて、帰省はたまにでした。帰ってきたときは、母親としてはやはり気になるのでいろいろ訊いてしまいます。進一はあまり自分からは話したがらなかったのですが、こちらの問いかけを無視するようなことはありませんでしたし、本音も話してくれたと思います」

「一番最近に、連絡を取られたのはいつですか」

「先々週に、中学のときの担任の先生が亡くなられて、お葬式の連絡電話が同窓会幹事のかたから実家に入ったので、すぐに進一に伝えました。大学の講義と重なるので行けないが自分から返答しておく、ということでした。元気そうだったので、何も心配していませんでした。それなのに、大滝寺先生のほうから無断欠勤しているという電話があって、びっくりしました。進一の携帯は繋がりません。私はマンションの鍵を持っているので、取るものも取りあえず駆けつけました。倒れていたらどうしようかと不安で不安で、電車を乗り間違えてしまいました。進一のところを訪れるのは半年ぶりでした。そのマンションの中は、半年前と全然変わりませんでした。資料と書籍に囲まれた空間で、進一の姿だけがありませんでした。そして〝雲隠〟という二文字が書かれた小さな紙切れが机の上に置かれていました。いったいどういうことなのか、わけがわかりませんでした。狐につままれるというのは、このことなのでしょうか」

「他に何の手がかりもなかったのですね」

「ありません」

「立ち入ったことを訊きますが、異性関係はどうでしたか？」

「学部生時代は仲の良い同級生のかたが一人いたようです。でも大学院に進んでからは何もなかったと思います。今も言いましたように、とにかく専任の教員になることに一生懸命頑張っていました。そういう余裕はなかったはずです」

「その女性のお名前は？」

「そこまでは聞いていません。恋人であったかどうかも定かではないです」

「友人関係はどうですか？」

「特別に親しくしているかたもいなかったと思います。弟のほうは、友人も多くて、婚約者も最近できたのですが、陽と陰というくらいに対照的でした」

「現在も携帯電話は繋がらないのですね」

「四、五時間おきくらいにかけているのですが、電源が入っていないのだと思います」

「どこかに行っている心当たりはないですかね。親戚のかたとか」

「それはないですね。親戚づきあいはほとんどありません」

「弟さんはあなたと同居ですか」

「はい、そうです。弟のほうにも連絡は入っていません」

「マンションの中をわれわれが見せてもらうことはできますか」

「ええ、どうぞ」

佳津江は鍵を取り出した。

「他に鍵を持っておられるかたは?」

「おりません。借りるときに鍵を二本もらって、一本は進一が、もう一本は私が預かりました」

芝は安治川と合流して、南山進一のマンションに向かった。

良美には、彼が新人賞を受けた関西歴史出版社に行ってもらうことにした。

「文学部の他の助教たちにも話を聞いたんですけど、収穫はあらしませんでした。それぞれが自分の専門研究に没頭していて、他は視野に入らへんという状況です。まるで受験生みたいなもんですな。専任の教員になれたなら、余裕もでけるんですやろけど」

「安治川さんの話を聞いて私が気になったのは、沢という同じ専攻の助教だな。彼と南山さんのどちらかが二年後に専任教員になれるであろうというライバル関係にある。年齢も近いだけに、相手がいなくなってくれたなら、と思うことはお互いにあるだろう」

「それはわしも感じました。けど、そやからいうて、彼が南山進一はんの失踪に関わっているとするのは短絡《たんらく》やとも思います」

「そうだな。沢助教には動機がありすぎる」

南山進一の住まいは、昭和のブームの時代に建てられた同じような外観の集合住宅が並ぶ団地であった。老朽化と高齢化で退去者が増えてきたため、若い入居者を集めるために団地のリノベーションが各地で行なわれているが、ここもその例の一つだ。外壁はきれいに塗られ、樹木も多く植えられている。

母親の佳津江に了解を得ているので、まずは集合郵便受けを見てみる。郵便受けには手紙やハガキはなかった。定期購読していると思われる国文学の雑誌と家電量販店のセールを告げるダイレクトメールが届いていた。

「新聞は取ってへんようですな」

「学内の図書館などで各紙が読める環境にあるのだろう。節約という理由もありそうだ」

エレベーターのない四階だった。リノベーションはしたもののエレベーターの設置は構造的に難しかったということだろう。2DKタイプの部屋だった。かつては新婚世帯用に作られたようであった。

中に入ってみる。一つの部屋は書籍と資料で埋め尽くされていた。壁際に五つ並んだ不揃いの本棚は満杯状態だった。共同研究室では机以外のものは与えられないので、自宅に保管することになるのだろう。床にも資料が詰まった段ボールがいくつも置かれている。

「書籍代だけでも大変そうですな。専門書は値段も高いですやろ」

安治川は部屋の中を見回していった。机の上にも資料や書籍が積まれている。ノートパソコンは見当たらない。

息子を案じて訪ねた佳津江は、机の上に〝雲隠〟と記された紙切れを見つけていた。行方不明者届を受け付けた枚方北警察署は、佳津江が持参した紙切れと手書きの資料を科捜研に回して筆跡鑑定にかけた。二文字だけなので断定はできないものの、〝雲隠〟は南山進一が書いた可能性がかなり高いとされた。紙切れからは、南山進一と持参した佳津江の指紋だけが出た。

このことは自発的な失踪であることを推認させた。けれども、あまりにも短いメッセージであり、無断欠勤すれば一年契約の助教という立場が不利になることが明らかなのに行方をくらましたという点では、特異行方不明者の要素があった。そこで、枚方北警察署は消息対応室に案件を回してきたのだ。

「きょう調べた限りでは、失踪する理由は見つかりませんでした。プライベートな部分はほとんど摑めしませんでしたが、学究生活を送っているだけに交友関係は狭そうです」

「難しい案件だな。大学というところは、独自の世界で垣根がある」

「世間体や評判をひどく気にしてますよって、なかなかほんまのことがオープンになりにくい要素もあります」

寝室のほうは、安価そうな木製のベッドが置かれていた。こちらにも本棚が二つあった。趣味や遊びの要素を感じさせるものは見当たらない。研究者というよりも、修行僧のような研鑽《けんさん》生活を窺《うかが》わせる。本棚の一角に、南山進一が新人賞を受けた『カスガの極秘』が十数冊並んでいる。そのほかにも有名作家による歴史小説が置かれていた。強いて言えば、南山進一の趣味は小説と言えるのかもしれない。その本棚の横には、ＤＶＤ棚が置かれていた。タイトルを見ていくと、文学に関するテレビ番組が大半を占めていた。その中に〝土曜講座〟と書かれたＤＶＤがあった。日付からして、南山進一自身が行なった市民開放土曜講座のものが収録されていると思われた。安治川が受講した大滝寺教授の講演時も、職員が聴衆席の最後尾で、ビデオカメラを回していた。

室内の写真を撮り、机の上の資料の一部や土曜講座の収録ＤＶＤなど数点を持ち帰ることにした。

関西歴史出版社を訪ねた良美は、一足先に消息対応室に戻っていた。

新人賞の選考会では、作品の斬新《ざんしん》な発想と仮説が高く評価され、売れ行きもまずまずであった。出版社としては、第二作の執筆を打診したが、南山進一は「アイデアはありますが、多忙なのですぐには取りかかれないです」と返答していた。

「気になることが一つありました。編集部気付で南山さん宛てに、藤原真代という人物から手紙が届いていました。編集部はコピーをとったうえで、南山さんに転送したということです。南山さんはその礼の電話をかけてきて、それが三週間ほど前のことだったそうです。手紙のコピーをお借りしてきました」

良美は、芝に手渡した。

「住所は書かれていないんだな」

芝は一読したあと、そう言った。

「はい、そうです」

芝のあと、安治川はゆっくりと読んだ。

「消えた二帖目……わしが聴講した大滝寺教授の講演はまさにそれがテーマでした。研究者なら、興味を惹《ひ》かれる手紙やと思います。それにしても、なんで大滝寺教授宛てやのうて、南山はんに差し出したのやろ」

「新人賞の小説を読み、南山の市民開放土曜講座も聴いて感動したから、と手紙には書いてあるな。手がかりが少ない本件事案において、何かの糸口になるかもしれない」

「DVDを見てみましょうや」

パソコンにDVDを挿入した。南山進一が演壇に立った市民開放土曜講座が映し出された。

7

「私は奈良市の出身です。奈良は、京都に比べると神社仏閣の数は少ないですが、創建年代の古さでは勝っています。奈良は、現代では地味なイメージがありますが、古代は政治の中心地であったのです」

南山進一は、緊張気味に土曜講座の講演を始めていた。

「関西歴史出版社が奈良県にある神社仏閣の人気アンケートを取ったことがあります。一位から十位まではこうなりました。いわばベストテンですね」

演壇の後ろのスクリーンに、法隆寺《ほうりゅうじ》、東大寺《とうだいじ》、薬師寺《やくしじ》、興福寺《こうふくじ》、室生寺《むろうじ》、春日大社《かすがたいしゃ》、長谷寺《はせでら》、飛鳥寺《あすかでら》、唐招提寺《とうしょうだいじ》、橿原神宮《かしはらじんぐう》という寺社名が並んだ。

「どれも有名ですよね。実際に行かれたかたも多いと思います。私は、奈良公園の近くで育ちました。狭い家ではありましたが、奈良の香りが強く漂う場所で幼少期から青年期にかけての時期を過ごすことができたことは幸せでした。奈良のシンボルでもある鹿は、ごく身近な存在でした」

安治川が参加したいと思いながらも、仕事で行けなかったのが、この講演であった。演題は、〝春日大社の秘められた歴史を紐解く〟であった。

安治川は、自分の信繁という名前が戦国時代の武将・真田幸村《さなだゆきむら》の本名から名づけられたこともあって、歴史には関心があった。奈良や京都にも非番のときにはよく足を運んだが、春日大社も一度参拝したことがある。広い敷地をもち、二十年ごとに式年《しきねん》造替《ぞうたい》を行なう格式の高い神社であることはよくわかったが、謎めいたものを感じたことはなかった。それだけに、その演題には惹かれるものがあった。こういう形で、DVDを見ることができるのは望外のことであった。

「私は高校時代には、大学では奈良時代の文学を勉強しようと思っていました。国語、とりわけ古文は大好きだったので、国文学という学科は迷いませんでした。その中の奈良文学を選ぼうと思ったのは、生まれ育った故郷が影響しています。しかし二回生になって実際に専攻を選択するときには、私は平安文学を選びました。奈良だけという狭い世界にこだわらないほうがいいと思ったのと、中古文学講座の主任教授である大滝寺先生の講義を拝聴したことがきっかけでした。専門科目の講義は三、四回生向けなのですが、各講座がどういうものなのか。教室の後ろのほうで一度ずつそっと拝聴して回ったのです。京阪大学はそういうことを許してくれる懐《ふところ》の深さがあります。その結果、大滝寺先生の深い学識に裏打ちされた流麗な講義に感銘を受けました。先生の弟子になりたい、とそのとき思い立ったのです。それとともに、国文学だけでなく、国史についてもしっかり勉強してみようと思いました。文学と歴史というのは、古い時代は密接に結びついていますから」

スクリーンが切り替わって、愛らしい鹿の親子が映し出された。

「先ほど言いましたように、幼少期から鹿がいるのが当たり前の毎日を送ってきました。春日大社では鹿が神の使いとされていて、大切にされているからです。その由緒《ゆいしょ》は、奈良時代に神様が鹿にお乗りになって、常陸国《ひたちのくに》から大和国《やまとのくに》にお越しになったということに基づくとされています。その神様は、タケミカヅチノミコトというお名前で現在の茨城県《いばらき》鹿島《かしま》からお越しになったということです。Jリーグの鹿島アントラーズの鹿島です。さらに現在の千葉県香取《かとり》からフツヌシノミコト、大阪府の枚岡《ひらおか》からアメノコヤネノミコトとその妻とされるヒメガミをお呼びして、合計四社の社殿を造営したのが、春日大社の創祀《そうし》とされています。それらの神様をお呼びしたのは藤原氏でした。すなわち藤原氏が春日大社を自分たちの氏神《うじがみ》として作ったと言えるわけです。そのため、社内《やしろない》にある藤鳥居は、かつては藤原氏の人間しか通れなかったのです。極端に言えば、藤原氏の私立神社です」

スクリーン画面に、藤鳥居が映し出された。

「藤原氏が作った寺社は、先ほどのベストテンの中にもう一つあります。それが興福寺です。興福寺は、藤原不比等《ふひと》が開いた藤原氏の氏寺です。その前身は、不比等の父親である藤原鎌足《かまたり》が創建した山階寺《やましなでら》でした。みなさんがたも御承知のように、興福寺から東にほぼまっすぐに行けば春日大社になります。そしてその中間の道を北に歩けば、東大寺になります。この東大寺は、鎮護国家《ちんごこっか》の目的で聖武《しょうむ》天皇が中心になって築いた官立の寺です」

奈良市内の中心部の観光地図にスクリーンは切り替わった。

「あえて単純に言ってしまいますが、官立である東大寺の左右を、私立の興福寺と私立の春日大社が三尊型に並んでいるのです。どれも徒歩圏内です。さながらこの三尊によって、平城京のみならず、大和国ひいては日本の国の安泰《あんたい》を護持《ごじ》しているかのような配置です。大学生のときに、私はこの位置関係に気づきました。そして次に感じたのが、三尊の形なのにどうして春日大社は寺ではなく、神社なのだろうということでした。考えすぎかもしれませんが、何か意味があるような気がしました。年代で言うと、東大寺の大仏殿は七五一年に完成してその翌年に開眼供養《かいげんくよう》が行なわれました。興福寺は七一〇年に、春日大社は七六八年に創建とされています。つまり春日大社が最後に作られたのです。それならばよけいに春日大社をなぜ寺院にしなかったのかという疑問が湧きます。仏教の力で、国や民を安寧に治めるという時代であったはずです。そして、藤原氏の私立が二つ入っているというのも、どうもしっくりきません。それだけでなく、春日大社の主祭神が常陸国から来たというのも、あまり腑《ふ》に落ちないのです。茨城の鹿島神宮が、神武《じんむ》時代に創建されたと伝わる古社《こしゃ》であり、格式も高いことは否定しません。しかし、当時の常陸国は大和に比べて後進の地域であったと思われるのです。関東地方の本格的開発は、徳川家康が江戸を本拠地として以降のことでしょう。後進地域から大和に神様が来たのはどうしてなのか。その理由は、大学一回生の私が調べた限りではわかりませんでした」

スクリーンは、薬師寺金堂《こんどう》の薬師三尊像の写真に替わった。

「私は次に、三尊像について調べてみました。真ん中の大きめの仏像を中尊、左右の小さめの仏像を脇立《わきだち》または脇侍《きょうじ》と呼びます。三尊像にも、いくつかの種類があります。薬師三尊なら中尊が薬師如来《にょらい》で左脇立は日光菩薩《にっこうぼさつ》で右脇立が月光《がっこう》菩薩、釈迦《しゃか》三尊なら中尊が釈迦如来で左脇立には文殊《もんじゅ》菩薩または薬王《やくおう》菩薩そして右脇立には普賢《ふげん》菩薩または薬上《やくじょう》菩薩、阿弥陀《あみだ》三尊なら中尊が阿弥陀如来で脇立は観音《かんのん》菩薩と勢至《せいし》菩薩といったものが有名です。左右の脇立には、少し違う役割があるようです。たとえば日光菩薩なら昼間に照らし、月光菩薩なら夜間に光を与えるのです」

再び奈良中心部の観光地図が映し出される。官立の東大寺を中尊と見立てたなら、興福寺と春日大社が脇立という地理的関係になるのはたしかだ。

「しかし脇立が寺院と神社というのは違和感が拭《ぬぐ》えません。寺院は仏教が教義であり仏像が祀《まつ》られますが、神社はさまざまなものが祀られます。自然の山や木が御神体となる神社もあれば、土地の守護神である産土神《うぶすながみ》が信仰される神社もあれば、皇族関係の神や天皇が祀られる神宮もあります。戦国武将や義士など実在の偉人が神格化して神社となっているものもあります。まさに八百万《やおよろず》の神と呼ばれるくらい多彩です」

南山進一は、レーザーポインターを取り出した。そして東大寺を指していく。

「ここから先は、まったくの私見になります。私は、聖武天皇の大仏建立の詔《みとのり》によって造営されていった東大寺である中尊を天皇家と考えました。中尊から見て右脇立に当たるのが興福寺を建てた藤原氏です。それでは左脇立に相当する氏は誰になるでしょうか。さまざまな豪族が天皇の家臣でしたが、やはり筆頭格は蘇我《そが》氏でしょう。とりわけ蘇我蝦夷《えみし》と蘇我入鹿《いるか》という親子の時代は、大きな権勢を振るっていました。みなさんがたも御存知のように、乙巳《いっし》の変《へん》において、のちに天智《てんじ》天皇となる中大兄《なかのおおえの》皇子《おうじ》と中臣《なかとみの》鎌足によって、蘇我入鹿は暗殺され、蘇我蝦夷は邸宅に火を放って自害します。これを機に古代天皇制が確立し、中臣鎌足は藤原姓を天皇から賜《たまわ》って藤原氏繁栄の礎《いしずえ》を築きます」

スクリーンは、京都の北野天満宮に替わった。

「日本では、優れた力を有しながらも不遇の人生や非業の最期を遂げた人物を神格化して、その霊を弔《とむら》うとともに、厚く祀ることでそのパワーによってむしろ護ってもらおうということが行なわれてきました。その代表格は、学問の神様として広くあがめられている菅原道真《すがわらのみちざね》です。菅原道真は極めて有能な人物でありながらもその有能さゆえに妬みを受け、太宰府《だざいふ》に左遷されて都を追われ、復帰の願いも叶《かな》わないまま現地で無念の死を迎えてしまいます。その死後に、都で落雷などの厄災《さいやく》が次々と起きたことから、菅原道真の怨霊《おんりょう》の祟《たた》りではないかと畏怖《いふ》されて、都に彼を祀る神社を建てることで復権を実現するとともに、雷を司《つかさど》る天神様《てんじんさま》としてあがめられていくのです。このような例は、保元《ほうげん》の乱で敗れて讃岐《さぬき》の地に配流《はいる》されてそこで死を迎えた崇徳《すとく》上皇を祀る白峯《しらみね》神宮、承平天慶《じょうへいてんぎょう》の乱で討死した平将門《たいらのまさかど》を祀る神田明神など、多くあります。ですから私は、強い権勢を有していながら滅ぼされた蘇我氏の怨霊を鎮めるとともに、その存在を祀る神社があってもおかしくないと考えます。乙巳の変は、見方によれば謀殺であり、天智天皇も藤原鎌足もある種の後ろめたさを持っていたのではないかと想像します。そうなってくると、春日大社を藤原氏が創建した理由も、蘇我氏とりわけ首をはねた蘇我入鹿の霊を鎮めるとともに、左脇立としてそのパワーによって天皇家を支えてもらおうという隠れた意図が秘められているのではないか、と思い至ったのです。春日大社のカスガという名前には入鹿のカと蘇我のソガをスガとして密かに込めるとともに、鹿を神の使いとして位置づけることであがめようとしたのではないか、と」

スクリーンには再度、鹿の親子が映った。

「現在は千葉市の一部になっていますが、かつて蘇我町という名前の自治体が存在しました。蘇我氏と関東地方とは何らかの接点があった可能性もゼロではない気もします。だとすれば、常陸国から鹿に乗って春日大社の祭神がお越しになったという言い伝えも、そういう意味が隠喩《いんゆ》的に含まれているかもしれないです。先ほども申し上げましたように、以上のことは私見であり、あまり根拠のない独創です。学術的な論文として発表できるものではありません。しかしながら、歴史小説としてなら書けます。それで、私は『カスガの極秘』という題名の小説を創作して、新人賞に応募しました。それが受賞という栄誉を得たことはまことに嬉しい限りです。もしよろしければ、御一読くださるとともに、古代奈良のロマンを感じていただくことができれば、ありがたいです」

南山進一は、演壇から深く一礼して、市民開放土曜講座を終えた。

8

藤原真代と名乗る女性から、南山助教に電話が一度あったことは、大学の事務職員が憶《おぼ》えていた。事務室にかかってきたので、第一共同研究室まで南山助教を呼びに行った。共同研究室には電話回線は引かれていない。

南山助教は「誰だろう」と小首をかしげながら事務室に向かった。かなり長い電話だったが、事務職員は内容は聞いてはいないし、また聞いてもいけないと思ったということだった。約三週間前のことだ。

事務室の受信記録を調べてみたが、公衆電話からで発信元の電話番号は特定できなかった。藤原真代という名前は、京阪大学の卒業生や在校生に該当者はいなかった。南山助教自身にも心当たりはない様子であった。電話を取った事務職員の感触では、藤原真代と名乗った女性の年齢はかなり若いと思えたということだった。

消息対応室に持ち帰った南山の資料類を調べてみたが、手がかりになるようなものは得られなかった。ノートパソコンや携帯電話が見当たらないので、それ以上の探りようがなかった。

京阪大学としては、このまま音信不通の状態が続けば、助教の契約打ち切りも視野に入れて、近いうちに教授会審議にかける予定になっているということであった。南山進一は、学部生時代と大学院生時代合わせて、総額七百万円ほどの奨学金を受け、助教になってから毎月少しずつ返済はしていたが、まだ半額以上は残っていた。南山の行方はもちろんのこと、奨学金のことも母親の佳津江は気にしていた。

もしも南山進一が契約打ち切りとなったなら、対抗馬がいなくなったわけであり、大滝寺教授の後釜には沢哲明助教が就任する見通しがかなりあると言えた。利益享《りえききょう》受者《じゅしゃ》である沢助教のことも、安治川たちは調べた。

南山進一とは好対照なほど恵まれた軌跡を沢哲明は歩んできた。奈良の県立高校から進学した南山より一学年下であったが、京阪大学の附属中学・高校を卒業し、父親はそこのPTA会長も務めていた。

南山は大学院進学とともに、近くの古い団地を改装した安価なマンションを借りたが、沢は京阪沿線にある実家から通っていた。二人とも独身である。

執筆した論文の数は、南山のほうが少し多かったが、一学年の差を差し引くとほぼ同じであり、内容的にも互角であるようだ。附属校出身の沢のほうが半歩リードという見方もできたが、南山進一が歴史小説で新人賞を獲得したことで形勢が変わった部分もあった。南山は、宣伝費用をかけることなく、京阪大学の校名PRに役立ったのである。助教の身で市民開放土曜講座での講演をするというのも異例であった。

9

第一共同研究室にいた沢哲明の携帯電話に、公衆電話からの着信が入った。約一週間ぶりのことだった。

沢は急ぎ足で、廊下に出た。共同研究室の助教たちは、最近妙によそよそしい。中古文学講座は、五講座ある国文学科の中でも、最も助教の競争が厳しいと言われてきた。ほぼ同年代で同格の助教が二人居たからだ。

ところが、その一人が突然に失踪したのだ。他の助教たちが羨望《せんぼう》の目で見てくる視線を、沢は感じていた。けれども、彼ら彼女らが思うほど、沢の地位は安泰有望ではない。大滝寺は、後継を匂わすような言葉を何も口にしてくれない。かといって、自分からそれを持ちかけるわけにはいかない。他の助教たちは、父親が附属中学・高校のＰＴＡ会長をしていたからコネもあると思っているフシがあるが、そんなことは微々たるものなのだ。警察関係者が自分のことを調べていることも、耳に入っている。

「もしもし」

しばらく間を置いて、相手の声が響いた。

「沢さんですね」

例の無機質な声だった。

「研究は進んでいますでしょうか」

「ええ、まあ」

「なるべく早く発表なさったほうがいいかと思います」

「わかっていますよ。他に用件は？」

「それだけです」

相手は言うだけ言って、向こうから電話を切った。

携帯電話をしまい込んで共同研究室に戻りかけたときに、また着信が入った。

「何なんだよ」

愚痴った沢の表情が引き締まった。

ディスプレーは〝大滝寺教授〟と表示していた。

「すまないが、今から教授室に来てくれないか」

「承知しました」

沢は直ちに向かうことにした。またもや携帯電話が着信を伝える。

「四回生の桃木《ももき》です。お電話くださったみたいで、すぐに出られなくてごめんなさい」

「すまないが、あとからかけ直すよ」

「今、バイト先の休憩時間です。用件だけでも教えてもらえませんか」

「手伝ってほしいことがあるんだ。もちろん報酬は払うよ」

「何をしたらよろしいんですか」

「アシスタントだよ」

桃木紗理奈《さりな》は、基礎演習で沢が担当した学生の一人だ。彼女は近現代文学の専攻を選んだので、二回生のときの講義では教えることはできなかったが、ずっと気にかけてきた。学生としてではなく、異性として意識をしていた。

沢は、これまで恋愛経験は少なからずあった。スポーツも得手《えて》で、学校の成績は良く、家の経済事情も恵まれ、ルックスも自分ではまあまあだと思っている。告白して成功したこともあったし、告白されたことだってある。

ただ三十歳近くになると、あまりモテなくなった。原因は、まだ安定した仕事に就けていないことだった。女性たちからすると、結婚を考える年齢になったなら、将来が未確定の相手は眼中に入らないようだ。

「具体的なことは、あとで話すよ」

助教になって、教え子の女子学生が気になったことはこれまでなかったことだった。いや正確に言うと、気にならないようにしてきた。教師が教え子と交際したり、親密な関係になることは、いくら相手が成年者であってもコンプライアンスの観点から問題視される。下手をすれば、大学の信用を落としたとして助教契約の解除もないわけではない。

桃木紗理奈は、そのブレーキをつい緩《ゆる》めてしまいたくなるくらい魅力を感じた教え子だった。ストレートの黒髪と理知的で端整な顔立ちには、凛《りん》とした清楚《せいそ》な雰囲気が漂っている。ちょっとした仕草や立ち居振る舞いに品の良さも感じられる、小顔で細い体軀《たいく》で手足が長くて色白なので、妖精《ようせい》のように見えることさえある……長所を挙げていけばいろいろあるが、最大の良さは、大学生にしては大人びた落ち着きをともなうミステリアスな部分だろう。友人たちとふざけ合ったり大声ではしゃいでいるところなど見かけたことがない。

彼女とよくいっしょにいる友人に言わせると「他学部の面識のない男子学生からも声をかけられることがあるけど、紗理奈ちゃんは全然相手にしないです。バイトは男性がいると鬱陶《うっとう》しいと、女性専用の料理教室で受付をしています。恋愛や異性の話をしたことはありませんし、今まで彼氏は一人も居たことがないそうです」ということだ。

四回生なので卒業したなら縁が切れてしまう。沢はこのまま見送りたくはなかったが、かといって非正規雇用の身で迂闊《うかつ》なことはできなかった。

そんなジレンマの沢に、いいチャンスが回ってきた。晴れ舞台を桃木紗理奈に間近で見せることができるチャンスだ。彼女に手伝わせることで、共同作業によって沢への親近感が湧くかもしれないという期待もある。そして晴れ舞台をステップに、新年度から念願の専任教員になれる可能性もあるのだ。新年度になれば桃木紗理奈は卒業している。交際するのに障壁はない。

「今から、大滝寺教授と会ってくる。バイトが終わってからでいいので、また連絡をしてくれ」

沢は電話を切ると、緊張を覚えながら、大滝寺の研究室の扉をノックした。

「入りたまえ」

「失礼します」

助教に採用される内示を受けたときも緊張した。大学院の博士課程を修了して、ポスドク期間を一年間経ての採用だった。嬉しかったが、あくまでも第一段階を踏めたに過ぎなかった。非正規の一年契約で、しかも沢の場合は一学年上に南山がいた。将来的に専任教員になれるのは一人だけだ。

他の大学の教員になる道もないではないが、国文学科はどこも縮小傾向にあって厳しかった。かつては、就職は結婚までの腰かけと考えている女性たちが、花嫁道具の一つとして国文学科を学ぶという時代もあったが、今では女性も一生の就職に役立つことを念頭に学科選びをする。国文学科では、いわゆる飯の種になりにくいのだ。

理系の博士のように研究機関に就職する、という選択肢もほとんどない。

険しいルートだが、学者志望を突き進むしかなかった。

「市民開放土曜講座の事務局と交渉してみた。話題性のあるおもしろい企画だ、と乗り気になってくれた。マスコミにも告知をしたら、さらに注目が集まるという点でも、意見が一致した。ただ、もう市民開放土曜講座の日程は当面埋まっているので、臨時という形にしようということになった。あわただしいかもしれないが、やってくれるかね？」

「ぜひやらせてください。具体的には、いつになりますか」

「来週の土曜日でどうだろう。それより後は、多目的ホールが学内行事などで使われるので、しばらく開催できない」

「承知しました。やってみます」

タイトなスケジュールになるが、頑張るしかない。

「アシスタント役として女子学生に手伝ってもらうことを考えていますが、問題ないですね」

承認はもらっておいたほうがよさそうだ。

「内容や進めかたのほうは、君に一任する。とにかく、なるべく注目されるようにやってくれ」

「マスコミへの告知までは思ってもいませんでした」

「嫌かね？」

「いえ、励みになります」

「君の概要報告を聞いて、告知をしてみる値打ちがあると考えた。マスコミが来たなら、学長や理事長も同席するかもしれない。君にとっては絶好のアピールの機会だ。南山君は無断欠勤が続いているので、このままだと解雇されることになるだろう。しかし南山君がいなくなったからといって、すぐに君が専任になれるほどは甘くはない。たとえ私が推薦しても、教授会や上のほうが認めるとは限らない」

「重々わかっております」

「何よりも実績を作っていくことが大切だ。そのためのステップアップとして、今回の土曜講座を成功させて、そのうえで同じテーマで論文を書くことだ。いい論文ができなければ、学界は認めない。両方を進めたまえ。素材としては一級品なのだから」

「はい、身が引き締まる思いでおります」

沢は背筋を伸ばして、一礼した。

10

安治川たちは分担して、南山進一の学生時代と院生時代の同級生たちに電話をかけていった。学生名簿と院生名簿は大滝寺教授が貸してくれた。当初は、大学の体面や世間体を気にしてか、あまり協力的ではなかった教授だったが、途中から変容した。

「単に、学問に行き詰まったのではないかもしれない。早く探し出してほしい」

大滝寺教授はそう言った。

あまり時間の猶予《ゆうよ》がないという思いは、安治川たちも同じだった。なるべく早く一般行方不明者か特異行方不明者かの結論を出さなくてはいけない。

しかし、学生時代と院生時代の同級生から得られた情報は乏《とぼ》しかった。彼らはすでに実社会に出てそれぞれの世界で力いっぱい頑張っていた。卒業以降は会ってもいない南山進一はもう過去の人であった。

それでも、南山進一が学生時代に一時期交際していた広野朋子《ひろのともこ》という同学年女性がいたこととその連絡先がわかったことは収穫だった。母親の佳津江は「学部生時代は仲の良い同級生のかたが一人いたようです」と話していたが、その名前までは知らないということであった。

結婚して一児の母親となっていた広野朋子は、就職先の事務機器販売会社を育児休業していた。

「南山君に何かあったんですか？」

電話の向こうで、広野朋子は心配そうに訊いてきた。

「行方不明者届が母親から出とりまして、消息を探しているんです」

「私は何も知らないです。大学卒業とともにお別れしました」

「おつき合いはどのくらいしてはったんですか」

「南山君とは、大滝寺先生のゼミで二年間いっしょでした。彼はよく勉強していて、ゼミ発表は抜群でしたね。私は、次第に惹かれるようになって、四回生の夏に思い切って自分から告白しました。迷いましたが、そうしないと後悔すると思ったからです」

電話の向こうで、幼児がむずかる声がした。「ごめんなさい」と彼女は話を少し中断した。

「そのときの南山君は『嬉しいけど、僕は奨学金をもらっている貧乏学生だよ。バイトもしていないから、ろくなデートもできない』と下を向きました。私は『そんなこと気にしないでよ。お金なんてかけなくていい』と答えました。そして受け入れてもらいました。といっても、すごく地味な交際でした。二人で図書館に行って資料を調べたり、公園に行って散策したり、何も買わない書店めぐりをしたり、本当に無料のデートばかりでした。私は就職活動をしましたけれど、彼は大学院進学一本でした。学者になりたいという強い意向でした」

幼児の声がして、また中断した。

「学生のときは無料のデートでもいいけれど、卒業したらさすがに避けたいですよね。私が社会人になるんだから費用は負担してもいいと言ったんですけど、南山君のほうが嫌がりました。学生食堂のコーヒー代ですら、割り勘でないといけなかったんです。私はバイトもしていたんで、かまわなかったんですけどね。大学院に入っても、望んでいる学者への道が狭くて険しいということを彼はわかっていました。わざわざ学外でデートをする時間もなさそうでした。それで卒業とともにお別れすることにしました」

「卒業しはってからは、一度も会うてはらへんのですね」

「意図せずに一回だけ会ったことがあります。私は事務機器販売会社に就職しましたが、京阪大学も顧客先の一つで、卒業生ということで担当となっていて、四ヵ月に一度くらいのペースで伺いました。そのとき偶然に構内で顔を合わせました」

「どないな話をしはったんですか」

「私も仕事中でしたので、キャンパスのベンチで二十分ほど話をした程度です。彼は大学院の二年目でした。博士課程に進んでいいのかどうか迷っていました。『あまり実家は裕福ではないので、就職して給料をもらったほうがいいのかもしれない』と悩んでいたのです。私が『それで後悔しない？』と訊いたら『きっとするだろうな』と答えました。彼はとにかく古典文学の研究が好きなんですよね。だけど、将来の保証がないというのは精神的にも辛いです。『大学院生となれば、知識も能力もどんぐりの背比べになる。よほど注目される論文を書かないことには、抜けられない』とテーマ選びにも腐心していました。『論文以外に、小説も書いてみたくなってきている。小説は、フィクションが入っても許されるからありがたい』とも言っていました。ですから、新聞記事で歴史小説の新人賞をもらったことを知ったときは、嬉しかったです」

「そのときに連絡は？」

「連絡はしていません。私はもう結婚しました」

「無断で欠勤するような人やあらしませんね」

「それは考えられません。彼はとても真面目な性格です。だけど、それだけに深く思い詰める神経質なところがあったことは否めません。彼とお別れしたのは、それも理由だったように思います」


安治川は、大滝寺教授を再度訪ねた。

「おそらく次の教授会で、南山助教の解雇が決定されると思います。指導教授としては断腸《だんちょう》の思いですが、所在不明ではやむを得ません」

「研究に行き詰まっていたといった話を、南山はんはしてはりませんでしたか」

「学者というのは大なり小なり、行き詰まりや壁を何度も感じるものです。私のような定年前の者でも同じです。みんな、それを乗り越えてきています」

「一年契約という雇用形態は、不安定できついんやおませんか」

「それも、多くの学者が通る道です。プロ野球選手でも、たいていは二軍スタートで苦労しながら実力を身に付けていくではありませんか。彼らも、もちろん一年契約ですよね。少子化のもとで私立大学は一部の名門を除いて、とても厳しい状態にあります。学生が集まらなければ、学校経営は立ちゆかなくなって閉校になります。学生が集まらない学部や学科の廃部や廃科もありえます。専任の大学教員であっても、事実上一年契約に近い状態だと言っても過言ではありません」

「南山はんは、なんで学者の道を選ばはったんですか」

「国文学が好きだからだと思いますよ。好きなことを仕事にできるのは幸せなことです。ただ、そういう人間は稀有《けう》ですが」

「専門は源氏物語なんですやろか」

「いえ、彼の博士論文は〝続日本後紀《しょくにほんこうき》〟がテーマでした。平安時代に編纂《へんさん》された書物です。天皇親政《しんせい》から摂関《せっかん》政治に移行していく時期のことが描かれています。物語というよりも権力者側から描かれた歴史書の色合いが濃いです」

「土曜講座での春日大社の講演も、歴史にウェイトが置かれていましたな」

「上代文学や中古文学では、和歌や説話を除くと、歴史関係がかなりのウェイトを占めます。歴史学と国文学が切り離せない時代とも言えましょう。どちらも、天皇や貴族・豪族が主な登場人物になります」

「そうなんですね」

「中古文学にあって、巨星のような存在が源氏物語です。成立年代の近い枕草子は随筆ですし、土佐日記はその名のとおり日記です。この私も、蜻蛉日記《かげろうにっき》で修士論文を書いたのですが、指導教授のサジェスチョンで源氏物語に転向しました。大長編で分量が多くて質も高い源氏物語なら、先行研究ではまだ開拓されていないテーマの掘り起こしが可能です。そして何よりも学生に人気がある超有名な作品なので、学生集めにも貢献してくれるというのが理由でした」

「南山はんにも同じようなサジェスチョンをしはりましたか」

「しました。彼なりに模索《もさく》して研究していたようです」

「もう一人の助教である沢はんには？」

「彼は、修士時代から源氏物語一本でした。いろんな女性たちと恋愛をしていく光源氏の性格分析を研究したいということです。しかし、現代とは社会風習が違いすぎて、性格分析論はなかなか学生には伝わらないことが多いので、学生に関心を持ってもらうテーマ探しには苦心しているようです。この私も、初対面の人に『源氏物語をライフワークにしています』と自己紹介すると、愛人遍歴があるように誤解されることがあります。現実の私は全然違います。妻は指導教授の娘でしたから、ずっと頭が上がらない毎日を送ってきました。その妻は三年前に先立ちまして、子供もいないものですから今は孤独な独り身です。華麗な恋愛を重ねた光源氏とは、程遠いですな」

大滝寺は寂しそうに笑った。

「南山はんが解雇になったら、沢はんが先生の後継者に内定するということですか」

「いえいえ。たしかに沢君は有力候補ですが、そう単純にはいきません。それに、いくら伝統があるといっても、少子化でしかも実学が重視される時代にあって、いつまでも国文学科五講座制が維持できるかどうかわかりません。たとえば上代文学講座と中古文学講座が統合される可能性もあります。そうなれば専任教員も減らさざるを得ません。少子化のうえに、国文学を学ぼうとする若者は減っています。とりわけ古典文学の世界は、現代の社会と違いすぎます。当時のような通い婚や側室の制度は現代にはありません。こういう言いかたをしては語弊《ごへい》があるかもしれませんが、今は女性のほうが強いです」

　大滝寺は上目使いに安治川を見た。

「もしかして警察は、沢君が南山君を亡き者にしたと捉えておるのですか」

「そうは受け取らんといてください。ただ、あらゆる可能性を考えるのが、われわれの仕事ですのや」

11

沢哲明助教による市民開放土曜講座が開催された。

演題は〝源氏物語の消えた二帖目の解明〟であった。イレギュラーな臨時開講ということであったが、会場にはかなり多くの聴衆が詰めかけていた。安治川もそれに参加した。

舞台の右袖から、マイクを持った若い女性が登場した。淡いピンクのワンピースを着ている。ちょこんと一礼すると、紙を取り出して読み上げた。

「みなさん、本日はお越しくださり、ありがとうございます。ただいまより、土曜講座を開催します。私は、本日アシスタントとして司会役を務めさせていただく四回生の桃木紗理奈と申します。沢先生には、一回生のときの基礎演習でお世話になりました。私は、近現代文学を専攻に選び、太宰治《だざいおさむ》を卒論テーマにしましたが、源氏物語も好きでした。太宰治って、どことなく光源氏に似た雰囲気があると個人的には思っています。それはさておき、今回のテーマは〝源氏物語の消えた二帖目の解明〟です。まずは導入として、沢先生に登場いただいて、私のほうから一問一答形式の質問をさせていただきます」

黒のスーツに長身を包んだ沢哲明が、舞台の左手から颯爽《さっそう》と登場した。

「京阪大学文学部で助教をしております沢です。きょうはよろしくお願いします」

会場から拍手が起きる。

「沢先生。源氏物語の消えた二帖目というのは、どういうことなのでしょうか？」

「大滝寺教授による土曜講座をお聞きになったかたは御存知だと思いますが、源氏物語の一帖目である〝桐壺〟とその次の帖である〝帚木〟との間には、別の帖があったと考えるほうが、うまくストーリーが繋がるのです。ですから本来、〝帚木〟は三帖目であって、消えた二帖目がその間にあったと考えるべきなのです」

「どうして消えてしまったのですか？」

「私は、ある人物の強い意向が働いた結果、そうなったと考えています」

「ある人物というのは、作者の紫式部《むらさきしきぶ》でしょうか？」

「いいえ、作者がそうしたとは思えません。紫式部は二帖目を書いたのだけれども、いわば発行禁止になったと考えるべきです」

「発行禁止というのは、政府の意向だったということですか？」

「政府というよりも、時の絶対的権力者ですね。源氏物語のスポンサーでもあった人物です。当時、紙というのはとても高価な貴重品でした。印刷技術はありませんから、写本も含めて、相当の紙が必要だったわけです。紙を提供するとともに、作者に創作の環境を与えることができた財力と権力を持った人物です。国文学科の学生なら、誰だかわかりますね。この世をば我が世とぞ思ふ望月《もちづき》の欠けたることもなしと思えば
——という歌を詠《よ》んだ人物です」

「藤原道長《みちなが》ですね」

「彼なら、写本を含めてすべてを没にすることができたわけです」

「どうして没にしたのでしょうか？」

「スポンサーである道長にとって、かなり気に障《さわ》ることが書かれてあったからだと、私はかねてより推測していました。でも、それはあくまでも推測に過ぎませんでした。ところが、このたび消えた二帖目の写本と思える古文書が見つかったのです」

「すべて没になったのではなかったのですか」

「もしもあなたが写本担当者だったとします。写本は紫式部自らがする必要はないわけですから、写本担当者がいたはずです。それも一人ではなかったでしょう。源氏物語はあれだけの長編なのですから、写すだけでもかなりの時間と労力が必要です。Aさんが写本したものをBさんが写し、その二つをCさんとDさんが写本したら四冊に増えます。そのあとAさんからDさんまでがもう一回あらためて写本をしたなら、さらに四冊が増えて八冊になります。私は二人から四人くらいの写本担当者が紫式部の傍《そば》にいたと推定しています。写本担当者としては、傑作である源氏物語を味わいながら書いていったと思います。それを廃棄しろと言われたとして、あなたならどうしますか？」

「せっかくの作品なのですから、こっそり残そうとするかもしれません。見つかったら怖いですが、写しの一冊くらいなら隠し持って帰れそうな気がします」

「あとで高く売れるかもしれないというさもしい計算もあったのかもしれません。とにかく、そうやって生き残ったと思われる二帖目の写しが出てきたのです。これは中古文学にとって凄い発見なのですよ」

「二帖目だけが見つかったのですか」

「ええ、そうですが、実は写本が五十四帖すべて揃っているというのは、むしろ少ないことなのです。今の時代でも、たとえばマンガの全集を持っていても、誰かに貸した巻が返ってこなかったり、引っ越しを繰り返した際に一部が散逸《さんいつ》することは、わりとよくありますよね。逆に写本の一帖だけが見つかった例も珍しくありません。たとえば、二〇一九年二月に藤原定家が書き写したとされる〝若紫〟が一帖だけ、かつての三河吉田《みかわよしだ》の藩主だった大河内松平《おおこうちまつだいら》家の子孫宅から発見されました。藤原定家は鎌倉時代の歌人で、源氏物語が創作された時代から約二百年後の人物ですが、彼が残したものが現存する最古の写本とされています」

「紫式部が書いた原本は残っていないのですね」

「残念ながら一帖も現存していません。紙魚《シミ》などに食われてボロボロになってしまったことも考えられますし、応仁《おうにん》の乱などの戦乱で灰になってしまったこともありえます。何しろ千年以上も前のことです」

「鎌倉時代の写本が最古なのですか」

「ええ、そうです。五十四帖全部が揃っているものは、室町時代や江戸時代がメインですね」

「写本は、内容的には同じなのですか」

「それが微妙に違うんです。紫式部が書いた当時の写本は、忠実な書き写しだったと思われます。まず一条《いちじょう》天皇に奏上《そうじょう》され、妻である中宮彰子《ちゅうぐうしょうし》、そして彰子の父親である藤原道長に献上《けんじょう》され、そのほかの高官や貴族へという順番で渡されたことでしょう。ところが、そこからさらに写本の写本が、各貴族の家で作られていくにつれて、写し間違いや誤字が出てきます。伝言ゲームのようなものですからね。さらに文学的素養のある貴族などが書き加えてアレンジした写本もあるのですよ。書き写されて伝わっていく古典文学の宿命ですよね。面倒くさいという理由なのか、短くされた写本もあります。そのほか、二巻が綴じ直されて一巻になったものや一巻が分離されて二巻になったものもあるんです」

「それはちょっと困りものですね」

「売ることを考えたら、一巻を二巻に分離したほうが儲かりますからね」

「もっとお話を聞いていたいのですが、時間の都合もありますので、先生が発見なさった二帖目について、くわしく解説していただけますか」

「はい、それではここから先は私がみなさんに説明していきますので、桃木さんはプロジェクターの操作のほうをお願いします」

「わかりました」

桃木紗理奈は舞台の袖口に下がった。

スクリーンに、〝源氏　二の巻〟と表紙に行書体で書かれた古文書のコピーが映し出された。

「今回の写本も、何度か写されたあとのものだと思われます。巻名が書かれておりません。本文のほうも、所々ではありますが〜〜と波線になっている箇所があります。写本の元になった底本の字が読みにくかったためと思われます」

スクリーンは、表紙から中身に替わった。行書体のかなり読みにくい字体である。

「この〝源氏　二の巻〟には、光源氏と六条御息所のなれそめが書かれてありました。臣籍降下をして内裏から離れた光源氏でありましたが、父親の後妻である藤壺中宮に対する思慕《しぼ》が忘れられません。生母である桐壺更衣そっくりである藤壺中宮に会いたくて、何かと理由を見つけては内裏を訪れます。そして藤壺中宮を探そうと、そっと歩き回りします。そこを、六条御息所に見つかってしまうのです。皇太子の若き未亡人妃であった六条御息所も美人なのですが、桐壺更衣や藤壺中宮とはタイプが違いました。光源氏にとっては一目惚れの対象ではなかったのですが、六条御息所のほうは光源氏をたいそう気に入ります。そして二人は内裏で歌を交わすことになります。六条御息所は初めのうちは光源氏と仲良くなりたくて、藤壺中宮と会えるようにセッティング役をします。天皇の后《きさき》である藤壺中宮が、臣籍降下した先妻の子である光源氏を相手にするわけがない、とタカをくっていたわけです。ところが、光源氏は、父親の後妻である藤壺中宮と禁断の交わりを持ってしまいます。そのシーンが直接書かれているわけではありませんが、六条御息所に語らせることで読者に伝わります。いかにも紫式部らしい陰影の効いた構成と表現です。六条御息所は、藤壺中宮に対して嫉妬心を抱きます。しかし藤壺中宮は帝の后であるだけでなく、先帝の娘というきわめて高貴な出です。亡き皇太子の妃という地位の高い六条御息所でも互角に張り合える相手ではありません。六条御息所の強い嫉妬が内面に溜まるのは、これが最初になります。そこから六条御息所の心の悪霊が育っていくのです。この〝源氏　二の巻〟を読むことができれば、そのあとのストーリー展開がすんなりと繋がるのです。〝須磨帰り〟になってしまう原因の一つであるわかりにくい筋立てが、かなりスッキリします」

源氏物語の主要登場人物の系図が示された。

「藤壺中宮は光源氏が初めて恋心を抱き、そして義母でありながら禁断の初体験相手となった忘れがたい永遠の女性です。光源氏が紫の上を娶《めと》った大きな理由は、紫の上が藤壺中宮の姪《めい》であって外貌がよく似ていたことでした。中年になった光源氏が女《おんな》三宮《さんのみや》の降嫁《こうか》を受け入れたのも、やはり女三宮が藤壺中宮の姪であったからでした」

沢は、演壇に置かれた水差しからコップに水を注いで一口飲んだ。

「光源氏は、桐壺帝という天皇の息子で第二皇子です。光源氏の母親は桐壺更衣という美人で桐壺帝の寵愛《ちょうあい》を受けますが、低い身分の出であり正妻でもありません。兄である第一皇子は、正妻である弘徽殿女御《こきでんのにょうご》との間に生まれています。のちの朱雀《すざく》帝です。弘徽殿女御としては、桐壺更衣はとても疎《うと》ましい存在です。一帖目の〝桐壺〟では、桐壺更衣がさまざまなイジメを、周りの女官たちから受け続けたことが描かれています。女官たちに指示していたのは、弘徽殿女御だと思われます。このたび見つかりました〝源氏　二の巻〟では、弘徽殿女御の嫉妬深さがさらにエスカレートします。たしかにイジメによる精神的ストレスは辛いものです。しかし〝女は弱し、されど母は強し〟です。可愛い幼い息子がいて、桐壺帝の寵愛もあるのです。イジメに耐える桐壺更衣に対して、弘徽殿女御はしびれを切らします。弘徽殿女御が、桐壺更衣が不在のときに部屋にそっと忍び込んで細工を施し、桐壺更衣を流行病《はやりやまい》に感染させるシーンが〝源氏　二の巻〟には描かれています。どのような流行病であったのかまでは書かれていませんが、私は、この当時の最大の脅威であった疱瘡《とうそう》すなわち天然痘だと推測しています。天然痘は現代では人類が撲滅に成功した唯一の感染症とも言われていますが、空気を介した飛沫感染や患者の膿《うみ》などに触れたことによる接触感染によって罹病《りびょう》する恐ろしい病気です。たとえば患者の膿を桐壺更衣の枕に付着させておけば、容易に感染するわけです。そして、このくだりが、スポンサーである藤原道長の逆鱗に触れることになってしまった。ゆえに本来あったはずの二帖目は発行禁止となり消されてしまった、と私は考えています」

スクリーンは、藤原道長を中心とした家系図に替わった。

「藤原道長は、名門の藤原北家《ほっけ》の出で、父親は摂政《せっしょう》関白《かんぱく》太政大臣《だいじょうだいじん》など要職を務めた藤原兼家《かねいえ》ですが、何しろ末っ子でしたので、長幼の順でそれほどの未来が約束されているわけではありませんでした。長男の藤原道隆《みちたか》も三男の藤原道兼《みちかね》も有能で、将来が嘱望《しょくぼう》されていました。なお次男の藤原道綱《みちつな》は正妻の子ではなく、一段下に置かれていました。長男の道隆が関白に就いた時期に、天然痘が平安京で大流行します。平安京の住人の約半分が罹患《りかん》して、五位以上の役人も六十七人が死亡したという記録が残っています。庶民のみならず、貴族もまた天然痘に倒れたのです。長男の藤原道隆も病に伏して、亡くなります。病名については酒の飲み過ぎとも言われていますが、私は持病に加えて天然痘に感染したから死んだと考えています。死去した道隆の後釜として関白となった弟の道兼は、関白として参内《さんだい》してわずか七日後に病死してしまい、七日関白と呼ばれます。この死因も私は天然痘だと考えています。こうした兄二人の死去によって、末っ子にもかかわらず道長は最高権力者の座に就くことができたのです。幸運が転がり込んだという見方もあるでしょうが、私は道長が兄二人を死に追いやったとする説を支持しています。道長とその子である頼通《よりみち》は、道隆や道兼の祟りを恐れたと伝えられています。たとえば小右記《しょうゆうき》の長元二年の記述には、道隆が亡くなった場所が東三条殿であることを知った頼通がすぐに調伏《ちょうぶく》の祈念《きねん》をさせたという記述があります。また道長は、高名な陰陽師《おんみょうじ》である安倍晴明《あべのせいめい》を重用しましたが、これも自らの犯罪に起因する悪霊への畏怖があったからだと私は考えています。道長と頼通が、多額の費用をかけて宇治平等院を建立《こんりゅう》したのも、その罰を来世に持ち越すことなく、本尊である阿弥陀如来の加護によって救われようとしたからではないでしょうか」

源氏物語絵巻に描かれた藤原道長の肖像に、スクリーンは切り替わった。

「紫式部は、この道長による兄二人の政治暗殺という真相を知らなかったと思われます。表面に出ないように実行するのが謀殺なのですから」

沢はもう一度コップの水を飲んだ。

「イジメがエスカレートして相手に苛烈《かれつ》な危害を加えることは現代でも起こることですが、宮中における女の争いの一つとして、嫉妬に狂った弘徽殿女御による感染行為を紫式部は描いたわけです。あくまでも小説の中の話です。ところが、道長はそれをひどく気にしたわけです。これは犯罪者心理と言っていいと思います。このくだりが世に出ることを恐れ、二帖目の廃棄処分を命じたわけです。紫式部としては従うしかありません。三帖目以降では、そのような殺害方法は採らずに、生き霊の仕業によって憎い相手を殺すという手段が使われます。たとえば、第四帖の〝夕顔〟では物の怪《け》によって夕顔は死んでしまいます。九帖目の〝葵〟では、光源氏の正妻である葵の上が六条御息所の生き霊に取り憑《つ》かれて、そのあと死亡してしまいます。怨霊というのは、普通は死んだあとの死霊として祟るのですが、源氏物語では生き霊の仕業を描いています。病気に感染させるという方法を避けるために、紫式部が工夫して考案したと言えるのではないでしょうか。以上が、私が発見した〝源氏　二の巻〟についてのエッセンスになります。そろそろ終了予定時間となってしまいました。みなさん、ご清聴ありがとうございました」

盛大な拍手が起きた。

司会役の桃木紗理奈が再び登壇する。

「たいへん興味深い講演でした。それでは時間も時間ですが、少しだけ質問させてください。天然痘は平安時代に大流行した感染症なのですか？」

「天然痘は遣唐使によって日本に持ち込まれたという説が有力です。平安時代に限らず、何度か流行をしています。致死率が高くて感染力も強いという最も怖いウイルス感染症の一つです。天平時代には藤原不比等の息子が四人も亡くなっています。遣唐使は平安時代に廃止されましたが、アジアとの貿易を通じて入ってきています。源氏物語と近接した年代に書かれた栄華物語《えいがものがたり》には天然痘の記述があり、長徳元年すなわち九九五年には感染のピークを迎えて、宮中でも五位の者が五十四人、四位の者が七人亡くなっています。しかし、その時期に書かれた源氏物語には、天然痘についてはいっさい出てきません」

「藤原道長が天然痘ウイルスを利用したとしたら、彼自身も危険だったのではないでしょうか？」

「その点は私も調べました。藤原道長は長幼の序からして宮中での大きな出世が望めないとわかっていたからでしょう。武術に励みました。大鏡《おおかがみ》という物語には、道長が弓を取って、同じ的に何本も矢を命中させたことが書かれています。また馬術にもすぐれ、暴れ馬を上手に御《ぎょ》したという話もあります。私は、この馬術がキーポイントだと考えています。天然痘を克服した功労者であるイギリスのジェンナーは、牛痘という病気にかかった人は天然痘には感染しないという言い伝えをヒントに、今で言うところのワクチンを見出します。この牛痘の原因は、馬のかかとの病気に由来するそうです。つまり馬をよく扱っている人は、天然痘にかかりにくいということになります。私は、馬術に親しんでいた藤原道長は、天然痘に対する抗体のようなものを持っていたと推測しています。このあたりのことを含めて、これから執筆していきます

〝源氏　二の巻〟をテーマにした論文で明らかにしていきたいと私は考えております」

「ありがとうございます。国文学科の学生として、こういうことを口にするのは不謹慎かもしれませんが、これまでの国文学は文章や言葉の小さな意味をさまざまに解釈することに囚《とら》われていた気がします。そういう講義は、正直言って退屈します。でも、きょうの先生の講演はダイナミックで、目を見開かされる思いがしました。よい機会を与えていただきました」

「いえ、まだまだ駆け出しの身です。これからも研鑽を続けていきます。みなさん、よろしくお願いします」

沢は丁寧に頭を下げた。先ほどよりもさらに大きな拍手が湧き起こった。

12

その翌々日に、関西歴史出版社にレターパック郵便が届いた。差出人には〝藤原真代〟とだけ書かれてある。住所や電話番号は空欄だ。失踪前に、南山進一宛ての手紙が同社気付で届いたことがあるが、そのときも差出人は藤原真代であった。

レターパックの中には、気泡緩衝材でくるまれたＵＳＢメモリが一個と、パソコンで打たれた手紙が入っていた。

〝関西歴史出版社様
前略失礼いたします。

告発したいことがあります。京阪大学の沢哲明助教は、南山進一助教の業績をハイエナのように横取りしています。沢哲明助教による昨日の講演を聞きましたが、その内容は南山助教が書いた論文に基づいています。基づいているというより、そのものです。要約を一般聴衆向けにわかりやすく語っただけです。

私は、源氏物語の消えた二帖目について南山助教に協力をしました。その御礼として成果をまとめたものをUSBで送っていただきました。それを同封します。

貴社におかれましては、沢哲明助教の欺瞞《ぎまん》と虚構を明らかにして、南山進一助教の名誉、ひいては南山助教の本を出版しておられる貴社の名誉を守るべく、動いてくださることを切に願います。

藤原真代〟


USBメモリを開くと、論文が入っていた。著者は南山進一となっていた。沢哲明による先日の講演には、関西歴史出版社からも編集部員が一名聴講していた。両者の内容はほぼ重なっていた。

関西歴史出版社は、京阪大学の大滝寺教授に連絡することにした。

大滝寺教授から消息対応室に電話があったのは、その二日後であった。

安治川と良美が足を運んだ。

初めて京阪大学に伺ったときに入った応接室に再び通された。

大滝寺と並んで、英国紳士を連想させる風貌《ふうぼう》の蝶ネクタイをした高齢男性が座っていた。

「こちらは、本学の北園俊蔵《きたぞのしゅんぞう》学長です」

大滝寺はそう紹介した。

「北園です」

高級そうな和紙の名刺が差し出された。

「大阪府警消息対応室の安治川と申します」

「同じく新月良美であります」

受け答えは、いきおい丁寧になる。

「大阪府警の本件担当者は、あなたがただけですか？」

北園はバリトンの声で訊いてきた。

「今の段階では消息対応室だけです。まだ犯罪性があるかどうかはわからしませんので」

「なるべく控えめにお願いできますか」

「控えめにと言わはりますと？」

「実は、論文の盗用疑惑が起きました。もし本当だとしたら、大変恥ずべきことです。もちろん京阪大学の評判にも関わってくることです。その対応で苦慮《くりょ》しております」

学長は話しにくそうな表情でそう言った。

「学長、私のほうから説明してもよろしいでしょうか」

大滝寺が遠慮がちに申し出た。

「ああ、そうしてくれ」

「安治川さんたちは、南山助教の行方不明者届が出されたということがきっかけで、調査に来られたのでしたね」

「ええ」

「南山助教の消息は？」

「まだ進展はあらしません。わしらの力不足です」

「マスコミには伏せていただきたいことですが、南山助教が書いた可能性が高い論文が出版社宛てに送られてきました」

「それは、いつのことですのや？」

「出版社に届いたのは一昨日です。その日のうちに、私のところに出版社から連絡がありました」

「南山はんから出版社に送られてきたのですか」

だとすれば、彼はどこかで存命だ。

「そうではないのです。差出人は藤原真代という人でした。住所も書かれていませんでした。ただ、その論文は専門的で、おそらく南山助教が書いたものと思われました。内容的には、先日の土曜講座で沢助教が発表したものとほぼ同じでした」

「その土曜講座は、わしも拝聴しました。充実した内容に感心しました」

大滝寺教授は、小さく息を吐いたあと言葉を重そうに繰り出した。

「私も沢君から話を聞いたときは、消えた二帖目について画期的な発見があったと思いました。それで臨時の土曜講座という形で、沢君に発表の機会を与えました。いい講演になったと喜びましたが、それが遺憾なことに、盗用の疑いが出てきました。送られてきた論文のほうが正確で詳細であり、資料である〝源氏　二の巻〟についても全文のコピーが画像で入っていました」

「南山はんがその論文を書いたという証拠のようなものはありましたんやろか」

「論文はパソコンで入力されていましたが、そのUSBメモリに添えて、〝貴重な資料を提供してくださった藤原真代さんに深謝します　南山進一〟というボールペンで手書きされた一文が付いていました。おそらく南山君の筆跡であろうと思えます。彼の少しクセのある字を、私は何度も目にしていますので」

「そうでしたか」

「もし沢君による盗用となれば、指導教授である私の責任にもなります。しかも土曜講座で発表までさせたのですからね。それで、論文が送られてきたことには触れずに、沢君に問いただしましたが、彼は言葉に詰まりながらも『土曜講座で発表したことは、自分のオリジナルな研究成果です』と答えました。ではそれについての論文を提出しなさいと求めたのですが、『講演のほうを優先したので、まだ構想メモ程度のものしか書けていません』ということでした。ＵＳＢメモリに入っていたほうの論文は、もちろん沢君には見せていません」

「先日の土曜講座ではコピーの画像が出ておりましたけど、〝源氏　二の巻〟の原本を沢はんは持ってはるのですか」

「それも問いただしたのですが、『原本の提供は拒まれたので、自分はコピーしか入手できなかったのです』と弁明しています。ともかく持っているコピーを出させました。ＵＳＢメモリに入っていたコピー画像と一致しています。沢君はあくまでも『自分の業績であります。論文のほうは鋭意執筆中であり、講演の第二弾の用意もしています』と言うのです。そこで、学長の了解のもとに、追加の講演をさせてみようということになりました。ただし、一般聴衆は呼ばずに、限定した関係者のみで聴きます」

北園学長が小さくうなずいた。

「その内容によって、彼が論文盗用をしていないかどうかを見極めることができると思えるのです。もし沢助教がオリジナルな研究によって先日の土曜講座を発表できたのだとしたら、追加としてさらに掘り下げた講演ができるはずです」

大滝寺教授が覚悟を決めたような表情で続いた。

「今回はホールは使わずに講義室でやらせます。マスコミのかたは入れませんが、関西歴史出版社は関係者ということで参加してもらいます。府警の消息対応室からも同席いただけませんでしょうか。もしかしたら、南山君の消息がわかるかもしれません。かりに論文盗用をしていたとしたら、南山君の失踪に沢君が関わっていた可能性が出てきます」

「それはありえることやと思います」

もし論文を盗用されたとしたら、南山は黙っていない。それを避けるために、口を塞《ふさ》いだことは考えうる。

「単に一方的な講演で終わるのではなくて、そのあと私たちが質疑応答をします。そこでボロが出ることもありえます」

「それは、いつ開催しはりますのや」

「沢君にあまり準備時間を与えないほうがよいと考えました。明日の午前中を予定しています。来てもらえますでしょうか」

応接室がノックされた。

「誰かね？」

「千歳です」

「待っていた。入りたまえ」

臨時助教の千歳実香子が、暗い表情の若い女性を伴っていた。沢が行なった講演で、司会役をしていた桃木紗理奈だった。

千歳実香子が報告をした。

「桃木さんが打ち明けてくれました。沢助教から頼まれて司会役を引き受けて、質問についてはあらかじめ沢助教から『こう尋ねなさい』と細かく指示を受け、リハーサルもしたということです」

「君、それは本当なのか？」

「はい、沢助教から司会役を強く頼まれました。冒頭の一問一答から締めくくりの質問まで、すべて沢助教がシナリオを用意していました。沢助教には基礎演習でお世話になったので断り切れなくて」

桃木紗理奈はうなだれた。

千歳実香子は、気にしなくていいのよとばかりに紗理奈の肩に手を置いた。

「近現代文学講座の学生さんが司会役だったことに違和感があったので、大滝寺教授の許可を得たうえで、桃木さんに確かめてみることにしました。彼女は正直にすべてを話してくれました。それだけなら、講演を効果的にする演出と言えなくもないのですが、周辺事情が一女性として許せませんでした」

「周辺事情とは、どういうことだね」

北園学長が眉を顰《ひそ》めた。

桃木紗理奈がうつむいたまま答える。

「はい、沢助教からは打ち合わせをしようとお食事に誘われました。そしてバイト料として十万円をもらいました。就職活動で貯金を取り崩していましたので、正直言って報酬が高いことも引き受けた理由でした。講演が終わったあとは打ち上げということで、またお食事でした。そして『卒業したら、学生と助教という立場を超えて、おつき合いをしていかないか』と持ちかけられました」

「うーむ、いかんな」

北園学長の舌打ちが聞こえた。

「あのう、もうよろしいでしょうか」

千歳実香子は、紗理奈の肩に手を置いたまま訊いた。

「ああ、よく話してくれた」

二人は一礼して出ていった。

大滝寺は口惜しそうな表情で、安治川のほうを向き直った。

「今回のことは、指導教授である私の不徳のいたすところです。もし盗用がはっきりしたなら、責任を取って今年度限りで辞任することを学長に申し入れました。ただし、辞任する場合でも、きちんと顚末《てんまつ》をつけたく思います。急なことですが、明日の追加講演に同席いただけますか。たとえ悪い結果になったとしても、京阪大学にはちゃんとした自浄《じじょう》能力があるところを、警察にもお示ししたいのです」

13

安治川から連絡を受けて、芝は沢哲明のことを調べた。

彼は堺《さかい》市の生まれで、幼少期はＪＲ阪和《はんわ》線の百舌鳥《もず》駅近くの賃貸住宅で過ごした。兄と妹の三人兄妹で父親は地元の高校を出てビル解体業に従事していた。その当時は暮らし向きは楽ではなく、家も狭かった。

父親が勤めていた解体業の会社の社長が病死して、同僚たちと独立して別の会社を創業したことが転機となった。それまでのビル解体から住宅解体にシフトし、新しく防音効果のある工法を開発した。従来の養生《ようじょう》シートのみでは解体時の騒音は大きく、塵《ちり》や埃《ほこり》も飛散した。沢の父親たちは、シートではなくプレハブで覆うことにより騒音を従前よりは抑えて、天井に集塵機《しゅうじんき》を付けることで飛散を防ぐことにも成功した。解体時に近隣住人から苦情を受けることを避けたい施主《せしゅ》は多く、この工法は広まり、特許を取得したことで収益は大きく飛躍した。

大阪市中央区に会社の社屋を移し、事業を広げるとともに京阪沿線の住宅地に広い一戸建てを父親は購入した。父親は、高卒という学歴にコンプレックスを持っていたので、子供たちは大学に行かせようとした。だが長男はまだ父親が成功する前に公立中学校に入学しており、クラスメートとそりが合わずに不登校に陥って引きこもり同然の生活をしていた。また妹のほうは知的障害があり、知能面ではあまり恵まれていなかった。いきおい、父親の期待は次男の哲明に集中した。

哲明は、中学校から京阪大学の附属中学に入り、成績上位をキープして、附属高校も大学も校内推薦で難なく進学した。

それ以外の情報はあまり得られなかったが、高校時代に一度女子生徒絡みでトラブルがあったことは、高校の同級生から聞くことができた。哲明は同じクラスの女子生徒と交際していたが、所属するバレーボール部の一年後輩の女子と二股デートをしたことが発覚して、女子生徒同士が放課後の体育館でつかみ合いのケンカをする騒ぎになった。お互いのケガはたいしたことなく、生徒指導の教師から双方が厳重注意を受けるだけの軽い処分で済んだ。停学処分に至らなかったことや沢哲明自身にはお咎《とが》めがなかったのは、ＰＴＡ会長をしている父親への学校側の配慮があったからではないかという噂が流れた。哲明は両方の女子生徒と縁を切り、バレーボール部もあっさり辞めたということであった。

沢家の住まいも見に行った。駅から徒歩十数分ほどの一戸建て住宅が建ち並ぶ閑静《かんせい》な一角にあり、近隣と比べてもかなり広い邸宅であった。生け垣に囲まれ、ガレージには三台もの車が並んでいた。父親が成功者であることを如実に示していた。芝はそれらのナンバーを書き留めた。

安治川と良美は、京阪大学をあとにしたあと、南山進一が借りていたマンションに向かった。一度入ってはいたが、あらためて調べてみることにした。

安治川は大滝寺教授に同行を求めた。専門家が見ることで、部屋にある文献や資料の意義がわかるかもしれなかった。大滝寺は少し迷った様子だったが、同行を承諾した。初めのころは、大学の体面を第一義にして非協力的なところもあったが、場合によっては辞職するという決意を固めたことで、吹っ切れたのかもしれない。

南山進一の部屋に足を踏み入れた大滝寺は、室内を見回したあと軽く吐息をついた。

「彼の部屋に入るのは初めてのことだが、ずっと奨学金を借りていて、助教になってからは返済もしていたということだから、充分には文献や資料を買い揃えられなかったんだな。だから小説の形で自説を展開するという裏ワザを使ったのだろう」

「これでも少ないんですのか？」

安治川からすれば、文献や資料で溢れかえった部屋だ。

「文学系の研究者の部屋は、こんなものではない。文献や資料を買うだけでも、大きな金銭的負担になる。この私だって、大学からもらう給料の半分近くは書籍代に充当してきた。研究力というのは経済力によって左右されるんだよ」

14

翌日。国文学科がよく使う教室で、沢哲明助教が教壇に立った。

普段は学生たちが座る席の最前列に、北園学長と大滝寺教授が陣取っている。沢にはプレッシャーであろう。入り口近くでは千歳実香子が控えていた。

安治川は、中央あたりに座った。同行した良美が、関西歴史出版社の編集部員に一礼する。事情聴取に伺ったときに顔を合わせていた。

マナーモードにした安治川の携帯電話がバイブで振動した。あわてて教室の外に出る。

「安治川さん、アタリでしたよ。いい勘でしたね」

芝からの電話だった。

安治川は廊下で小声で応じた。

「それでは、時間になったので、始めてもらおう。教室を借りてはいるが、ここをホールだと捉えて、一般市民向けの講演をしてもらいたい」

安治川が戻るやいなや、大滝寺教授が大きな声で号令を掛けた。今回は司会役はいない。

「承知いたしました。先日の土曜講座では、消えた二帖目についてお話ししましたが、本日は作者である紫式部に焦点を当てた話をいたします」

沢哲明は、頬に緊張をたたえながら、そう切り出した。

「『源氏物語の作者は誰ですか?』と問いかけたなら、小学生でも『紫式部です』という答えが返ってきます。しかしながら、実はその根拠は少ないのです。わずかに紫式部日記の中に〝内裏の上の源氏の物語、人に読ませたまひつつ聞こしめしけるに〟という記述があることや、〝あなかしこ、このわたりに若紫やさぶらふ〟と声をかけられたことが書かれていることくらいしかありません。紫式部作者説は、本居宣長が定着させたといってもいいのですが、異論はあるのです。その嚆矢《こうし》となったと言えるのは哲学者の和辻哲郎《わつじてつろう》です。和辻は、帖によって、客観描写が優越的に書かれている場合と、主人公視点で主観的に描かれている場合があることを指摘したうえで、源氏物語作者複数説を唱《とな》えています。和辻は、室町時代の古典学者である一条兼良《いちじょうかねら》が花鳥余情《ちょうよせい》の中で『紫式部の父親である藤原為時《ためとき》が大筋の作者である』としていることや、南北朝時代の源氏物語の注釈書である河海抄《かかいしょう》に『藤原行成《こうぜい》が書いたものに藤原道長が加筆した』という記載があることも指摘しています。そのほかにも、源氏物語の現代語訳をした与謝野晶子《よさのあきこ》はそのあとがきの中で『よく読めば文章の組み立てが、〝若菜〟から違っている』『文章も悪い、歌も少なくなった。しかも佳作《かさく》はきわめて少数である』として、源氏物語作者二人説を唱えています」

安治川には、とても新鮮な内容であるが、大滝寺教授は退屈げに横を向いている。国文学者の間では、よく知られていることなのだろう。

「別作者説も作者二人説も、その陰の作者が誰なのかは諸説あって、今申しました父親説、道長説のほか、頼通説や一人娘である藤原賢子《けんし》説もあります。私は、土曜講座で申し上げましたように、文学好きであった一条天皇に奏上《そうじょう》したり、スポンサーである藤原道長をはじめとする高位の貴族たちに献上するために、チームでの書き写しがなされていたと考えています。私はそのチームの中に単に書き写しをするだけでなく、黒子役《くろごやく》として作品を書いていた人物がいたと考えています。現代風に表現すると、ゴーストライターです」

　大滝寺教授はようやく沢のほうを向いた。関心のある領域に入ったようだ。

「紫式部は、その時代に栄華を極めていた藤原氏の一族です。父親の藤原為時は、藤原氏の中でも主流である藤原北家の出身で、官位は正五位下で越後守にも任ぜられています。紫式部は、道長の娘である彰子《しょうし》の教育係を務めますが、宮中に入ることが認められる家格《かかく》も有していたわけです。ちなみにライバル的存在であった清少納言は、藤原氏の一族ではなく、父親は従五位であった清原元輔《きよはらのもとすけ》です。清原氏の少納言ということで、清少納言なのです。二人が宮中にいた時期は重なってはいませんが、紫式部はその日記の中で清少納言のことを〝博識をひけらかす傲慢《ごうまん》な女である〟という趣旨の辛口の批判をしています。同格ではなく、自分の出自のほうが格上だと思っていたから、そうなったと推測できます。紫式部が、家柄にも恵まれた才媛《さいえん》であったことは間違いありません。しかし、たった一人で超長編の源氏物語を創作することが可能だったでしょうか。ただ小説を書いていればいいというのではなく、彰子に対する教育係という重要な任務もあったはずです。私は、ゴーストライターの女性が主な著作を担い、紫式部はそこに脚色をして彼女の名前で発表したと考えます。作者二人説ではなく、作者一・五人説です。紫式部が〇・五で、ゴーストライターが一・〇になります。ただし、〝匂兵部卿〟から〝竹河《たけかわ》〟までの帖は作風が大きく変わり、あまり出来も良くないので、そこは紫式部が一人で書いたと考えます。ゴーストライターとしては、光源氏の死で源氏物語を終えたので、もう書こうとはしなかったのです。けれども、宮中や貴族の間で評判が良かったので、表のライターである紫式部は途中でやめることができなかったのだと推理します。ところが、作品の質が大きく落ちることになり、紫式部はゴーストライターに助けを求めて、〝橋姫《はしひめ》〟以降は、紫式部が一・〇を担いますが、ゴーストライターが〇・五のサポートをする形で続けていきます。落ちた作品の質はそれで向上します。しかしゴーストライターはいつまでも助ける気はなく、手を引きます。あるいはゴーストライターが突然に死んでしまった可能性もあります。いずれにしろ五十四帖目の〝夢浮橋《ゆめのうきはし》〟は最終の帖であるにもかかわらず、区切りをつけないで突然に終わってしまうという中途半端なラストになっています。〝匂兵部卿〟から〝竹河〟までの三帖が内容的に話のまとまりがなく、登場人物の官位の矛盾《むじゅん》などもあり、文章自体も冗長《じょうちょう》であることは大半の国文学者が認めるところです。このことは今述べました私見で説明がつきます」

　沢は、大滝寺教授のほうを一瞥《いちべつ》した。どのような反応をしているのか、気になるのだろう。安治川の席からは大滝寺の表情は窺い知ることができないが、教授がメモを取り始めたのは見て取れる。

「ここまでお話ししたなら、いったいそのゴーストライターは誰なのか、という問いかけが出てくると思います。とても文才があったが、出自や父親の身分の低さから名前は出せなかった女性だと私は考えます。一帖目の〝桐壺〟において光源氏の実母である桐壺更衣は、その父親の身分の低さから狭い部屋しか与えられず、美貌《びぼう》を有していても桐壺帝の寵愛を受けながらも、女官たちからイジメられるのです。身分が高ければ、いくら嫉妬を買ったとしてもそのようなことはありません。このことは、ゴーストライターの女性自身の立場の反映ではないでしょうか。そして四帖目の〝夕顔〟に登場する夕顔という女性は、本来はかなりの名門の出で教養もあるのですが、市井《しせい》の庶民の町でひっそりと暮らしています。これもまたゴーストライター女性の投影であると私には思えてなりません……すなわち、藤原氏一族ではなく父親の官位も低いので、元々は名家の血を引き才能もあるのだが、表に出ることが難しいという立場の女性です」

沢は、拡大した一枚の写真を取り出した。会場がホールだったら、スクリーンに映し出すところだろう。大小二つの低く盛り上がった長方形の土が並んでいる。土には草が生えているが、不規則な伸び放題ではないので手入れがされているのだろう。手前には菊の花が供えられている。

「京都市北区の堀川北大路《ほりかわきたおおじ》近くにある紫式部の墓所です。堀川通に面してはいますが、入り口が狭くて、つい通り過ぎてしまいそうになります。中もそれほど広くはないです。お墓自体も慎ましやかですが、花が絶えることはないそうです。私は三度足を運びましたが、このように大小二つの墓が並んでいるのはどうしてなのか、それを奇異に思いました。大きいほうが紫式部のお墓です。常識的には、小さいほうは紫式部の一人娘である賢子なのかと思いますよね。私も最初の訪問のときはそう想像しました。夫婦や親子の墓が並んでいることはよくあります。ところが、この小さいほうの墓は、小野篁《おののたかむら》という男性の墓なのです。小野篁は、紫式部よりも百年から百五十年前の時代に活躍した人物で、一説には小野小町《こまち》の祖父だとも言われています。昼間は役人として朝廷に勤め、夜は冥界《めいかい》に通じる井戸を通って閻魔《えんま》大王の補佐役として地獄での裁判に携わっていたという伝説があります。京都市東山区の六道珍皇寺《ろくどうちんのうじ》には、閻魔大王の傍らに立つ小野篁像があり、冥界に通じたという伝説の井戸も残っています。このような謎めいた人物と紫式部のお墓がセットのように並んでいるというのは何とも不思議です」

沢は写真を下ろした。

「前述のように、源氏物語にはゴーストライターがいて主な部分を担い、紫式部はそれを補正したうえで自分の名前で発表したと私は考えています。そのゴーストライターは、その時点での一族や父親の身分の低さゆえに、表に名前を出すことができなかったものの、まったくの庶民の出ではなく、元々は高貴な血を引いていた女性だと推定していますその一族が小野氏であったとしたなら、セットのように二つ並んでいる墓の謎も解けるのではないでしょうか。小野氏はかつては名門でした。飛鳥時代の小野妹子《いもこ》は最初の遣隋使大使となり、歴史に名を刻んでいます。小野道風《とうふう》は書道の達人で、三跡の一人とされます。しかし藤原氏の他氏排斥《たしはいせき》によって、小野一族は傾いていきます。絶世の美女と讃えられた小野小町ですら、身分はそれほど高くはなく、高位の男性と結婚したといった記録もありません。小野小町の没年は西暦九百年頃とされていますから、それからさらに百年後の源氏物語が書かれた時代はもっと小野氏は不遇だったでしょう。このゴーストライターを、私は小野式部と名づけたいと思っています。小野式部は、源氏物語の主人公である光源氏を通じて、栄光とそこからの落日を描いていきます。光源氏は、一時期左遷もありましたが出世を続けていき、太《だい》政大臣《じょうだいじん》さらには准太上天皇《じゅんだいじょう》にまで登り詰めます。これは天皇の外戚《がいせき》として摂関政治をしていった藤原氏を暗に表わしていると思えるのです。しかし准太上天皇になったあとの光源氏は、幸せではありません。朱雀院から頼まれて女三宮を妻としますが、過保護に育った女三宮の幼さに失望します。しかも女三宮は柏木《かしわぎ》との不義の結果、男児を身ごもり出産して光源氏を悩ませます。また光源氏自身が藤壺中宮との不義によって生まれることになった子供は、冷泉帝として即位したあと出生の秘密を知って苦しみ、光源氏自身も心を乱します。また愛していた紫の上にも先立たれてしまいます。

頂点を極めたあとの光源氏は、不幸度が増していきます。〝盛者必衰《じょうしゃひっすい》のことわり〟をテーマにしているのは平家物語ですが、源氏物語もやはりそうなのです。これは〝望月の欠けたることもなし〟という全盛の藤原氏もまた同じ運命を辿《たど》るんだということを、小野式部は密かに暗示して作品に込めたと私は考えます」

頬を上気させながら沢は、続けた。

「小野式部が源氏物語に込めた暗示は、もう一つあります。それは作品の中に〝小野〟という名称が何度か出てくることです。たとえば三十九帖の〝夕霧〟では、光源氏の長男である夕霧大将が、恋心を寄せていた落葉《おちば》の宮《みや》を小野の山荘に訪ねます。夕霧大将は思いを訴えますが、落葉の宮はそれを拒みます。その舞台になるのが小野です。また五十三帖の〝手習《てならい》〟や五十四帖の〝夢浮橋〟では、小野《おの》の妹尼《いもうとあま》という女性が登場します。比叡山の横川《よかわ》中堂を拠点に活動している横川の僧都《そうず》と呼ばれる僧侶の妹です。宇治十帖のヒロインである浮舟《うきふね》は、薫《かおる》と匂宮《におうみや》という二人の男性との狭間《はざま》で苦しみ、宇治川で入水自殺をしますが、僧都に助けられます。そして小野の里に住んでいた僧都の妹尼が浮舟を引き取り、亡くなった自分の娘の身代わりのようにして大切に育てます。浮舟のことが忘れられない薫は、横川の僧都を訪ねて自分を小野の里に連れて行ってほしいと頼みますが、それはかないません。それならばと手紙を送りますが、手紙を携えた使者も、浮舟に会えずに帰ります。薫は、誰か他の男が浮舟を小野の里に匿《かくま》っているのではないかと邪推して、源氏物語は終わります。先ほど申し上げました中途半端なラストシーンに、小野の里は聖域として扱われていると言ってもいいと思います。この小野の現在地については、諸説あるようですが、私個人は三十九帖の〝小野の山荘〟と五十三帖・五十四帖の〝小野の里〟は別の場所だと考えています。〝小野の山荘〟については、現在の京都市北区の京北にある小野郷《おのごう》あたりだと推定しています。小野郷は現存する地名です。落葉の宮を祀るとされている岩戸落《いわとおち》葉神社《ばじんじゃ》もあります。その所在地は京都市北区小野下《しも》ノ町《ちょう》です。そして〝手習〟で浮舟が匿われた〝小野の里〟は、比叡山《ひえいざん》横川の東に位置する現在のＪＲ湖西《こせい》線小野駅あたりだと推定します。小野氏の祖先を祀る小野神社のほか、小野妹子神社、小野道風神社そして小野篁神社もあります。またこれらの小野のほか、京都市山科《やましな》区にも小野という地名があり、地下鉄東西線の小野駅の近くには小野小町ゆかりの随心院《ずいしんいん》がありま す。すなわち小野氏は、京都から滋賀《しが》にかけてさまざまな支配地域や荘園《しょうえん》を有していた名門なのですが、平安時代の藤原氏による摂関政治のもとでは、すっかりなりを潜めてしまったのです。したがって、小野式部も表舞台に出ることはなく、藤原北家の一族である紫式部が前面に出たと考えます」

　沢は、小野篁の墓と並ぶ紫式部の墓を写した写真を、もう一度掲げた。

「ここに紫式部として眠る女性こそ、小野式部だと私は考えています。この二つの墓については、こういう説があります。紫式部は、源氏物語で不義密通など派手に男女の愛欲を描いたという罪で地獄に堕《お》とされてしまった。その紫式部を地獄から救うために、冥土《めいど》と行き来をして閻魔大王に口添えすることもできた小野篁の墓の横で安らかに永眠させようと、ファンが移設造成したという説です。しかしこれには無理があると私は思います。ファンがそう簡単に墓地を移設できるものではないでしょう。しかも十四世紀に書かれた源氏物語の注釈書である河海抄には、その当時すでに二人の墓が並んで存在することが記されているのです」

沢は、別の写真を取り出した。石造りの細長い十重の塔が写っている。

「京都西陣《にしじん》に、千本ゑんま堂と呼ばれているお寺があります。二メートルを超える日本最大級の閻魔法王像がご本尊とされていて、引接寺《いんじょうじ》が正式名称ですが、ここを開いたのは小野篁です。その一角に、この紫式部の供養塔《くようとう》が設けられているのです。私はやはりこれも小野式部の供養塔であると考えます。紫式部の陰には、小野氏の一族であった小野式部が存在したと捉えることで、いろんな謎が解明できます。私は、これからも研究を続けていきたいと考えています。以上です」

沢は疲れを浮かべた表情で、一礼した。

「ご苦労さんでしたな」

大滝寺はまずは労をねぎらったあと、

「それでは質問をさせてもらおう。そのうえで私の感想を述べることにする」

とメモを手にした。

「はい」

沢は緊張を含んだ声で答えた。

「きょうの内容は、いずれ論文にするのかね？」

「ええ。現在はまだ構想段階ですが、なるべく早く取りかかりたいと思っています」

「小野氏一族のゴーストライターがいて一・〇ないし〇・五を担ったという見解は、これまでの先行研究にない独自性があると言えそうだが、君がゴーストライターだと推測する小野式部と紫式部の接点はどこにあるのかね？」

「接点ですか？」

「紫式部はどうやって小野式部と知り合って、自分のチームに入れることに成功したのかね。小野氏一族としてのプライドがあるのなら、藤原氏である紫式部のゴーストライターとなって陰の役割に甘んじようとするかね」

「それは……文献的史料もありませんので、推測が入っています」

「そこが大きな弱点だな。根拠がないと説得力に欠ける。学者や研究者に求められるのは、文献史料など学術的根拠に基づいた論文だ。源氏物語作者複数説を唱えた和辻哲郎は哲学家だし、与謝野晶子は歌人だ。しかし君は文学の研究者なのだから、それを学術論文にするのなら推測ではいけない。ちなみに、与謝野晶子と同じように源氏物語の現代語訳をした小説家の瀬戸内寂聴は紫式部による作者単独説だよ。瀬戸内は、スポンサーである藤原道長が紫式部に源氏物語を書かせた最大の動機は、一条天皇の関心を我が娘である彰子に惹きつけることであったとする。この背景には、一条天皇にはライバルである藤原道隆の娘・定子《ていし》が先に嫁いでおり、皇室史上極めて異例の二人の后がいて、彰子と定子というどちらの后が一条天皇の子を宿すかという屹立《きつりつ》関係があった。道長は、源氏物語を小道具にして一条天皇の関心を彰子に向かわせることに成功して、野心を達成できたあとは、用済みとばかりに紫式部を冷遇した。紫式部は光源氏の死で源氏物語を終えて、失意のもと出家して宇治に庵《いおり》を構えた。そのあと作家として続編を書きたいという思いにかられて、再び書き始めた。だが、しばらく筆を取っていなかったので〝匂兵部卿〟以下の三帖は質が落ちてしまった。書き進めるうちに、かつての筆の勢いが戻り、宇治を舞台に〝橋姫〟以降をのびのびと書いた――瀬戸内寂聴は実作者としての経験を踏まえてこのような自説を展開している。説得力があると思わんかね」

「まあ、そうですね」

「私は瀬戸内寂聴の説を支持する。宇治十帖の最後が中途半端に終わっているのも、〝竹河〟以下の三帖を書き直さなかったのも、スポンサーが不在だったため当時の貴重品である紙がなかったからだと私は思っている。また、計量言語学分析を使って源氏物語作者単独説を裏付けた一橋大学の国文学者による学術研究もなされている。その論文は読んだかね？」

「いえ、そこまでは」

「小野式部という陰の女性がいたとするのなら、その根拠や文献史料を明示しなくては学者ではない。別の質問をしよう。引接寺の供養塔には私も行ったことがあるが、南北朝時代の一三八六年に円阿上人の寄進によって建立されたという刻銘がある。円阿上人は小野一族なのかね？」

「それは調べていません」

「紫式部の墓というのは、栃木県の下野《しもつけ》市や岡山県の津山《つやま》市などにもある。京都だけとは限らんよ。君の考えは、観光ガイドの話ならおもしろく聞ける。しかし、学者はそれではいけない。京都の紫式部墓とされている場所は、蓮台野《れんだいの》というかつての一大葬送地だ。今はその面影《おもかげ》もないが、葬送地の整備にあたって後世に名を残していた紫式部と小野篁を隣接させて、合わせて供養をしたとも考えられるのではないかね」

「はあ」

沢は唇を噛んだ。観光ガイドの話と言われてムッとしているのかもしれない。

「土曜講座での君の講演は、発見された〝源氏　二の巻〟という存在があって、それに基づいた仮説と検証をしているのだから、十二分に学術的価値があり、論文にすれば反響を呼ぶだろう。しかし、きょうの内容は無理だ。論文にはならない。学長の意見はどうですか」

大滝寺は、北園にコメントを求めた。

「私は、国文学は専門外だ。しかし、学者の端くれとして、理が大滝寺教授にあることを認める。学者が根拠を離れて想像を展開してはいけない。南山助教は、奈良の春日大社を題材に小説を書いた。私も読んだが、小説としてならとても興味深い。彼はあれを論文にはしていない。それが研究者として正しい方向だ。君は方向性を誤っていると思えてならない」

教室の後ろの扉が開いた。いつの間にか中座していた千歳実香子が入ってきた。彼女に先導されて、桃木紗理奈が続いて入室した。沢の表情がこわばった。

大滝寺教授がそれに気づいて振り返る。

「先日の土曜講座に関しても、質問したいことがある。君はどうして近現代文学講座の学生である桃木紗理奈さんに司会役を頼んだのかね」

「偶然に学内コンビニで出会ったんです。基礎演習を担当していた縁で、彼女は『就職先の内定がようやくもらえました』と報告してきました。そのあと『内定できたのはよかったんですが、就職活動で貯金を使ってしまったのでバイトを探さないといけないんです』と言いました。そこからいろいろ話をして、土曜講座の司会役をアルバイトとして頼んでみることにしました」

　沢はそう答えた。

「どうかね？」

　大滝寺は桃木紗理奈に確認する。

「少し違います。沢先生のほうから電話があったのです。基礎演習のときに連絡網を作るということでスマホの番号を伝えていましたから。そして、『手伝ってほしいことがあるんだ。もちろん報酬は払うよ』と持ちかけられました」

「そうやって引き受けた司会だが、質問の内容はあらかじめ決まっていたのかね？」

「はい、すべてシナリオがありました」

「それで君はどう思ったのかね？」

「学生である私には力量はありませんし、アルバイト料ももらっているのだから、それはしかたがないと思いました。でも、打ち合わせや打ち上げという理由で食事に誘われたときは、あまり気が進みませんでした」

「司会役として彼女に手伝ってもらったのは事実です。しかし、そのこととときょうの発表とは関係ありません」

　沢は教壇を降りようとした。

「待ってくださいな」

声をかけたのは、千歳実香子だった。

「桃木紗理奈さんは勇気を出して、話してくれています。まだ終わっていません。桃木さん、続けてください」

「きのうもまた食事に誘われました。そして沢助教から、きょうの発表も手伝ってくれないかと持ちかけられました。もうやりたくなかったので遠回しにお断りしました。実は打ち上げの食事のときに『卒業したら、学生と助教という立場を超えて、おつき合いをしていかないか』と持ちかけられていました。そしてきのうも『南山助教は解雇された。だから、私はほぼ確実に正規の教員に採用される。そうなれば生活は安泰だから、結婚を視野に入れてくれないか。君とは一蓮托生《いちれんたくしょう》の絆《きずな》を持ちたい』と持ちかけられました」

「いや、そんなことは言っていない」

沢はそう反応した。そして再び教壇から降りようとした。

「そのまま居たまえ」

声を上げたのは学長だった。

「きのうの時点では、南山助教への解雇は正式決定していない。まだ教授会は開かれておらず、私はその裁可もしていない。それなのにどうして『南山助教は解雇された』と断定できたのだ？」

「ですから、そんなことを桃木さんに言っていません」

　大滝寺が立ち上がった。

「私は、先だって警察のかたと一緒に、南山助教のマンションを初めて訪ねた。ひたすら学究に打ち込んでいる生活が窺える部屋だった。ノートパソコンは見当たらなかったが、数多い資料の中に紫式部二人説や小野一族に関するものがあった。それだけならともかく、本棚から構想メモも見つけることができた。彼は『カスガの極秘』で新人賞をもらったが、その第二作の小説の構想だよ」

　大滝寺は、関西歴史出版社の編集部員のほうを振り向いた。編集部員は恐縮しながら立ち上がった。

「南山進一さんの受賞作は好評でしたので、われわれは第二作を打診していました。南山さんは『アイデアはありますが、多忙なのですぐには取りかかれないです』と答えていました。そのアイデアについて、私は電話で聞くことができました。南山さんは『やはり藤原氏による他氏排斥をテーマにしたいと思っています。私の専門である中古文学の中で最も有名な源氏物語にも、藤原氏は関わっています。私は『カスガの極秘』では藤原氏に排斥された蘇我氏を取り上げましたが、憂《う》き目を味わったのは蘇我氏だけではありません。小野氏もその一つです。それを小説にしたいと考えています』とおっしゃっていました。『期待しています。なるべく早く取りかかってくださ い』とお願いしました。南山さんは、さらに第三作として橘《たちばな》氏のことをテーマにしたいともおっしゃっていました。承和《じょうわ》の変では橘逸勢《たちばなのはやなり》が、阿衡《あこう》の紛議では橘広相《ひろみ》が、それぞれ処罰されていて、その結果として橘氏は藤原氏にねじ伏せられました。それを第三作にしようと思っていると聞いておりました」

「どうもありがとう」

大滝寺は、編集部員に向かって軽く一礼した。

「南山助教は真面目な性格なので、依頼された第二作の構想に取りかかっておった。その構想メモが部屋に積まれた資料の中に挟まれていた。走り書き程度のものだったが、読んで概要を理解することはできた。おそらく彼のノートパソコンには、もっとまとまったものが書き込まれていただろう。そして小説の第二作の構想メモの内容は、まさにきょう沢助教が発表した小野式部作者説だった。いったいこれをどう説明するつもりかね」

「それは……」

沢は言葉に詰まった。

「南山助教はあくまでも論文ではなく小説として世間に出そうとしていた。その姿勢は適切なのだよ」

大滝寺は舌鋒《ぜっぽう》を緩めなかった。

「〝源氏　二の巻〟については、藤原真代という女性から、南山助教に宛てた手紙が関西歴史出版社に届いておった。そうでしたな」

大滝寺はもう一度、編集部員のほうを振り向いた。

「そのとおりです。ここに手紙の写しがあります」

「えっ。そのことについては私はまったく知りません。何の関与もしていません」

沢は首を左右に振った。

「それなら、どうやって〝源氏　二の巻〟の存在を知ったのだ」

「電話があったのです。公衆電話からでしたが、相手は小野と名乗りました」

「小野だと？　沢助教よ。そろそろ本当のことを話したまえ」

「ですから、本当のことです。代々伝わる古びた写本を、離婚話が進んでいる妻が勝手に持ち出そうとしている、という内容の電話でした」

沢は詰まりながらも、そう弁明した。

「よろしいですやろか」

安治川が手を挙げた。大滝寺から追及を受け続けたなら、沢は盗用は認めるかもしれない。だが、安治川が知りたいのは、そのことではない。沢が動揺している今こそがタイミングだった。

った。

「新しい事実が摑めましたよって、報告させてください。とても重要な話ですのや」

安治川は立ち上がって、前に進み出た。そして、沢から見て斜め前に少し離れて立った。

「何なんだね」

大滝寺は、水を差すなと言いたげに安治川を見た。

「あんさんは、ダークブラウンの国産セダンを持ってはりますな。陸運局で確認済みですのや」

沢家のガレージに置かれていた三台のうちの一台だ。

「今はそんなこと関係ないですよ」

沢は反発した。

「そうでもないんです。わしらが本件に関わったのは、南山進一はんの母親から行方不明者届が出されたことがきっかけでした。事案の背景を調べるのに時間がかかってしまいましたけど、ようやく全貌《ぜんぼう》が見えてきました」

最高学府というわかりにくい独自の人間関係と、受験者数に直結する世間からの評価を落としたくない大学側のベールによって、調査が進めにくかったのは確かだが、もう少し早くできたはずだという反省はある。

「なるべく簡潔にお願いしたい」

大滝寺がそう言った。安治川は大滝寺に軽く頭を下げた。

「わかりました。大滝寺先生が南山はんのマンションに同行してくれはったおかげで、さいぜん言わはったようなメモの意味がわかって、焦点が絞れました。それで、南山はんの失踪時期の前後における沢はんのセダンの動きを調べました。幸いなことに沢はんの自宅近くの幹線道路にNシステムが設置されとりました」

安治川は、沢助教のほうを向いた。

「あんさんは、あんまし車で出かけることはしてはりませんな。大学へも電車通勤です。けど南山はんの消息がわからなくなった時期に一度、大学の方角に車を走らせてます。さらに、その翌日にあんさんは、小学生までの居住地であった堺市の百舌鳥方面に車で向かっています」

「生まれ育ったかつての居住地に行くことは誰だってありますよ。自分の原点を見つめ直したいときは、なおさらです」

「けど、その時間帯は深夜でしたな。しかも雨も降っていましたで」

「時間や天候に関係なく、行きたくなることはあるでしょ」

「勝手知ってはる土地ですし、幼少期は外でも遊ばはったことですやろ。近隣の防犯カメラもチェックしてみました。あんさんのセダンがゆっくりと通過していく画像がありました。深夜の雨天ですさかい、通行人はもちろん通行車もほとんどありませんでした」

防犯カメラについては、芝が労を惜しまずに調べてくれていた。

「その方向には、天皇陵の可能性が高いとされている古墳がありました。宮内庁の管轄になっとります。最高学府である大学には聖域性がおますけど、天皇陵となるともっと聖域ですな。発掘調査なんて、まずでけしません。警察の現場検証となるとなおさらです。わしも実際にそこに足を運んでみました。いわゆる百舌鳥古市《ふるいち》古墳群の一つですけど、畏敬《いけい》を抱く雰囲気のある御陵です。立ち入り禁止の柵で囲われておりますけど、鉄条網まではあらしません。ましてや柵に微電流が通っているということもおません。国民による尊意を信頼しているということです」

「何が言いたいんですか」

「えらい不敬な話になりますけど、立ち入り禁止の聖域なんやから、遺体を埋めるのには恰好《かっこう》の場所ですな。発掘調査がなされへんのですよって、発見される機会があらしません。せやけど、立ち入らんでも調べる方法が皆無やおません。レーザー光線を当てて写真を撮る最新技術によって、人為的に掘り返された痕跡《こんせき》があったときはわかるそうですのや。そうやって地点が限定でけたなら、さすがの宮内庁も検証に協力しないとは言わしません」

沢による発表が始まる直前に、芝からの連絡が入っていた。掘り返された痕跡が見つかったという知らせだった。

「もう観念しはったほうがよろしいで。あんさんは、南山はんのノートパソコンを捨てずに自宅に持ってはりますやろ。そやから、きょうの発表ができたんですやろ。それにあんさんの車のトランクを精査したら、遺体を運んだときの証拠物も出てくるはずです」

「沢助教、どうなんだ。認めるのか？」

北園学長が立ち上がった。

沢は重い息をついたあと、かすかにうなずいて肩を落とした。

15

枚方北署に連行された沢は、取り調べに素直に応じた。

南山との正規教員になる争いに半歩リードしていたと思っていたが、南山の歴史小説新人賞受賞と土曜講座での高評価で、逆に半歩先を越された気がした。沢の両親は、伝統と名のある京阪大学の准教授そして教授という道を歩むことを応援し、期待も半端《はんぱ》ではない。沢自身も京阪大学附属中学校から大学院博士課程まで、十五年間も京阪学園の校旗のもとで過ごしてきたのだ。他の道など考えていない。

それだけに、このままではいけないと焦る気持ちの中で、南山が源氏物語の消えた二帖目を手にしたようだという知らせを聞いた。消えた二帖目については、師である大滝寺教授がそれを肯定する説を採っている。もし南山がそれを入手したとしたら、リードは半歩どころではなくなる。沢はそれを確かめようと動いた。電話で知らせてきたのは、京都の洛北に住むという小野という人物だった。小野には、旧姓藤原真代という離婚協議中の若い妻がいて、その妻が代々小野家に伝わっていた〝源氏　二の巻〟を持ち出したというのだ。そしてこともあろうか、小説を読んでファンになった南山に提供した。小野はこれまで〝源氏　二の巻〟の価値がよくわからなかったが、妻のほうは大滝寺教授による市民開放土曜講座を聴いたことで、俄然《がぜん》態度が変わった。そして南山の小説を刊行した出版社気付で南山宛ての手紙を出したというのだ。

沢は聞き捨てることができなかった。

「そのあと私は、小野家に代々伝わるという〝源氏　二の巻〟のコピーを手にしました。本物だという感触を得ました。原本はすでに彼の妻が、南山に渡したということでした。遅かったのです。しかしよく考えてみれば、妻のほうにはそういう権利はないはずです。先祖から受け継いできた夫が所有すべきものです。小野さんからは『何とか取り返してほしい。そうすれば、学術的功績はすべてあなたに与える』と言われました。私は、南山のマンションの近くまで車で行って、不意打ちのように訪ねました。院生時代はまだ今のような鍔《つば》ぜり合いをする関係ではなかったので、お互いの住まいに二、三度行ったことがありました。南山は、こちらの尋常でない雰囲気を感じたのでしょう。いったんは部屋に入れたものの、彼は『こんな遅い時間に会う義務はない。帰ってくれ』と言い出しました。私は『小野さんから、原本の取り戻しを依頼された。妻のほうには、誰かに渡す権利はないはずだ』と〝源氏 二の巻〟のコピーを鼻先に突き出してやりました。南山の表情が凍りつきました。『何の話だ』と私からコピーを奪いました。そして『帰れ。おまえには金持ちの親の力しかないんだ。そんなやつに負けてたまるか』と部屋から押し出そうとしました。このままでは、南山の思うとおりの展開になってしまいます。私は押し返しました。南山は殴りかかってきました。それで私に火が点《つ》きました。腕力では、小柄な南山よりスポーツをやってきた私のほうが上です。殴り返したら彼は倒れました。そこから先は、正確には覚えていません。その夜、車で向かうことにした時点で、最悪の事態になることは心の底では想定していたのかもしれません」

気温が高いわけでもないのに、沢は汗を額に滲《にじ》ませた。袖口《そでぐち》で拭《ぬぐ》ったあと、続けた。

「馬乗りになって彼の首を締め上げました。南山さえいなければ、自分はもっと悠然《ゆうぜん》と助教生活ができていたのです。その溜まった鬱積《うっせき》が腕に集まりました。ぐったりとして完全に動かなくなった南山を前にして、ようやく我に返りました。こうして不意に訪問することは誰にも話していません。自分が言わなければ、わからないのです。遺体も痕跡もすべて隠してしまえば、それでいいのです」

沢は、南山の殺害と死体隠蔽《いんぺい》、そして彼がパソコンに書いていた成果の横領を認めた。


「消息対応室としては職責を果たせた。行方不明者死亡という不幸な結果となったが、沢哲明の犯行を明らかにできた。盗んだ南山のノートパソコンは自宅に持っていたし、沢の車のトランクからは南山の毛髪も見つかった」

取り調べに立ち会ったあと枚方北署から戻ってきた芝は、一足先に帰っていた安治川と良美にそう報告した。

「犯行の自供はしているのだし、殺害と死体遺棄の物証も出ている。それで送検できるというのが枚方北署の考えだ。検察も問題ないと見ているそうだ。だが、彼の供述には、裏付けができていない部分もある」

「どないな点が、裏付けでけてへんのですか」

「沢哲明は、電話をしてきた〝小野〟とは直接に会っていないのだ。電話で京都洛北まで来てほしいと言われて、叡山《えいざん》電鉄の修学院《しゅうがくいん》駅まで足を運んだ。小野一族にゆかりのある土地だということだ」

駅を降りた沢のスマホに電話がかかってきた。今度もまた公衆電話からだった。少し西を流れる高野川《たかのがわ》まで来るように告げられた。電話は切らずに進むように言われた。その指示どおりに高野川の川岸まで歩いた。電話で小野は、『対岸に学生服の少年がいます。それが私の息子です』と言ってきた。対岸に、最近では珍しい黒の学生服に学帽の小柄な人物が立っていて、手を振っている。他には犬の散歩をしている老夫婦がいるだけだ。電話の小野は『息子には、蔵にあった〝源氏　二の巻〟をコピーしたものを持たせています。原本は、妻が持ち出したまま家を出てしまい、それしかありません。私は高校で数学の教師をしていて、あまり源氏物語のことはよくわからなかったので、以前に国語の同僚教師にコピーしたものを見せたことがありました。彼は、判読できない箇所もあってよくわからないが古文書というのも美術品と同じように贋《がん》作《さく》も多いからな、とあまり真剣に取り合ってくれませんでした。私の先祖は庄屋をしていました。庄屋といっても、農民の名主みたいな存在で高貴な身分ではありません。先祖の誰かが、骨董市か何かで酔狂《すいきょう》で買っていたのだろうと思って、そのあとは蔵の中でそのままにしていたのです。息子に持たせたそのコピーを見てください。専門家であるあなたなら、真贋がわかっていただけると思います』と言った。

学生服の人物は、手にした茶封筒を掲げると、川岸にあるベンチに置いて去っていった。沢はあわてて近くの橋を渡って対岸に向かった。

「そうやってコピーを入手したと沢は供述しているが、どこか胡散臭さを感じなくもない。南山を殺害したあと、彼の部屋をいくら探してもコピーだけで原本は見当たらなかった、と沢は供述している。つまり原本は所在不明だ」

「沢と〝小野〟の接触は一回だけでしたんか」

「京都まで行ったその夜に、また電話がかかってきたということだ」

電話で『沢先生、どうでしたでしょうか』と聞いてきた小野に、沢は『本物だと思います。ですから学術的価値はとても大きいです。ぜひ原本が見たいです』と答えた。『南山さんが原本を持っているはずです。取り返して、あなたが発表してください。所有権者は私なんですから』と小野は言った。それで、沢は南山のマンションに向かって、凶行に及ぶ結果になった。

「〝小野〟の妻である〝真代〟の所在は摑めたんですやろか」

「それもわからないままだ。関西歴史出版社に手紙を送ってきた〝藤原真代〟が〝小野〟の妻だとしたら、一応の辻褄《つじつま》は合うのだが」

「けど、〝小野〟姓にしても〝藤原〟姓にしても、どうも仮名やないかと思えてなりませんな」

「学術的な成果を挙げることに躍起になっていた若い助教二人にとっては、あまり不審に思うことなく、前に進もうとしたのかもしれない」

良美が質問をした。

「南山さんのほうは、〝藤原真代〟さんに会えたのに、やはりコピーだけで原本を得られなかったのでしょうか」

「南山助教は亡くなってしまったから、それは確認のしようがない」

関西歴史出版社に手紙を送ってきた〝藤原真代〟が〝小野〟の妻であるのかどうかを含めて、その正体はまったく不明だ。

「南山さんの携帯電話は見つからなかったのですか」

「殺害の手がかりにならないように、沢が奪ったあと、紙にくるんだうえで学内のゴミ箱に入れて処分していた。清掃業者がとっくに焼却炉に運んでいる」

「関西歴史出版社に〝藤原真代〟から手紙が届いたあと、大学の事務室に、南山さんに繋いでほしいという電話がありましたけど、それも公衆電話からでしたね。そこも引っ掛かりますね」

「同感だ。さらに、裏付けができないことがまだある。南山助教のマンションを訪れた母親の佳津江さんは、机の上に置かれていた〝雲隠〟という紙切れを見つけていた」

「ええ。それが自発的な失踪を窺わせるものになりました」

科捜研に回して筆跡鑑定にかけたところ、二文字だけなので断定はできないものの、

〝雲隠〟は南山進一が書いた可能性がかなり高いとされた。そして紙切れからは、南山進一と持参した佳津江の指紋だけが検出された。

「沢哲明は、南山助教の命と〝源氏　二の巻〟の全文コピーを強奪した二日後に、また公衆電話からの連絡で京都の洛北まで再び呼び出され、そして前回と同じように高野川の対岸ベンチに置かれた茶封筒を手にした。その中に、ビニール袋に入った〝雲隠〟の紙切れがあったというんだ。茶封筒を手にした沢にすぐさま電話で『あなたの指紋を付けないようにしてください。それは南山助教が書いたものです。有効にお使いください』と〝小野〟は伝えてきたというんだ。それで電話は切れてしまった。沢は奪っていた鍵で、再び南山の部屋に入って〝雲隠〟を机の上に置くことで、南山の自発意思による蒸発と見せかけようとしたと供述している」

「うーん、なんやけったいな話ですな。京都までまた出向いて紙切れ一枚を受け取ったと言うてるんですな」

　安治川は首をひねった。

「枚方北署は、そこは信じていない。研究室も共同の同僚なのだから、南山助教の書いた紙を沢が得ることは、そう難しくないと踏んでいる」

「そらそうですけど」

「犯罪者というのは、犯行を認めたとしても、少しでも罪を軽くしたいと考えるものだ。他に犯罪に駆り立てる状況があった、ということにしたい心理は働く」

「つまり、〝小野〟という架空の人物に誘導された、ということにして、情状酌量《じょうじょうしゃくりょう》を狙おうという意図ですやろか」

「そう捉えたほうが、すんなりいく」

「たしかに、〝小野〟という人物に関しては摑みようがあらしません。けど……」

関西歴史出版社に手紙を送ってきた〝藤原真代〟に、南山も接触していると思われるのだ。〝貴重な資料を提供してくださった藤原真代さんに深謝します　南山進一〟というボールペンで記した一文がＵＳＢメモリに添えられていた。南山が少なくともコピーは得ているのは確かだ。

幻の二帖目の存在は、研究者にとっては大きく惹きつけられるものであろう。一生に一度あるかないかの、いやおそらく一生ないであろう大きな機会だ。天文学者が、太陽系の新しい惑星を発見したくらいのインパクトを感じるものだと思える。

16

安治川は、大滝寺秀臣を教授室に訪ねた。

南山進一の死亡が判明して、消息対応室の役目は果たせた。行方不明者届が出されたときには、すでに南山進一は殺されて聖域である天皇古墳に埋められていたのである。

その犯人・沢哲明を逮捕するにあたって、消息対応室は十二分に貢献したのだが、やはり南山が亡くなっていたというのは後味が悪かった。それだけでなく、奥歯に物が挟まったような感触が拭い切れなかった。はたして〝源氏　二の巻〟は本物なのだろうか。その提供者もはっきりしないままだ。

「沢哲明助教の行為は、まことに遺憾でした。いや、もう助教ではない。彼の免職が決まりましたから」

大滝寺はそう言った。

沢はすでに送検されていた。

「安治川さんにはいろいろ世話になりましたな。沢の行為は、まことに恥ずべきことです。しかしながら、安治川さんや出版社のかたたちの協力を得ながら、学内で真実を明らかにすることができたことだけは確かです。学長も厳しく沢を追及してくれました。京阪大学としての自浄作用が働いたことだけは、不幸中の幸いでした。そう思うことにしています。いやはや、そう思わないことにはやってられません」

大滝寺はかすかに苦笑した。

「こちらこそお世話になりました。門外漢のわしなんかでは、太刀打ちでけませんんでした。ああいう発表の場を作ってもろたことも、ありがたかったです」

「私は責任を取って年度末に辞職するつもりでしたが、それでは自浄作用として不充分です。今週いっぱいで退職する辞表を書いて、学長に提出しました」

「講義やゼミはどないしはるのですか」

「年度末までは講義とゼミはやらせてもらいます。ただし非正規の身分になります。この教授室もできるだけ早く明け渡します」

　机の上には、ビニール紐で結わえられた文献の束が置かれていた。もう整理を始めているのだろう。文献の束の横に、付箋が貼られた大阪のタウン情報誌が一冊あった。学術書籍だらけの部屋にあって場違いな印象があった。

「私自身のことよりも、入試のことが心配です。とても例年のような受験生の数は望めません。助教の一人がもう一人の助教を殺害した、という前代未聞《ぜんだいみもん》の醜聞《しゅうぶん》が起きてしまいました。新二回生が中古文学講座を専攻してくれるかどうかも気になりますが、やはり受験生の減少のほうが切実です。他学部にも影響を与えそうです。いくら自浄作用をアピールしても、焼け石に水かもしれません。私は、晩節《ばんせつ》を穢《けが》すことになりましたな」

　諦めの混じった声になった。

「お訊きしたいことがいくつかあります。この大学では国文学科は五つの講座に分かれていますが、大滝寺先生がたとえば近世文学講座の学生はんを担当しはることは、あるのですか」

「五講座の誰もが選択できる共通講義を選択していたなら、ありえます。私は〝日本文学の担い手〟という三、四回生向けの講義を持っています。それは五講座共通で選択可能なので、国文学科の三分の一くらいの学生が受講しています」

「助教はんは、どないですか」

「一回生のときの基礎演習は、五つの講座に分かれる前ですから可能性があります。基礎演習で担当しなかったら、その機会はないと思います。助教については、担当講義は中古文学講座を選択した学生向けのものですから」

「次の質問ですけど、関西歴史出版社に、南山はんが書いたという〝源氏　二の巻〟に関する論文のＵＳＢメモリが送られてきました。お読みになって、どないでしたか？」

「あれは、よく書けている論文でしたな。南山君は論文と小説の二刀流でしたが、使い分けが見事でした。〝源氏　二の巻〟は、もちろん論文のテーマになります。しかし、源氏物語の作者が誰なのか複数なのかといったテーマは、学術的根拠がほとんどないので小説の形ならおもしろいかもしれませんが、論文には不向きです」

「それに関連してですけど、〝源氏　二の巻〟は、真正な本物やったんでしょうか」

大滝寺は複雑な表情になった。

「逆に訊きますが、警察の捜査で〝源氏　二の巻〟の原本は見つかりましたか？」

「いや、見つかったとは聞いてしません」

「コピーだけでは、真贋の判定は難しいです。紙質や墨の劣化など、コピーではわからないことが少なくないのです。紫式部本人が書いたオリジナル本はもちろんのこと、同時代に写された本すら一帖も伝わっていないのですから、筆跡検証もできません。内容的には、本物だという可能性はありうることです。藤原道長が、兄を排斥するために天然痘を使ったということも、荒唐無稽《こうとうむけい》とは言えません。兄弟といえども政敵になる時代でした」

「〝源氏　二の巻〟については土曜講座での公開はありましたが、USBメモリにあった論文を含めて学界での公表はいつしはるんですか」

「その件については、北園学長とも相談しました。ここは慎重にいこう、という結論になりました」

「慎重と言わはりますと？」

「真贋が確実にはっきりできないのなら、公表はすべきではないということです。もしも偽物《にせもの》なら、恥の上塗りになります。そうでなくても京阪大学は大きな傷を負ってしまったのですから、さらに命取りになるようなことは避けなくてはいけません」

「けど、土曜講座で市民に向けて画像も見せはりました」

「あれは、表現は悪いですが、沢哲明という犯罪者が示した画像です。あのとき限りのものです」

「つまり〝源氏　二の巻〟は葬《ほうむ》るということですのか」

「まあ、そういうことになりますね。私も、沢に土曜講座を許可した責任があります。話題性が出れば受験生の増加に繋がる、と短絡的に考えてしまいました。その責任を含めての辞職です」

「辞職しはって、今後はどうしはるんですか」

「もともとあと二年余で定年でした。京阪大学には多大の迷惑を掛けましたので、退職金も辞退しました。それも自浄作用だと思っています。むろん他の大学の教壇に立つこともありません。妻に先立たれ子供もいない気楽な身分です。食うくらいは何とかなるでしょう」

大滝寺は、まるで人ごとのような淡々とした言いかたをした。

「中古文学講座は、教授と助教という教員三人が抜けることになりますのやな」

「まあ、明日は明日の風が吹くでしょう。千歳君が専任教員となって残ってくれるということなので、ゼロではありません。老兵は消えます」

「最後にもう一つ質問ですけど、二人の助教のどちらを後任にしはる腹づもりやったのですか？」

「答えにくい質問ですな。力量としては南山のほうが上やったでしょう。ＵＳＢメモリにあった論文を読んで、さらにそう思いました。しかし力量だけで決まるのではないですからな。まあ、そのあたりは企業秘密ということで」

「大学は企業やないですやろ」

「いやいや、大学、とりわけ私学は企業以上の部分もあります」

17

安治川は、時を待つことにした。

そして桜のつぼみが膨《ふく》らんだ頃に、再び大滝寺を訪ねた。

「ああ、君か」

それほど長い時間が経ったわけではないのに、大滝寺はすっかりやつれて老け込んでいた。皺《しわ》が増えて、声も細くなっている。

ずらりと書籍が並んでいた教授室の本棚には今や一冊の本もなく、がらんどうだ。

「事務室のかたに伺ったところ、きょうが最終の講義やったそうですね。長い間、お疲れさまでしたな」

「ありがとう。大学の名を落とすことになった私には冷たいものだよ。普通の退官なら、花束の一つや二つはもらえる。事務職員が本棚や部屋の片付けも手伝ってくれるのだが、それもなかった。大部分の本や資料は廃棄したよ。きょうは最後の日なので、ここを使っていいという許可をもらった。しかし、何もない部屋は侘《わび》しいものだ」

「廃棄とは、もったいないことですな」

「狭い家に引っ越すことになったのだから、しかたがない。借家住まいだったので、家賃を節約することにした」

安治川は、大滝寺とは何度か接したが、その姿勢の変遷《へんせん》に引っ掛かるものを感じていた。当初は非協力的だった。とにかく大学の評判を気にしていた。その基本は変わらないのだが、対応は途中から変わった。南山進一の学生時代と院生時代の同級生たちの名簿を貸してくれた。さらに北園学長を、沢を追及する場に引っ張り出してくれていた。

「お尋ねしたいことがありますのや。沢哲明による土曜講座は、臨時に開催されました。過去の開催歴を調べましたが、めったにあることやないようです。大滝寺先生による働きかけがなかったら、実現せなんだことでしょう。新発見によって京阪大学の評価を上げたなら受験生の増加に繋がるさかいに、臨時という形で開催されたとわしは受け取っていました。けど、前回お伺いしたとき先生は〝源氏　二の巻〟について、

『コピーだけでは、真贋の判定は難しいです。紙質や墨の劣化などコピーではわからないことが少なくないのです』と言わはりました。そんな確証のない状態での開催は冒険しすぎやないですか」

「今さらそんなことを……」

細い声で言ったあと、大滝寺は黙った。

「先生が途中からわしらに協力的にならはったことも、ずっと引っ掛かっていました」

大滝寺はじっと安治川を見ている。その目には疲れが浮かんでいる。

「それだけやおません。前回こうして教授室でお会いしたときは、淡々と辞表を出したことを話さはりました。あんまし寂しさは感じませんでした。けど、今は印象がえらいちゃいます」

「辞める者の最後の日は寂しくて当然だ」

大滝寺はようやくそう答えた。

「このわしも一度退職を経験しとります。ただ幸いなことに、再雇用制度が始まりまして、新たなスタートをすることができました。次のステージがあるということは希望が湧きます」

「次のステージか……醜聞のあった講座の主任教授には、他の大学からも声はかからない」

「けど、次のステージというのは、職場とは限らしません。私生活でも、新しいスタートを切ることはでけます」

前回訪れたとき、場違いなタウン情報誌が置かれていて付箋も貼られていたことが気になった。安治川は帰りに書店に寄って、同じ表紙のタウン情報誌を手にしてみた。〝二人だけの結婚式が挙げられる会場〟という特集が組まれていた。大滝寺が付箋を貼っていた箇所は、厚さからしてその頁《ページ》あたりだった。

「失礼ながら、先生は再婚を考えてはったんとちゃいますか」

「………」

「たとえ辞職しても、結婚相手が収入を得てくれはったら、生活はでけます。先生は『千歳君が専任教員となって残ってくれる』と言わはりました。ここを訪れる前に事務室で確認してきました、千歳実香子はんは四月から正規の准教授に就かはるのですな。この大学の卒業生やないのに異例なことやそうです」

「私が、千歳君と結婚だと……それはありえない」

大滝寺は髪を掻き上げた。ロマンスグレーの頭髪は初めて会ったときに比べて、薄くなっていた。

新月良美は、千歳実香子の自宅を張り込んでいた。

枚方市南部にある小さな戸建て住宅であった。千歳実香子は隣接する寝屋川《ねやがわ》市で生まれ育ち、姉が東京へ嫁いだあと両親が他界して一人暮らしをしていたが、約一年前にこちらに転居していた。

寝屋川市北部にある進学塾の国語教師をして十五年になる。枚方市から塾まで自転車で通っていた。彼女には結婚歴はない。

午後になって、良美も顔を知っている若い女性がジーンズ姿で、スーパーの買いもの袋を持って千歳宅に入った。桃木紗理奈だった。

夕方近くになって、千歳実香子が出てきた。そして前に停めてある自転車に乗る。エプロン姿の紗理奈が笑顔で「いってらっしゃい」と見送った。

良美は、近所で聞き込みをしていた。

桃木紗理奈は、二週間ほど前からやってきて同居しているということだ。隣人は、バスルームから二人の女性の楽しげな声を聞いたことがあったという。

良美は、枚方市役所で確認をした。千歳実香子と桃木紗理奈は約半年前にパートナーシップ登録をしていた。枚方市は府下で三番目にパートナーシップ制度を導入した市だ。千歳実香子が転居してきた理由はそこにあったのかもしれなかった。

千歳実香子は、出身大学である洛中大学の修士課程を修了していたが、修士論文のテーマは〝源氏物語の空蟬の実像〟であった。源氏物語の〝空蟬〟の帖は、若き光源氏の数少ない恋の失敗を描いている。光源氏は、嗜《たしな》みのある上品な人妻をモノにしようと彼女の寝床に忍び込んだ。しかし、そこには衣だけが蟬の抜け殻（空蟬）のように残されていて逃げられたのである。美男子であった光源氏を唯一拒んだ女性とも言われる貞淑《ていしゅく》な空蟬は、紫式部自身を投影したものだというのが学界の有力説である。

しかし、千歳実香子は、紫式部日記から読み取れる彼女の性格からして、そこまでの貞操観念があるとは思えず、空蟬はその時代においてはまったく認知されていないＬＧＢＴであったのではないかという論文を書いていた。

平安時代は性に対しておおらかな部分もあったので、男色を好んだ貴族もいたが、女性同士というのは史料などの表には出ていない。女性たちはほとんど家の中に籠《こ》もっていて顔を見せることがないという社会構造のもとで、水面下に押しやられていた。現代でこそ市民権を得つつある同性愛者は、平安時代にも一定数はいたはずである。性差というのが両極ではなくグラデーションであることは、今も昔も変わらない人間摂理なのだ。女性を愛する女性にとっては、いくら美男子の高貴な男性から熱心に言い寄られて寝床に忍び込まれても、逃げ出すのは自然な行動である——そのような新説が、千歳の修士論文では展開されていた。

安治川は、うなだれる大滝寺と向き合っていた。

「先生は、千歳はんに恩を売ろうとしはりましたな。他大学出身者では京阪大学の専任の教員にはなれないという原則を超えようとするためには、先生の尽力は不可欠でした。沢哲明はコピーしか手に入れてへんのに、あんさんは臨時の土曜講座という場を与えました。あんさんの後押しがなかったら、あの土曜講座は開かれへんかったのです。そうして二階に上げておいて、そのあとは源氏物語の作者に関する発表をさせて、梯子《はしご》を外しました。その設計図面を描いたのは千歳はんですやろ。沢哲明が失脚して、あんさんが辞職したら、専任教員のお鉢《はち》は彼女に回ってきます。あんさんは、再婚を期待して、その設計図面を実行したんとちゃいますか。あんさんが途中からわしらに協力する姿勢に変節したのも、彼女の示唆《しさ》に基づいたからやないですか」

大滝寺は下を向いたまま、しわがれた声を出した。

「私は妻を亡くして、子供も孫もいない孤独な老後を迎えるのはとてもやるせなかった。年金は入るがそれだけではこころもとない。文献や資料を買うのに給料の多くを使っていた。妻の入院費も高くついた。専任教員の女性と再婚できれば、それが解決できる。彼女も、私の文献や資料を使えば経済的にも助かる」

「恩を売れば、再婚相手になってもらえるという算段やったのですな」

「私なりに調べた。彼女には男の影はまったくなかった。だが、甘かった」

「沢哲明も甘かったですな。基礎演習で担当した桃木紗理奈はんを見初《みそ》めて、土曜講座を手伝わせて共同作業で仲ようなろうとしました」

桃木紗理奈は二回生のときに、千歳実香子による国文学科共通の〝文学とジェンダー〟という講義を受講していた接点があった。

「誓って言及しておくが、私は沢による南山殺害にはいっさい関わっていない。恥をかくことはしたが、犯罪はやっていない」

「千歳実香子はんの設計図にも、沢が殺害行為をするまでは入ってへんかったと思われます。南山助教が〝源氏　二の巻〟を得て論文でいち早く公表しようとして、それを知った沢哲明が焦って勇み足で横取りをする。そうやって共倒れをしていくのが構図でしたやろ。協力者はパートナーの桃木紗理奈です。南山助教にとっては、基礎演習では彼女を担当せず、近現代文学講座の学生やったさかいに、面識はなかったと思えます。それでも眼鏡やウィッグで変装はしたことでしょう。桃木紗理奈は、関西歴史出版社に手紙を送った〝藤原真代〟に扮して電話をかけて、南山助教を京都に誘導して、〝源氏　二の巻〟のコピーを預けます。渡された〝源氏　二の巻〟は、実によう書けていました。とても素人が作れるものやないです」

しかし千歳実香子の実力なら創作できた。本来なら二人の助教はもちろんのこと、大滝寺教授をも上回る学識を有していたが、出身大学と修士課程しか修了していないという経歴に阻《はば》まれて、二コマだけの非常勤講師に甘んじていたのだ。

のちに関西歴史出版社に送られてきたUSBメモリにあった南山進一名義の論文も、千歳実香子なら書けた。

「〝源氏　二の巻〟を預けたときに、〝藤原真代〟に扮した桃木紗理奈は〝貴重な資料を提供してくださった藤原真代さんに深謝します　南山進一〟というボールペンで記された一文を南山助教に書かせました。南山助教は〝源氏　二の巻〟を手にできた高揚感からすぐに書いたことでしょう。それがUSBメモリの論文に添えられていたわけです。〝雲隠〟の紙もおそらくそのときに書かせたのでしょう。たとえば『これを託す以上は、あなたにちゃんとした知識があるかテストをさせてください。上下に分かれている巻の巻名は何ですか？　その上下を一帖とした場合に第四十一帖目は何という巻名になりますか？』といった質問を、他のいくつかの問いかけに混ぜて訊いたなら、南山助教はとにかく〝源氏　二の巻〟を早く入手したいという一心で〝雲隠〟と書くでしょう」

南山進一をトラップにかけることが第一段階だった。

「そのあと沢哲明が、京都まで来るように仕向けられました。焦りがあった彼は、電話だけで誘導でけました。千歳実香子は音声をボイスチェンジャーで男声に変えて、妻に勝手に〝源氏　二の巻〟を持ち出された夫の〝小野〟に扮しました。沢の携帯番号は基礎演習の学生であった桃木紗理奈が電話連絡網で知っていました。高野川の対岸で、学生服を着て息子役を演じたのも桃木紗理奈です。学生服姿は男子という意識の刷り込みで、沢哲明は騙《だま》されました。目の前に、〝源氏　二の巻〟をぶら下げられていたから、よけいに注意力は働かしません」

「そういうことまでは思ってもいなかったな……」

大滝寺は驚きを隠さなかった。

「南山助教に対して関西歴史出版社気付で手紙を送る形を採ったのは、あとで横取りが問題になったとき、先に南山助教が手にしていたことを明らかにできるからですやろ。桃木紗理奈が司会を引き受けた目的は、沢の心境を知るとともに、臨時の土曜講座の準備を余裕なく進めさせることにあったと思われます。一緒に準備をする作業を通じて、沢は彼女にさらに惹かれていったことでしょう」

「沢も、この私も、騙されたということだな」

「失礼ながら、沢哲明も先生も単純に考えてしもうたのやないですやろか。時代は大きく変わっとります。平安時代やないのです」

「彼女たちを処罰する方向で、君は捜査しているのか」

「さいぜんも言いましたように、千歳実香子はんとしては、沢哲明が南山進一を殺害することまでは予想もしてへんかったし、期待もしてへんかったと思います。助教として相討ちさせることが目的で、あとはあんさんをうまくコントロールして専任教員に就く計画やったと思われます。けど、沢哲明は日頃の〝南山さえいなかったら〟という鬱屈《うっくつ》した感情を爆発させてしまいました。千歳実香子はんは、そういう事態になったことで、切り替えてそれを利用することにしました」

「私としては、彼女たちを処罰してほしい気分だ」

「殺人と死体遺棄につきましては、何の犯罪関与もあらしません。けど、偽物の源氏物語を作って発表させて、大学の信用を失墜《しっつい》させたことは業務妨害罪が成立する可能性はあります。南山進一の名前での論文作成も、私文書偽造罪に該当しますやろ」

「立証できるのかね」

「それは、これからです」

　あの〝源氏　二の巻〟はコピーであった。おそらく南山進一には原本として作成したものを見せたうえで、理由を付けて「とりあえずコピーで」と渡したのだろう。南山としては、とにかく早く入手したい立場なのだ。

　大滝寺が言ったように「コピーだけでは、真贋の判定は難しいです。紙質や墨の劣化などコピーではわからないことが少なくないのです。紫式部本人が書いたオリジナル本はもちろんのこと、同時代に写された本すら一帖も伝わっていないのですから、筆跡検証もできません」ということなのだ。

さりながら、紫式部本人との筆跡鑑定は不可能でも、千歳実香子との筆跡鑑定はできるのだ。こうして大滝寺が打ち明けてくれた再婚話も、補強材料にはなりうる。今の大滝寺にはもはや失うものはない。大学の受験生減少のことを考える必要もないのだ。本当のことを証言してくれる。

評判や体面を気にする京阪大学は、〝源氏　二の巻〟をこのまま葬る方針だろう。なかったことにする……それもまた千歳実香子の想定したことであったと思われる。けれども、日本屈指の文化的財産とも言うべき名作の偽物を作成することは許されるべきではない。たとえ、そういう〝二の巻〟が当時存在したのが真実だったとしても。

「粘り強うやらせてもらいます。大作の源氏物語を書くのは膨大な時間とエネルギーが要ったことですやろ。書き写すだけでも大変なことです。それをめぐる案件ですのやから、時間とエネルギーを、わしもかけさせてもらいます」

第三話　反転の白

1

芝隆之《しばたかゆき》は、緊張を覚えながら、大阪府警本部警務部秘書課の扉をノックした。警務部に在籍していたときも、この奥まったエリアを訪れたことはそうない。約一年前に、四天王寺署《してんのうじ》に間借りしている消息対応室《しょうそくたいおうしつ》に左遷《させん》の形で転出してからはもちろん初めてだ。

（左遷に先だっての懲戒処分を言い渡されたとき以来だな）

そのときの苦い記憶が蘇《よみがえ》った。公金を横領した部下が免職となり、上司だった芝は管理者責任を問われて戒告の処分を受けた。戒告以上の懲戒処分は人事カードに赤字で記入され、その後の昇任や人事異動に大きな影響を与えることになる。

「失礼いたします。消息対応室の芝です。お呼びがありまして参りました」

「統括官室《とうかつかん》のほうに入ってください」

すぐにそう指示が出された。

秘書課のさらに奥に、警務部長室と警務総務統括官室があった。

警務総務統括官というポストは、芝が転出したあとに新設された。

小さな県警本部だと警務部の中に警務課と総務課があるが、大きな都道府県警察では警務部と総務部に分かれている。大阪府警ではさらにその両部を束《たば》ねる上席者として警務総務統括官が置かれることになった。

芝が受けた戒告処分は、警務部長から言い渡された。そのときの警務部長は今年一月の人事異動で、警視庁に栄転している。警務部長はキャリアの指定席だ。そして同じ一月に警務総務統括官が置かれることになった。初代の統括官は、福岡県警総務部長から転任してきた。もちろん、キャリアだ。新設のポストということで、新聞に写真入りでインタビュー記事も載った。府警本部長、副本部長に次ぐ、実質ナンバースリーの人物ということになる。

現場で働く警察官が、このようないわゆるキャリア組と接する機会はほとんどない。彼らは名門大学を卒業し、国家公務員上級甲種試験やⅠ種試験と以前は呼ばれた超難関の総合職採用試験に合格して中央省庁である警察庁に採用された、ごく一握り、いやわずか一つまみのエリート警察官僚である。

重そうな統括官室の扉をノックする。

「入りたまえ」

野太い声が返ってきた。

深呼吸したあと扉を開け、一礼しながら所属と名前と階級を告げる。

「消息対応室で室長をしております芝隆之警部です」

「忙しいところをすまない。統括官の浜之江《はまのえ》だ」

制服姿の痩《や》せた五十年配の男が、広い執務机の前に座っていた。メタルフレームの眼鏡を掛けた利発そうな顔立ちだ。胸の階級章は警視長である。警視総監、警視監に次ぐ上から三番目の階級だ。ノンキャリアは大卒でもそこまで昇り詰めることはまずない。

浜之江は、執務机の横にある応接セットに座るように手で示した。約一年前に警務部長から戒告の処分を言い渡されたときは立ったままであった。そのときとはずいぶんと違う。浜之江の表情もどこか柔らかい。

「私は東京出身で、大学も東京だったが、警察庁に採用されて警察大学校での研修を半年間受けたあとの半年間にわたる現場研修で赴任《ふにん》したのが大阪だった。つまり大阪は警察人生スタートの地なのだ。そのあとは各都道府県警や警察庁を行ったり来たりしたが、また縁があってこの地に転任となった。それだけに大阪府警への思い入れは強いのだよ」

「そうでしたか」

「芝警部にはぜひ会いたいと思っていた。一月に統括官に赴任してから約三ヵ月になるが、府警の中でいくつか注目しているセクションがある。消息対応室もその一つだ。発足してまだ一年ほどにもかかわらず、かなりの実績を挙げていると感じている。行方不明者について、犯罪性がある特異行方不明者か、そうでない一般行方不明者かの判別をしている消息対応室という存在は、所轄署にとっては大助かりだろう。他の都道府県警察もこの方式を導入すべきだ。それだけではなく、君たちはこれまでにいくつかの事件を解決に導いている。しかも、たった三人という少数にもかかわらずだ」

「恐れ入ります」

「府警の機構改革は統括官である私の仕事の一つだが、消息対応室の役割と組織の拡充を検討している。聞くところによると、四天王寺署の一室を間借りしているそうだが、この府警本部庁舎に移ることもあってもいい」

「はあ」

　組織の拡充ということは人員の増加を意味しているのだろう。芝としてはそれはありがたい。現在の三人では手いっぱいの状態が続いている。

「ただし、まだ検討段階だ。とりわけ定員の増加となると、予算の裏打ちが必要だから、おいそれとはできない。だが役割の拡充のほうは、比較的容易だ。すでに本部長と生活安全部長の内諾《ないだく》は得ているのだが、市民からの行方不明者届を直接に消息対応室でも受理できることに改めてはどうかね。これまでは所轄署が受け付けて、判別が難しい案件だけが送付されてきたのだが」

「つまり、所轄署ルート以外にも、われわれが市民から直接に行方不明者届を受けることもできるということですね」

「そういうことだ。所轄署の中には、他の部署に回すことは沽券《こけん》に関わるというセクショナリズムに囚《とら》われて、送付などしないという場合も考えられる。それでは、真実が明らかにならないままとなるという可能性も出てしまう」

「ないことではないと思います」

　これまで消息対応室が、送付された事案を徹底的に調べることで隠れていた真相に辿《たど》り着いて、容疑者逮捕に繋《つな》げたケースが数回あった。所轄署からは感謝されたこともあったが、自分たちの縄張りを必要以上に荒らされたと言わんばかりに嫌な顔をされたこともあった。

「私が常々目指しているのは、国民から〝警察はよくやってくれている。とても頼りになる公僕だ〟という高い評価を受けることだ。そのためには、国民目線に立った改革をしていかなくてはいけない。消息対応室の他にも、いくつかのセクションの改革を考えている。消息対応室については、責任者である君の意見を聞いて、もし賛成ならば早期に実現していきたいと思っている。今まで以上に事件を解決していってくれたなら、いつか君が府警本部に返り咲く日もあるかもしれない」

浜之江はメタルフレームの眼鏡を鈍く光らせた。

「まあ、それは」

一年前の芝なら、返り咲くという言葉を喜んだだろう。左遷は辛《つら》かった。室長とはいえ、部下はたった二人だけだ。そのうちの一人は難波《なんば》署の少年係で熱心さのあまりとはいえ保護者とトラブルを起こしてしまってやはり左遷された女性警察官で、もう一人は定年後のうだつの上がらない風貌《ふうぼう》の再雇用警察官だった。職場は四天王寺署の倉庫の二階で、開室当初はエアコンもなかった。今でも隙間風《すきまかぜ》が冷たい。

だが二人の部下と取り組むうちに、芝の価値観は少しずつではあるが変わった。警察官を志《こころざ》したときの初心は、〝社会や人々の役に立ちたい〟であった。出世をすることが仕事の目的ではなかった。だが階級社会に身を置くうちに、いつの間にか昇進と出世が目標となってしまっていた。二人の部下はそのことに気づかせてくれた。

「どうだね。君の意見は？」

「消息対応室も、行方不明者届を直接受けることができるとする改革には賛成です。室員たちも異議はないと思います」

「室員ではなく、室長である君の意見を訊《き》いているのだよ」

「賛成であります」

「そんなわけで、承諾してきた。君たちも異存はないよな」

消息対応室に戻った芝は、室員の新月良美《しんげつよしみ》と安治川信繁《あじがわのぶしげ》に顛末《てんまつ》を伝えた。

「もちろん賛成です。人員増がまだなのは少し残念ですけど」

良美は大きくうなずいた。

「わしも賛成ですけど、この部屋のままがよろしいな。離れ小島やさかいにマスコミ連中が入ってくることもあらしません」

安治川はそう言った。府警本部には記者クラブが置かれていて、常駐している。所轄署にも記者はいわゆるサツ回りとして頻繁《ひんぱん》に訪れ、自宅にまで夜討《よう》ち朝駆《あさが》けをしてくる。ここではそういったこととは無縁だ。

「定員増も部屋替えも、まだ当分ないだろう。警務部にいる同期生の話によると、浜之江統括官は目立つ改革を立ち上げることが大好きだそうだ。消息対応室の他にも、三つのセクションの責任者が呼ばれて改革の打診を受けたということだ。もし改革をして成果が挙げられたなら、浜之江統括官の手柄になる。それを実績にして、さらなる栄転をしたいという志向が強いと聞いた。お金を掛けない改革で成果が出るのが理想というわけだ」

国民目線に立った改革という題目を上げていたが、浜之江の本心は違うようだ。

「雲の上のキャリア様の考えておられることは、下々には理解できませんわ」

良美は皮肉っぽくそう言った。

「統括官は五十一歳ということだから、踏ん張りどころということなのだろう」

他の省庁と同じように、キャリアは年齢を経るごとに少しずつ勇退して外郭《がいかく》団体に天下りをしていく。いやむしろ、天下りをさせられると表現したほうが正確かもしれない。椅子取りゲームのように一人また一人とレースから離脱していく。キャリア間の競争は激しい。ノンキャリアとは苦労の質が違うのだ。

「裏事情はともかく、消息対応室にとって悪い話ではない。今までは、所轄署から行方不明者届の送付を受けるのに苦労したこともあった」

「そらそうですな。それで、どないなふうにして、直接に市民からの行方不明者届を受け付けることを広報しますのや?」

安治川はキャリアたちのレースにはまったく興味がないという顔で訊いた。

「私も迷っているのだよ。できるだけ公平に周知したい」

「それなら、府警のホームページに載せてもらうことにしてはどうでしょうか。派手に取り上げられることはなさそうですが、誰でもアクセスできるので公平です」

良美がそう提案した。

「そいつがよさそうだな。まずはそれをやってみよう」

2

府警のホームページの片隅に、改革の掲載がされた。

その五日後にリアクションがあった。消息対応室が行方不明者届を直接受理する第一号の市民となったのは、十六歳の女子高生であった。

「植原《うえはら》千晶《ちあき》と申します。電話でお話ししましたように、父の行方がわからないのです」

千晶は、高校の制服姿で放課後にやってきた。黒髪をツインテールに結《ゆ》わえ、色白小顔で、細い目で鼻も口も小さい地味な顔立ちだ。

彼女の父親は、植原浩雄《ひろお》、四十八歳で中央区の地下鉄・長堀橋《ながほりばし》駅近くで質屋業を営んでいる。妻は一つ年上のみち代で、千晶は一人娘だ。他にみち代の実母である七十四歳の黒井《くろい》邦栄《くにえ》が同居しており、四人家族だ。質屋は妻のほうの実父が創業したもので、植原浩雄はいわゆるマスオさんとして入り婿《むこ》になって、二代目として継いだ。

「少し歩けば御堂筋《みどうすじ》のビジネス街になるので、そこに勤めるＯＬさんたちがメインのお客さんになります。OLさんたちが男性からもらったバッグやアクセサリーがいらなくなったら、持ってきはります。質物《しちもつ》を預けてお金を借りて質流れ期限までにお金を返すという昔のスタイルではなく、売却が目的です。でも最近では、いわゆる大手の買い取り屋さんが御堂筋や心斎橋《しんさいばし》に店舗を構えて、テレビなどで宣伝もするので、すっかりそちらにお客さんを取られてしまっています」

千晶は緊張しながらも、そう説明した。頭の良さそうな印象を受ける。

「祖父の代から、預かり期限が来た質流れ品をときどき北陸方面に行って売っていたのですけれど、父は数年前から土日には店を閉めて毎週北陸に行くようになりました。今はネットで購入できる時代ですから、店頭まで来て質流れ品を買うお客さんもすっかり減ってしまいました。父は土曜の朝に車で出かけて日曜の夜に帰ってくるのがいつもなのですけれど、きょうの火曜になっても戻ってきません。携帯に何度か連絡しましたが、電源が切られていて繋がらないのです。今までこういうことはなかったので、心配です」

「お母さんは、どうおっしゃっているの？」

来訪者が未成年の女子高生ということなので、良美がメインの聞き役となった。

「それが、あまり関心を持っていません。あたしが行方不明者届を出そうと言っても『そのうちに、ふらっと戻ってくるわよ』という反応です。お恥ずかしい話ですけど、家庭内離婚に近い毎日なんです」

　言いにくそうに千晶はうつむいた。

「家庭内離婚……具体的にはどういう状態なの？」

「父母の会話はほとんどありません。食事の時間帯も別々です。父は、一人娘だった母と結婚して姓こそ変わらなかったものの入り婿として、家業である質屋を二代目として継ぎました。母はかなり威張っているほうだと思います。もちろん祖母も母の味方です。ですから土日に家を出ることは、父にとって仕事とはいえ息抜きになっているんだと思います。それは母にとっても同じです。母は……これもお恥ずかしい話ですけれど、不倫していると思います。土曜日にはおしゃれをしてメイクも時間をかけて、ほぼ毎週出かけていきます。帰ってくるのも遅いし、お酒の匂いもします」

「そのことを、お父さんは御存知なんですか？」

「薄々気づいていると思います。あたしのほうから訊いたりしたことはありませんが。その父も……浮気しているように感じます。ひそひそと携帯電話で話をしていることが何度かありましたし、土曜の朝はどこかウキウキしていたこともありました。仕事に出かけるというのに」

　千晶は哀しそうな声になった。

「そのことをお母さんのほうは？」

「わかっていると思います。だけど、お互いに無関心なんです。そういうのを仮面夫婦と呼ぶのですかね。さっきも言いましたように、会話なんてほとんどなくて、食事も別々です。母は、弱ってきている祖母の世話をしながら食事をしています。父は、暇とはいえ平日は店番をしていますので、昼間はコンビニ弁当で済ませて、夜は母たちが終わってから、おかずの残りをアテに手酌酒《てじゃくざけ》です。そして土日は不在です」

「あなたはどうしているの？」

「部活で硬式テニスをしていて、たいていは遅くまで練習があるので、父よりもあとになります。あたしの家はバラバラです」

千晶は涙目になった。

「でも、いくらバラバラでも家族の誰かがいないとなると、もっと寂しいです。父の行方を探してもらえませんか」

「だけどね。警察が乗り出すのは、犯罪性のある行方不明だという場合なのよ」

「じゃあ、探してもらえないのですか」

「そうは言っていないわ。ただ、犯罪性があるかどうかの調査が先になるということをわかってくださいな」

「突然に戻ってこなくなったのだから、犯罪に巻き込まれているのではないかと思えてなりません。最近友だちに借りて読んだホラー小説で、子供たちが連続して神隠しに遭うという江戸時代の物語がありましたけれど、現代で、しかも父は大人です。神隠しなんて、ないですよね？」

「ええ。だけど、大人には大人の事情というのがあるかもしれないわ」

仮面夫婦でお互いに不倫をしている関係だとすれば、夫が愛人と新生活を始めた可能性はある。その場合は、自発的な失踪《しっそう》になる。行方不明者の九割以上は、犯罪性のない自発的な失踪が占める。

良美の横でじっと聞いていた安治川が質問を挟んだ。

「お父はんの実家は？」

「東大阪市にありましたが、今は人手に渡っています。父方の祖父は、あたしが小学校に入った頃に亡くなって、祖母のほうは病気がちで数年前に家を売って老人ホームに入居しました」

「そのお祖母はんは存命ですのか」

「ええ。でも下半身が不自由で、老人ホームで車椅子生活です」

それなら、親のところに身を寄せている可能性はなさそうだ。

「お父はんの兄弟姉妹は？」

「父は一人っ子です」

「お父はんは、自分の部屋は持ってはりますのか」

「狭いですけど、あります」

「書き置きの類いはあらしませんでしたか」

「なかったと思います」

「これから見せてもろてもよろしいですか。家人のかたにも話を聞きたいです」

消息対応室のある四天王寺署から、彼女の自宅兼店舗がある長堀橋駅近くまで車なら十五分もかからない。

堺筋《さかいすじ》から少し東に入ったところに、植原浩雄が営む小さな質屋があった。江戸時代の大坂商人たちの中心地であった船場《せんば》の一角だ。徒歩数分で、御堂筋に行ける。御堂筋の心斎橋周辺には、有名ブランドショップが数多く集まっている。

二階建ての木造家屋であった。敷地面積は二十坪くらいであろう。周囲には、ビルやマンションが多い。コインパーキングや月極《つきぎめ》駐車場もそこかしこにある。時代から少し取り残された印象を受ける。他の木造家屋は取り壊されて、大きいものはビルやマンションに、小さいものはコインパーキングや月極駐車場の用地になっているのであろう。

暖簾《のれん》は出ておらず、〝本日休業〟の札が掛けられている。入りやすい店ではない。大手の買い取り店のほうがおしゃれで抵抗感がない。とりわけ若い女性にとってはそうであろう。

千晶が扉を開ける。中の店舗スペースには小さなカウンターが設けられ、その横にはショーケースがあって、十数点のいわゆる質流れ品に手書きの値札が付けられている。

「勝手なことをして」

母親のみち代は、千晶が警察官を連れてくることまでは予想していなかったようだ。不機嫌そうに、あわてて鏡で髪を直す。背が高く、肩幅も広くて太っている。顔の輪《りん》郭《かく》も大きくて、全体的に大味な印象を受ける女性だ。美人ではないが、色っぽさはある。千晶とはそれほど似てはいない。

「浩雄はんは、毎週土日は北陸に行って商品を売ってはると聞きましたが」

「田舎《いなか》なら売れることもあるからよ。父が開業した頃は船場の商人たちがよく利用してくれたけど、今は船場にもかつての活気はなく、この店はすっかりジリ貧になってしまった。うちの人には、新しく業態変更をするような能力はないのよ。この家に婿として入り込んで、父のあとを継ぐのが精いっぱいよ」

「北陸ではホテル住まいですのか」

「鯖江《さばえ》のほうに二部屋だけの小さな別宅があるのよ。父が買った平屋《ひらや》よ。地方で質流れ品を売りさばくことも、父が始めていたのよ」

その住所を聞き取る。

「そちらに固定電話はあらしまんのか」

「携帯電話で充分だから、父が亡くなった八年前に取り払ったわ」

「携帯電話は通じひんのですね」

「千晶が何度かやってみたけど、ダメだったのよね」

千晶は小さくうなずく。

「北陸までの交通手段は？」

「軽自動車よ。オンボロだけどまだ走れる」

「浩雄はんの部屋を見してもろてきてくれるか」

安治川は、良美にそう言った。母親としては、千晶の前では話しにくいこともあるだろう。

「わかりました」

良美は意図を察して、千晶に案内してもらって二階に上がった。

「浩雄はんとは、いつ結婚しはったんですか」

「もう十八年前になるわ」

「お二人のなれそめは？」

「高校の同級生よ。三年生のときに同じクラスだった」

「そしたら、高校のときからおつき合いを」

「それはないわよ。そんなにタイプじゃなかった」

千晶は、浩雄の写真を何枚か消息対応室に持参していた。細い目に小ぶりの鼻と口は、千晶によく似ていた。違うのは千晶より丸顔で眼鏡をかけているところだ。身長も低そうで、イケメンとは言えそうにない。

「浩雄はんの異性関係はどないなんですか」

「モテないくせに、女好きなのよ。うちの父がいたころは猫かぶりをしていたけど、亡くなってからは弾《はじ》けたわね」

「特定の仲のええ女性はいやはるのですか」

「知らないわ、知ろうとも思わない。どうでもいいのよ」

「浩雄はんの親しい友人を教えてもらえますか」

「それもよく知らない」

「けど、同じ高校なんやから、そのときの仲のええ友人なら、わかってはりますやろ」

「もともと学年は違うのよ」

みち代は、三年生で原級《げんきゅう》留置《りゅうち》になって一学年下の浩雄と同じクラスになったことを、少し気まずそうに話した。安治川は、高校の卒業アルバムとクラス名簿を貸してくれるように頼んだ。みち代は「面倒くさいわね」と愚痴《ぐち》りながら応じた。

「こんなふうに、火曜日になっても戻ってきやはらへんかったことはようあるんですか」

「あんまりないわね。お客はほとんど来ないけど、店は開けておく必要があるから」

「あんさんが店に出はることはあらしませんのか」

「辛気《しんき》くさいから嫌いなのよ。目利《めき》きも苦手だし。父がやっていた家業だけど、継ぐ気はなかった。でも彼がやりたいと言った……それまではセールスマンをしていたけど、全然成績が上がらなかったから逃げたかったのよね」

「行方不明者届を、千晶はんと連名で出してみはりませんか。未成年者でも提出はでけるのですけど」

「嫌じゃないけど、どんなことを捜査するの？」

「自発的な失踪なのか、そやないのかを調べます」

「たぶん、どっかの女のところへしけ込んでいて、もう戻らなくていいと吹き込まれているんだと思うわ。よう知らんけど」

良美が千晶とともに二階から降りてきた。

「書き置きの類いはありませんでした。部屋の様子はカメラに収めておきました」

これといった収穫はなさそうだった。

浩雄とみち代が卒業した高校に照会すると、三年生のときのクラス担任教師はまだ在職していた。私立なので、あまり人事異動はないのだろう。安治川たちは足を運んで話を聞くことにした。東大阪市との市境に近い大阪市東成《ひがしなり》区にあった。

「二人が結婚したという話は聞きました。どちらも模範的ではない生徒でしたが、タイプは違いましたね。みち代のほうは成績不良での原級留置でして、怠慢《たいまん》が理由です。ルーズなところがあり、遅刻も群を抜いて多かったです。浩雄のほうは、見かけは平凡でしたが、噂ではいろいろワルをしていたようです。夜になると髪型を変えて派手な服を着込んで盛り場に出向いていているという話も聞きました。制服からタバコの匂いがしたこともありました。喫煙している可能性が高かったですが、問いただしても知らぬ存ぜぬを通しました。喫煙現場を押さえないことには停学などの処分はできません。結局、彼は卒業まで一度も生徒指導では引っ掛からなかったです。もちろん警察の御厄介《ごやっかい》にもなりませんでした。ズル賢いのかもしれません。成績は中の下くらいでした。みち代は卒業すると、近鉄布施《ふせ》駅近くにあるアパレル店でアルバイト販売員として働いていたようです。浩雄は大学進学を考えていたのですが、現役では合格できず、浪人をしました。その後は北海道の大学に入学をしたという話を伝え聞きましたが、詳しいことは知りません。二人とも同窓会に出てこないし、卒業後に顔を見せに来たこともありませんな」

道岡《みちおか》というクラス担任は、植原浩雄と同じクラスでいつもつるんでいた蒲田敦彦《かまたあつひこ》という男子生徒の存在を教えてくれた。出身中学校は違ったが、二年生のときから二年間、浩雄と同じクラスだということであった。

蒲田敦彦は、東大阪市の近鉄長瀬《ながせ》駅近くのガソリンスタンドで働いており、道岡はときどきそこで給油をするということであった。安治川はそこに向かった。

蒲田敦彦は、制服制帽に身を包んでキビキビと仕事をしていた。がっしりとした体格で腕も太い。

「あの二人がくっついたのはサプライズだったたな。浩雄のやつが質屋になったのも意外だった。みち代はブスではないけれど、浩雄の好みではなかった。もしタイプなら高校三年生の同じクラスのときにちょっかいを出しているよ。みち代のほうが一つ年上だけど、浩雄はそんなことは気にしない」

「今でも浩雄はんとは交流がありますのか」

「いや、以前のような親密さはとてもないよ。おれはまだ独身だけど、彼は世帯持ちだしな」

「最近、会わはったのはいつですのや?」

「三、四ヵ月ほど前だったかな。会ったと言っても、給油に来てくれて少し雑談をしただけだよ」

「家族から行方不明者届が出されましたのや」

「え、行方不明。そうなんだ」

蒲田は驚いた様子だった。

「そういう兆候《ちょうこう》はあらしませんでしたか」

「そう訊かれても、さっき言ったように、今はそんなに親密ではないから」

「行き先に心当たりはあらしませんやろか」

「わからないよ。女と同棲でも始めているのかもしれないな。何しろかなりの女好きだ。高校を出て浪人をしていながら髪をリーゼントにして、ミナミのひっかけ橋でワンナイトのナンパもしていたよ。そんなにイケメンではないので成功率は低かったようだけどね。そのかわり、おれが好きなギャンブルには浩雄は見向きもしなかった」

蒲田は軽く笑った。

「高校で担任をしていた道岡はんは、『見かけは平凡でしたが、噂ではいろいろワルをしていたようです』と言うてはりました」

「あの先生はよくわかっていないさ。浩雄はワルぶってイキがっていたけど、本当は気が弱いところもあって、それを悟られないように虚勢《きょせい》を張ることもあったんだから」

「同棲を始めているかもしれへんという女の情報が知りたいんです」

「今の女のことはわからないよ。女がいるのかどうかも知らない。北陸に行き始めたころにできたという女は紹介してもらったが」

「それは何年前ですのや」

「七、八年前だったな。みち代の父親が死んで、それから浩雄が北陸に行くようになった。蟹《かに》のシーズンに、おれも二回いっしょに連れていってもらったことがあった。一回目のときの夜に、地元の鯖江のスナックに入って、つき合っているっていう女と会わせてくれた。店のスナック嬢だよ」

「名前は？」

「たしか店名は、黒猫のヒゲといったな。女のほうは平凡な名前だったので覚えていないな。たぶん源氏名だろう。浩雄のほうも店では〝二郎さん〟と呼ばれていて、ボトルにも〝清水二郎〟と書いてあった」

「どないなスナック嬢でしたか」

「愛想のいい子だったよ。三十歳になるかならないくらいで、きれいというより愛《あい》嬌《きょう》のあるタイプだ。背が低くて小さな目が丸くて、小動物系といったところだ。高校のときから、浩雄はああいう感じの女が好きだったな」

「そら、みち代はんとは、だいぶ違いますな」

　みち代は全体的に大柄な印象がある。

「そうなんだよ。だからあの女との結婚が意外だった。しかも入り婿だ。財産があるならともかく、質屋はジリ貧で、店も借家だと聞いた。みち代は一人娘でわがままそうだし、まだうっとうしい義母が残っている。浩雄が外に女を作る気持ちもわからなくはないな。土日に大阪を離れることで、解放されていたんだと思う。それから二年ほどして再度北陸に同行したが、そのときは福井のキャバレーに連れて行ってくれた。鯖江のスナックの小動物系の女とは別れたような口ぶりだった」

「なんで別れはったんですやろか」

「そこまでは知らないよ。水商売の女だから、いろいろ訳ありなんじゃないかね」

「浩雄はんには、結婚前に仲のよかった女性はいやはりましたんか？」

　焼けぼっくいに火が点《つ》く形で、若い頃の恋人のところに転がり込んでいる行方不明者は案外といる。

「どうかな……昔のことはあまりよく覚えていないよ……何しろ時間が経っているから」

　蒲田は目をパチパチさせた。

「浩雄はんは、北海道の大学に行かはったそうですな」

「まともに勉強していなかったから二浪したけれど、それでもうまくいかなくて、北海道にできた新設の大学に入ったよ。おれは旅行がてらに一度彼の大学を訪ねたことがあったけど、ひなびた場所にポツンと学舎ができていたよ。浩雄は大学を卒業して大阪に戻ってきて、小さな機械メーカーにセールスマンとして就職したけど、あまり肌が合わなかったみたいだ。残業が多いくせに給料が安いとボヤいていたな。忙しいということで、一緒に遊ぶ機会も減っていった。ああ、今思い出したけど、鯖江の小動物系のスナック嬢はバツイチの出戻りだったよ。店のママの次女だと言っていたな」

「浩雄はんの北陸のほうでの商売は、順調でしたんか」

「おれが二回目に行って、福井のキャバレーに連れていってくれたころは良かったみたいだ。だからゴチしてくれた。でもその前の鯖江のスナックのときは、少し違ったな。義父が親しくしていた骨董屋《こっとうや》がお得意さんだったけど、その骨董屋も高齢になって廃業してルートがなくなった。それからはあまり売れないと落ち込んでいたな。しかも、大型の買い取り店が心斎橋や難波にできて、客が流れてしまった。商品が入らなくては田舎で売るものがない。店構えも古くさいから改装したいが、その資金がないと言っていたな。でも、あいつなりに新しいルートを開拓したんじゃないかな」

「そしたら、経済的にはしんどいことはなかったんですな」

「そうだろうな。難波まで一度おれと飲みに行ったときも、ゴチしてくれた」

「それは、いつごろのことですか」

「三年ほど前だよ」

「どないな店に飲みに行かはったんですか」

「キャバクラだよ」

「特定の女性の常連客やったんですか」

「いや、おれの知る限りではなかったな。行った店でも指名なしだった」


安治川はかつて捜査共助課にいたころに知り合った福井県警の刑事に連絡を取った。鯖江市の〝黒猫のヒゲ〟という店がまだ続いているかどうかはわからなかったが、ママの次女というのは手がかりになるかもしれなかった。事情を説明したうえで、もしわかれば、その女性から話を聞いてもらいたいと依頼した。千晶が行方不明者届に添えた植原浩雄の写真画像も送信した。

一方、良美のほうは、浩雄の自宅兼店舗の近隣での聞き込みをしていた。

二人は合流した。

「昔からの住民はあまり残っていませんでしたが、それでも数人のかたには話を聞くことはできました。浩雄さんの義父の時代はそこそこ利用客の出入りがあったようですが、今はあまり見かけないということです。同居している義母は、現在では要介護の状態で出歩くことは少ないそうですが、近隣のかたに婿である浩雄さんの悪口はよく言っているそうです。『商売には向いていないし、夫が亡くなった頃からずいぶんと態度が横柄《おうへい》になった』といった内容です。でも浩雄さんは、一定の生活資金は稼いできているようです。みち代さんについては、あまり評判がよくありませんね。高校卒業後はアパレル店に二年ほど勤めていたけれど、それもやめてブラブラしていた時期もあったそうです。暴走族のような若者がけたたましい音をさせてバイクを乗り付けてみち代さんを迎えに来たこともあって、そのときは父親が出てきて路上で口喧嘩をして追い返したということです。高校のときには成績不良での原級留置になってしまって、彼女はカッコ悪いから退学すると言っていたそうですが、父親が布施駅近くにある補習塾を探してきて通わせていたようです」

「父親の存在が、重しになっていたようやな。みち代はんに対しても、浩雄はんに対しても」

「そうなのです。これは千晶さんの話ですけど、『祖父が亡くなったころから、家族はバラバラになってしまい、父も母も糸が切れたようになってしまった』ということです。それと千晶さんは、一つ気になることを話してくれました。三ヵ月ほど前に部活のテニス部の試合が降雨で中止になって早く帰宅することになった日曜日の昼間に、彼女は難波まで友だちとドーナツを食べに行って、その帰り道で浩雄さんを偶然に見かけたというのです。スキンヘッドの強面《こわもて》の男性と親しげに話をしながら古びたビルの中に入っていったのですが、本来なら北陸にいる時間帯です。やや遠目《とおめ》で雨も降っていましたが、浩雄さんに間違いなかったそうです。そしてそのすぐあとから、かなり派手なメイクに露出度の高い服装の二人の若い女性が、スモークをかけたライトバンから降りて追うようにしてビルに入っていったということです。風貌からして東南アジア系の女性に見えたそうです。うちは難波署にいたことがありましたので、知り合いに連絡をしてみました。無届でアジア系女性をオフィスにデリバリーしている風俗店があるそうですが、会員制の秘密厳守で尻尾《しっぽ》が摑《つか》めずにまだ摘発に至っていないということでした」

「ほう」

「浩雄さんは、危ない連中と関わっている可能性があります。その関係で、消息を絶ってしまったということもあるかもしれません。あまりいい話ではないので、そのときの目撃のことは母親にも誰にも言っていないということです」

「そのビルの所在地を覚えてくれているやろか」

「現地まで行けばわかると思います、ということでした」

「わしも、引っかかっていることがある。浩雄はんはある程度のカネは稼いでいたということなんやが、質屋のほうはさっぱりや。質流れ品を地方で売っていたということやが、そもそもその質流れ品があんまし入手でけてへん」

「何か裏の仕事をしていたということでしょうか」

「可能性はありそうや」

3

それから二日が経過した。もし浩雄が帰ってきたならすぐに連絡をするように千晶に言ってあったが、その連絡はまだなかった。

福井県警の刑事から電話が入った。

「黒猫のヒゲというスナックは、潰《つぶ》れていませんでした。ママの次女も、まだそこで働いていました。それで、少しおもしろそうなネタが拾えました。彼女は、七、八年前に植原浩雄とつき合っていたことを認めました。店では清水二郎と名乗っていたそうですが、安治川さんが送ってくれた写真で確認が取れました。ママの次女は、バッグや宝石をいろいろもらっていたようです」

そのころは義父が頑張っていたころの質流れ品がまだ少なからず残っていただろう。売るために持ってきた商品のいくつかを、スナック嬢にプレゼントしていた絵が想像できる。

「ところが植原浩雄は、客として来ていた女性と仲良くなって、懇《ねんご》ろになっていったようです。それで、ママの次女に対して後ろめたい思いになったのか、スナックにも来なくなって、関係は自然消滅してしまったということでした」

「お客の女性と仲良うなったんですか」

「お客と言っても、以前に黒猫のヒゲでスナック嬢をしていた岸本栄子《きしもとえいこ》という女だそうです。できあがった赤い顔で客として久々にぶらりと入ってきて、たまたま植原浩雄の隣の席に座ったのがきっかけだったそうです。ママの次女は、『あたしよりも年《とし》増《ま》なくせに、取りやがった』といまだに腹立たしそうでした。彼女は、岸本栄子を雇うときに紹介してきた女性の連絡先を知っていました。その女性に電話をしてみました。岸本栄子とは今では交流は途絶えているが、よからぬ噂を小耳に挟んだそうです。岸本栄子はスナックの従業員をやめたあと元ヤクザの情婦になっていたが、元ヤクザに新しい愛人ができて破局したそうです。時期的にどうやら、そのときにヤケ酒を飲みに客として入ってきたようです。岸本栄子を捜し出すことができたので、聴取をしました。清水二郎こと植原浩雄と一時期つき合ったが、そのあとまた元ヤクザと復縁するようになった。ところが、元ヤクザに新しい女ができて、今度は完全に捨てられてしまったと口惜しそうでした。元ヤクザに対して恨《うら》みがあるということで、情報提元ヤクザは今は漁船会社を経営しているという建前《たてまえ》ですが、漁師の経験はありません。まだこれから調べていくことになりますが、覚醒剤や大麻などを仕入れている可能性があります。漁船で日本海まで出ていって、外国船から違法薬物を受け取ってカネを払うという海上密輸です。漁港に税関はありません。海上保安庁の巡視船にさえ見つからなければいいのです。成功率は高いです」

「もしせやったとしたら、植原浩雄がろくに質流れ品もないのに毎週北陸に行っていた謎が解《と》けますすな」

違法薬物を大阪で売りさばくために、毎週北陸まで受け取りに行っていたことが考えられる。つまり、植原浩雄は売人か運び屋ということになる。質店の経営がうまくいっていないのに、そこそこの収入を得ていた矛盾《むじゅん》もそれなら説明できる。

「県警の生活安全部と協議を進めています。うまくいけば、元ヤクザの男たちを逮捕できるかもしれません。そうなったら安治川さんのお蔭です」

「いやいや、瓢簞《ひょうたん》から駒《こま》というやつです」

植原浩雄が、その絡《から》みで何らかのトラブルに巻き込まれたことはありうる。千晶が見かけたというスキンヘッドの強面男も売人仲間なのかもしれない。府警の生活安全部にも報告する必要があった。

数日後に、進展があった。福井県警は覚醒剤を海上密輸していた元ヤクザや元船員の男たち三人のグループを検挙した。そしてその供述から彼らに使われている数人の売人や運び屋たちも判明した。植原浩雄は、大阪への運び屋役だった。

元ヤクザたちは覚醒剤の海上密輸は認めたが、植原浩雄の行方については「こっちが知りたいぜ。連絡が取れなくて困っていた」と供述した。清水二郎という名前を使っていたということであった。

彼らにとっては、清水二郎こと植原浩雄は単なる駒の一人であった。万一、植原が逮捕されても自分たちが辿《たど》られることがないように注意を払っていた。自分たちの正体や名前を含めて、詳しいことは植原には知らせていない。したがって、秘密保持のために植原を殺害しなくてはいけないという理由はないと思われた。それに違法薬物の密輸も軽い罪ではないが、殺人のほうがさらに重い。

元ヤクザに到達できたのは、彼が情婦にしていた岸本栄子に寝物語として自慢げにべらべらと話していたからだった。

4

植原千晶が見かけたスキンヘッドの男も、大阪府警に逮捕された。彼はクラブのD

Jをめざしたもののうまくいかず、ヤミ金取り立ての手伝いをしながら、大阪の歓楽街を主なテリトリーとして覚醒剤の売人をしていた。彼もまた末端の駒であった。運び屋である清水二郎こと植原浩雄の携帯電話は繋がらず、消息は何も知らないということであった。

「植原浩雄の行方はわからないままだ。発覚をおそれて、自分から姿を隠しているのかもしれない」

芝は腕組みをした。

「けど、元ヤクザたちが検挙されたことで身を隠すのやったらともかく、時系列としてはそやないです」

安治川も考えあぐねていた。

「そのとおりだな。植原浩雄を使っていた元ヤクザたち三人は、密輸者としては小さなグループだったようだ。覚醒剤の生産国とのパイプを持っていた元ヤクザの男が中心となり、古い漁船を買って元船員の男に操舵《そうだ》させて公海で相手国の船の近くまで行き、ダイビングができるもう一人の男が相手国の船まで泳いでいって乗り込んで、覚醒剤を買い入れるというやりかただった。公海上とはいえ、国籍の違う船が並んで荷渡しするところを目撃されたら怪しまれるという配慮のようだ。元ヤクザではあるが、暴力団が関与していたわけではないということだ。それだけに脆《もろ》さはある。植原浩雄は、それを感じて自分から抜けようとした可能性もなくはない」

「室長、わしを福井まで行かせてもらえませんやろか。岸本栄子という女に会うてみたいんです」

　岸本栄子は、密輸行為や密売自体には関与せず、覚醒剤も使用していなかった。したがって事情聴取を受けただけで帰宅を許されていた。警察にとっては情報提供者として処遇される存在であった。

「かつては植原浩雄と交際していた時期もあったが、もう別れたのではなかったのかな」

「けど、なんぞ知っているかもしれません。福井県警はあくまでも薬物検挙の目的でしか聴取してません」

「そうだな。まあ、安治川さんが一人で日帰りということなら、あまり予算を使うことにはならないだろう。了解した。ダメだと言っても、安治川さんは自費で行くだろうからな」

　芝は軽く苦笑した。

　スキンヘッドの売人男を逮捕できる情報を提供したことで、生活安全部から感謝の電話が芝にあった。元締めたち三人の検挙は、福井県警の手柄となったので、それほど大きな感謝ではなかったが。

「ああ、大阪の見せかけ野郎ね」

安治川が出した植原浩雄の写真を一瞥《いちべつ》したあと、岸本栄子は面倒くさそうに応対した。彼女は、福井市内の雑居ビルで小さなスナックをしていたが、先月にそこを畳んでいた。

岸本栄子が指定してきたのは、福井駅西口広場であった。福井県でかつて棲息《せいそく》していたとされている三種類の恐竜のモニュメントが設けられている。

「見せかけ野郎？」

「質屋としてろくに稼げていないくせに、金持ちのフリをしていたのよ。黒猫のヒゲでは、清水二郎という名前を使っていた。ママの娘はおつむが弱いから、それが本名だと思い込んでいたのよ。年賀状を送ったら清水二郎で届いたから」

岸本栄子は鼻で笑った。住民票とは無関係に、表札が出ていれば郵便物は届く。

「あんさんに対しては、本名を明かしてはったんですな」

「こっちはママの娘のように単純ではないからね。ドライブに行って彼がトイレに行っているときにダッシュボードに入れてあった免許証を盗み見てわかった。彼は意外と素直に認めたわ」

「植原浩雄はんは、なんで偽名をつこうてたんですやろか」

「『生まれ変わった気分になりたいから』と言っていた。でも本音のところは、大阪に妻がいることを隠したかったんでしょう。ママの娘は、彼が独身だと思い込んでいたはずよ」

「あんさんは、彼が既婚と承知したうえで、つきおうてはったんですね」

「あまりそういうことは気にならない。それに破綻《はたん》している夫婦関係だということはわかったわ。だから逃げ場として福井にまで来ていたのよ。商売としてはろくに成り立たないくせに」

岸本栄子はタバコを取り出してくわえた。

「黒猫のヒゲのママの次女はんから、彼を奪われたと聞きましたで」

「奪ったなんて人聞きが悪いわ。彼のほうから言い寄ってきたんだから。初めのうちこそ、プレゼントをいくつかもらったけれど、全部質流れ品で、それすらだんだんと減っていった。お金に困っているのはありありだったから、彼のためにいい仕事を紹介してあげたのよ」

「いい仕事というのは、運び屋ですな」

「詳しい内容までは知らないわよ」

岸本栄子はそう言ったが、本当に知らなかったとは思えなかった。

「あんさんは『彼のためにいい仕事を紹介してあげたのよ』と言わはりましたけど、

むしろあんさんは大阪への運び屋を欲しがっていた元締めに彼を提供することで、元締めとのヨリを戻そうとしたんやないですか。つまり、自分のためですな」

「それは、単なる想像でしょう」

栄子はしたたかそうな笑みを浮かべて、あとは黙った。厳密に言えば、岸本栄子は覚醒剤の密輸・密売の幇助犯《ほうじょはん》になるかもしれないが、福井県警は現段階では問わないだろう。これから元締めたちは起訴されていく。裁判になったときに、岸本栄子の証言が必要になる場合があるかもしれない。

「わしは、違法薬物の件の捜査に携《たずさ》わっている者やあらしません。所管外です。植原浩雄の行方を調べているだけですのや」

「見せかけ野郎の消息を訊かれても、何も知らないわよ。もうとっくに別れたのよ。つき合っていた期間は半年もなかったんだから。別れてからは、会ってなんかいない。こう見えても、男には不自由はしなかったんだから」

栄子は紫煙を吐き出した。

「過去のことを、おまわりにいろいろ訊かれるのはもうたくさんだわ。お客と結婚することになって、店も閉めたのよ。定年前の爺《じい》さんだけど、ずっと独身だった真面目な役場職員なの。だから、今度こそ再スタートしたいのよ」

密輸の元締めをしていた元ヤクザのことを県警に話したのも、過去から繋がるものを断ち切りたいという動機があったのかもしれなかった。

　鯖江にある浩雄の義父が買った小さな家にも行ってみた。まったく人の気配はしなかった。

　その足で県警本部に向かった。

　県警の好意で、勾留《こうりゅうちゅう》中の元締め男と短時間だが面会することができた。

「携帯が繋がらなくて困っていたんだよ。大阪方面への運びは、あの男が担当だった。ブツを渡したのに、行方がわからなくなってしまった。たいした量ではなかったが」

　元締め男は、植原浩雄の現在の居場所を本当に知らないようであった。彼の話によると、福井まで来ていたのは、ここ最近ではほぼ隔週のペースだった。娘の千晶が行方不明者届を出した前の土曜は、福井に来ていたということだ。

　毎週土日には長堀橋の家を出ていたのだから、植原は福井に来ていない週はどこに行っていたのだろうかという疑問が湧いた。

　芝に電話で報告する。

「ご苦労さんでした。府警が逮捕したスキンヘッドの売人にも聴取をしておきたいな。そちらのほうは、私から生活安全部に掛け合うよ」

「出張させてもろたのに、あんまし収穫があらしませんでした」

「安治川さんのような大ベテランには釈迦《しゃか》に説法になるが、われわれのやることは、そういうことの積み重ねだよ」

5

安治川が福井県から消息対応室に戻ると、制服姿の植原千晶が訪ねてきていた。

「父のこと、まだわかりませんか？」

「ええ。すみませんが、まだ調査中です」

芝が申し訳なさそうに答えていた。運び屋のことには触れていなかった。

「それで、警察のほうで行方を探してもらえることにはなったのですか？」

「それもまだ、どちらとも言えないのです」

「そうですか」

千晶は肩を落とした。

「もし何かわかりましたら報告します。申し訳ありませんが、それまでお待ちくださ い」

「しかたないですね。土日はいつも居なくて平日もほとんどスレ違いの存在でしたが、父がずっと帰ってこないのは、やはり寂しいです」

　立ち上がった千晶に、安治川が声を掛けた。

「お父はんは北陸では〝清水二郎〟という名前を別に持ってはったようですけど、聞き覚えはあらしませんか」

「いえ、聞いたことはありません。違う地方で、別の名前になっていたのですか……そんなの気味悪いです」

　千晶は眉をひそめた。

「みち代はんは御存知なかったですやろか」

「たぶん知らないと思います。前にも言いましたように、会話がほとんどない状態でしたから」

「あんさんは、両親が結婚に至ったいきさつを尋ねはったことはないですやろか」

　安治川が育てた姪《めい》っ子は、中学生の頃に両親の出会いを知りたがったことがある。幼くして両親を事故で亡くしてしまったから、訊く機会がなかったのだ。

「尋ねたことはありましたけど、ろくに取り合ってもらえませんでした。祖母に訊いても『知らないわよ』とつれなかったです。友だちの家に遊びに行ったら、そこは学生結婚をしたという親同士がとても仲が良くて羨《うらや》ましかったです。家族旅行のときの睦《むつ》まじいアルバムも見せてもらいました。友だちの家がそうだったから、うちはどうして冷えた家族なんだろうかと思いました」

「お父はんは、北海道の大学に行ってはったんですな」

「父方の祖父から強く勧められて、父も最初は嫌がっていたけれども、結果的に北海道の大学に入学する気になったと父方の祖母から聞きました」

「その祖母はんは老人ホームに入ってはるのでしたな」

「はい。大東市《だいとう》の老人ホームです」

「それと、もう一つ訊きたいんやが、あんさんはお父はんがひそひそと携帯電話で話をしていたり、土曜の朝はどこかウキウキしていたことがあったと言うていたけど、いつ頃のことやったんやろか?」

「正確には覚えていませんが、何度かありました」

「最近も?」

「ええ、そうです」


安治川は、植原浩雄の母親が入っている老人ホームを訪ねてみることにした。いわゆる特養施設であり、原則として要介護三以上の者が入居していた。

植原静枝《しずえ》は七十八歳で下肢《かし》が不自由で車椅子生活であったが、認知症はあまり出ていないという施設職員の説明であった。浩雄が訪ねてくることはほとんどなく、入所自体も民生委員の紹介であった。費用は、年金でまかなえていたので送金がなくても何とかやっていけているということだった。

「浩雄が、何か悪いことをしでかしたんですか？」

警察官の来訪ということを聞いて、静枝は不安そうに安治川を見た。

「いやいや、犯罪捜査をするのがわしの仕事やないんです。浩雄はんの行方不明者届が出ましたんで調べとります」

「浩雄が、行方不明なんですか？」

静枝は心配げに聞き返した。母親としては気になって当然だろう。

「ここ最近、彼から連絡や訪問はあらしませんでしたか」

「一年半ほど前に饅頭《まんじゅう》を持って訪ねてきたことがあったけど、それっきりですよ。連絡もなくて、音信不通みたいなものです。浩雄の育てかたを間違ってしまったということですね」

静枝はあまり血色の良くない薄い唇を噛《か》んだ。

「浩雄には兄になる子がいたのですが、幼い頃に病死しました。一人っ子になってしまったので夫も私も、浩雄を大事にし過ぎました。私も働いていて接する時間は短かったけれど、収入はそこそこあったので、欲しがるものは何でも買ってあげました。習い事もいろいろさせたのですが、どれも長続きしませんでしたね」

「北海道の大学に行ってはったんでしたな」

「ええ。浩雄はちょうど第二ベビーブームの世代でして、なかなか大学に入れませんでした。もともと落ち着きがなくて、勉強することが得手《えて》ではありませんでしたね。結局二浪して予備校や塾にも通ったものの、名の知れた関西の大学には受からなかったです。浩雄は、北海道の新設校に合格はしたものの、初めのうちは寒くて遠いから嫌だと言っていましたが、なぜか急に受け入れました。大学時代は、それまでの浩雄に比べたなら、まあまあ真面目にやっていたようです。田舎なので遊ぶところもなかったのです。それも北海道の大学を勧めた私の夫の狙いでした。浩雄は四年間で卒業して、大阪に本社がある企業に就職はできたものの、営業成績は芳《かんば》しくなくて、上司や同僚ともうまくいかなくて、辞表を書いてしまいました。そのころ私の夫も病気となり、定年前に退職しました。私は困りました。収入はなくなって、夫の入院費も思った以上にかかりました。そんなときでした。浩雄から、『結婚して婿入りしようかと思っている』という話を聞きました。質屋を継ぐということでうまくやっていけるのかは未知数でしたが、あのまま無職というわけにはいきません。婿入りということですが、苗字《みょうじ》は変わらないということでした。私は、浩雄からみち代さんを紹介されたとき、あまり品のない蓮《はす》っ葉《ぱ》な印象を受けました。夫もみち代さんとの結婚には反対でしたが、浩雄は聞き入れませんでした。結婚した浩雄とは、お互い大阪にいながらも、疎遠《そえん》になってしまいました。夫の葬儀や千晶ちゃんが生まれたときには顔を見せてくれましたけど、だんだんと来てくれなくなりました。かといって、こちらが婿入り先を気軽に訪ねるわけにはいきません」

静枝は哀しそうな目になった。

「質屋の経営状態について、浩雄はんはなんぞ言うてはりませんでしたか」

「疎遠になってしまったので何も聞いていません。良くなかったのですか？」

「いや、詳しいことはわからへんさかいに、お尋ねしてますのや」

足の不自由な高齢の母親に心配させてしまうのはしのびなかった。浩雄の結婚当初は義父が健在で質屋として成り立っていた。静枝は、その後の現実についてはよく知らないのであろう。

「みち代はんとの夫婦関係については、どないな感じでしたか」

「浩雄は何も言いませんでしたけど、年上のみち代さんのお尻に敷かれているのは肌で感じました。大切にされているといった印象はありませんでした。夫が元気なら、叱りつけて呼び戻したかもしれませんね。私も勇気を出して言おうかと思ったことがありましたが、みち代さんが懐妊したと聞いて、もう後戻りは無理だとあきらめました」

「お二人は高校の同級生やと聞きました」

「みち代さんが、留年したことや年上ということは気にしてはいませんが、上から目線で浩雄に接していることが母親としてはたまりませんでした。結婚することになった相手として紹介されたときは、意外でした。浩雄が好きなタイプの女性とはとても思えませんでしたから」

「そない違いましたか」

「浩雄が十代の頃、幼なじみの女の子に恋愛感情を持っていたことは知っていました。よくはわかりませんが、もしかしたら初恋だったかもしれません。彼女のことは近所だったので、私も知っているのですが、いい娘さんです。親御さんもとてもしっかりした厳格なかたでした。あの娘さんと結婚するということなら、私も反対しなかったですけど」

静枝は残念そうな表情を見せた。

「その女性と交際してはったこともあったんですか」

「さあ、正確なことはよくわかりませんが、そこまではいっていなかったでしょう。あくまでも幼なじみのお友だちとして、向こうは見ていたと思います。浩雄の片思いだったのでしょう」

「その女性の名前は？」

「衣川《きぬかわ》美織《みおり》さんです。彼女が結婚したという話はまだ聞いていません」

失踪者は、まったく見ず知らずの土地に行ってしまって新生活を始めるケースと、生まれ育った土地に舞い戻ってひっそりと暮らすケースがある。後者の場合は、地縁者や友人や元恋人の手助けがあることがほとんどだ。一応は調べてみる必要はありそうだった。

6

東大阪市の東部が、植原浩雄の生まれ育った地域であった。さらに東に行けば、生《い》駒山《こまやま》そして奈良県となる。かつては枚岡《ひらおか》市という自治体の市域であったが、昭和四十二年に布施市、河内《かわち》市との三市合併によって、東大阪市となった。

安治川は良美を伴って、足を運んだ。

衣川美織が住む家は、植原浩雄のかつての実家と二百メートルほどの距離にあった。植原浩雄の実家は、母親の静枝が老人ホームに入居するにあたって売却していた。

チャイムを押すと、母親が出てきた。美織はまだ独身で、大阪市内の銀行に勤務していた。やはり同じ銀行員であった父親は四年前に他界し、二人いる弟はそれぞれ独立して東京と神奈川で会社員をしており、美織はこの家で母親と二人暮らしであった。

安治川と良美は、美織が帰宅するのを待たせてもらうことにした。その間に、美織の母親から植原浩雄のことを聞いてみた。

美織と浩雄は小学校も同じであり、母親はともに保護者会の役員をしていた。

「浩雄ちゃんは、小さい頃にお兄ちゃんが病気で亡くなったということで、お母さんの静枝さんはかなり神経質になっていて、低学年のころは送り迎えをしていました。うちの美織もいっしょに送ってもらっていました。交通量の多い通学路だったので、助かりました」

中学校も同じであったが、美織のほうは高校からは私立の女子高に進み、そのまま系列の女子大を経て、父親が勤める銀行に就職していた。

「美織はんはずっと独身なんですか」

「ええ、結婚歴もありません。三十代前半のころは、夫も気にかけていて、それとなく部下と引き合わせるなどしていたのですが、本人にはそのつもりがないようでした。かといって、キャリアウーマンとしてバリバリ仕事をするタイプでもないのですけどね」

「浩雄はんのことを、男性として見るようなことはなかったんですやろか」

「さあ、よくは知りませんが、それはなかったように思えますね。娘は大学に入ったころは、浩雄ちゃんと連絡を取っていたこともあったのですが、向こうは浪人生でしたから、彼の勉強の邪魔になると夫が叱ったこともありました」

「静枝はんは『いい娘さんです。親御さんもとてもしっかりした厳格なかたでした』と言うてはりました」

「あら、そんなことを……」

母親は唇に手を当てた。

「でも、うちの夫は厳しすぎました。二十歳までは未成年者だからと、門限は午後八時でアルバイトも認めず、お小遣いも領収書と引き換えで渡していました。弟二人はそういう父親に反発して、二人とも関東の大学を選び、卒業後も家に寄りつかなくなりました。美織は夫にとっては最後の砦《とりで》のような存在でした。だから、なかなか結婚できなかったという気がします。美織が三十歳を過ぎて、ようやく夫はこのままではいけないと思ったようでしたが」

その美織が帰宅した。細身で、雛人形の女雛《めびな》を連想させる端整な顔立ちをした色白の女性だ。たしかに、みち代とは全然違うタイプである。

「実は、植原浩雄はんの家族から行方不明者届が出されましたんで、調べてますのや」

「浩雄ちゃんが行方不明になったんですか」

美織は表情を歪《ゆが》めた。

「彼から連絡が入ったといったことは、あらしませんか」

「浩雄ちゃんが北海道の大学に行って以後は、会ってもいませんし、連絡もないです。結婚して質屋さんになったということは、だいぶ前に蒲田君から聞いたことがありますが、それっきりですね」

「ガソリンスタンドの蒲田はんですね？」

「ええ。父の車に同乗して給油したときに、たまたま蒲田君がいて、少しだけ話をしたときに聞きました」

「なんぞ心当たりはないですやろか」

「そう訊かれてもまったくありません。とにかく浩雄ちゃんとは、今は繋がりも関わりもありません。彼が大阪で二浪しているときに会ったことはありますけど、それっきりです。浩雄ちゃんの行方なんて、全然知りません」

美織は大げさなくらいに首を横に振った。

「母親の静枝はんに会うてきたんですけど、浩雄はんの婿入り結婚には賛成できなくて、あんさんのことを『あの娘さんと結婚するということなら、私も反対しなかったですけど』と言うてはりました」

「そんなことを……でも単なる幼なじみですから」

困惑したような表情を美織は垣間《かいま》見せた。

「それにしても、浩雄ちゃんは気の毒ですよね。本当は寒い北海道の大学へは行きたくなかったようでした。でも彼のお父さんが、『二浪までしているのに、関西の三流大学しか入れなかったのでは恥ずかしい。関西の大学ならランクが知られているが、北海道ならわからない』とかなり強引に受験させたようです。そして結局、そこに入学しました。浩雄ちゃんはやんちゃなところもありますが、気が弱い面もあるので、お父さんの言うことに従ったのだと思います」

「けど、浩雄はんのお父はんは、結婚のとき反対しはったようですが、聞き入れなんだということです」

「私に訊かれても、そんなことはわかりません。浩雄ちゃんのお父さんは病気で早期退職したそうなので、以前のような強いことは言えなかったのかもしれません」

「もしも万一の話ですけど、浩雄はんから連絡があったら教えてもらえますやろか」

「承知しました。でも、さっきも言いましたように、北海道の大学に入学して以降、浩雄ちゃんとは一度も会っていないし、連絡も何もありませんから」

美織は念押しするようにそう言った。

「どないな印象を受けた？」

美織の家を辞去した安治川は、良美に意見を求めた。

「美織さんは必要以上に、浩雄さんから何の連絡もないことや関わりがないことを強調していませんでしたか」

「わしも同感や。母親の前やったさかいに話しづらかったのかもしれへんけど、何か言いにくいことがあるような感触を受けた」

「うちがもう一回会ってみることにしましょうか。明日、彼女の仕事帰りにでも声をかけて、女同士でお話ししたいと持ちかけてみてはどうでしょうか」

「そないしてくれるか。わしは明日もういっぺん母親の静枝はんを訪ねてみることにする。静枝はんの話では、合格はしたものの『初めのうちは北海道なんて寒くて遠いから嫌だと言っていましたが、なぜか急に受け入れました』ということやった。なんでそうなったのかが引っ掛かるんや。それと、美織はんに『恋愛感情を持っていた』ことは静枝はんも気がついていた。それやのに、急に美織はんと疎遠になってしもうている。浪人生の時期になんぞあったんかもしれへん」

「だいぶ前のことなので、今の行方不明とは直接の関係はないかもしれませんが、たとえそうであっても、背景的な事情になっているかもしれませんね」

「それにしても、この仕事をやってみて思うんやが、一見普通に生活している人間が闇の部分を抱えているケースは案外とあるもんや」

「植原浩雄さんには、違法薬物の運び屋という陰の顔がありましたよね」

「普通に生活している者が、ふいに雪の下のクレバスに嵌《は》まることがある。カネや欲に駆られた結果として」
「植原浩雄さんは、福井県では清水二郎という名前を使っていましたが、別人格にな
ろうとしたということでしょうか」
「心理的なことはようわからんけど、仮名を使うとそういう気分になって、少し大胆
になれるのかもしれへんな」
平日は植原浩雄として大阪で潰れかかった質屋の婿入り養子として妻の尻に敷かれ、
土日は福井で清水二郎としてスナックなどに出入りして愛人を作ったり、運び屋とし
て収入を得ていた。
「彼は清水二郎のときに、消息を絶った。二重生活者であることが判明せなんだら、
かりに清水二郎が死んだとしても、植原浩雄としては行方がわからないままという状
態もありえた」
「それって怖いですね。千晶さんが神隠しのホラー小説のことを言っていたけど、ホ
ラー小説よりも現実の生活のほうが恐怖ですよね」
「たとえ自分の家族であっても、陰の顔を知らんこともある。過去の隠された事実も
そうや。それも怖い」
二人は消息対応室に戻った。
「ご苦労さん」

午後七時を過ぎていたが、芝は帰宅しないで待っていてくれた。

「生活安全部から、逮捕したスキンヘッドの売人への聴取が許されたので、行ってきたよ。彼は植原とは、『お互いのプライベート面は踏み込まないことにしていた』と言っている。それでも、断片は聴取で拾えた。千晶さんが見かけた日に、スキンヘッドの男はデリバリーの風俗嬢を呼んでいた。あのときは予定以上の薬物が入って報酬を上乗せしてもらえたことで、二人とも上機嫌だった。スキンヘッド男はオフィスデリヘルをよく利用していたが、植原浩雄のほうは初めてだったそうだ。終わったあと植原浩雄は、『期待したほどではないな。おれはもっと可愛い素人《しろうと》の若い女と恋仲関係になっている』と自慢したそうだ。スキンヘッドの男は『ヨタ話はいいかげんにしろ。冴《さ》えない中年男に、可愛い素人の若い女の恋人ができるはずがない』と一笑した。売人に比べて、運び屋ではそれほど多くの収入はもらえないそうだ。植原の場合は、家計にも入れている。『もしいたとしても、どうせネオン街の女だろう。まともな素人女と知り合える機会などない』と茶化したスキンヘッド男に、『嘘だと思うなら、勝手に思っておけ。病院の待合室で知り合ったれっきとした素人女なんだから』と答えていた。スキンヘッド男は信じなかったということだが」

「ほう」

植原浩雄は土日のたびに家を空けていたが、福井に来ていたのはほぼ隔週ということだった。残りの土日の行き先はまだ掴めていないが、新しい恋人と会う時間に充てていたということはありえる。千晶は「土曜の朝はどこかウキウキしていたこともありました。仕事に出かけるというのに」、「ひそひそと携帯電話で話をしていることが何度かありました」と話していたが、その相手は新しい恋人ではないだろうか。

「病院の待合室というのは手がかりになるかもしれませんな」

「私も同じことを思った。そこで、植原浩雄の国民健康保険の受診記録を調べてみた」

「手回し早いですな」

「君たちばかりに動いてもらっていては申し訳ない。三人だけの小所帯なんだから」

その結果、八ヵ月前から七ヵ月前にかけて、植原浩雄は大阪市内の公立病院に通院して、尿管結石の治療を受けていたことがわかった。

「植原浩雄の受診日時で、近接した時間帯の患者リストの提供を病院にお願いした。あまりいい顔はされなかったが頼み込んだ。だが同じ診療科で、植原より年下の女性患者はいなかった」

「他の診療科やったかもしれません。それに病院なら、患者やのうてもわりと自然に入れますな」

たとえば植原浩雄との接触を図る女性が尾行をしていて、彼が病院に入ったところを目撃して、あとを追って待合室に足を運んで、さりげなく声をかけることはできそうだ。待合室での時間は退屈なものだ。

「問い合わせてみたところ、玄関にも待合室にも防犯カメラはあるのだが、二ヵ月ほどで自動的に上書きされるので、映像はもう残っていないということだ」

芝は残念そうに言った。

良美が言葉を挟んだ。

「もしそうだとして、その女性の目的は何なのでしょうか？」

「わからない。この仮説が当たっているかどうかも不確かだ。だが、植原浩雄の消息を知るには、いろいろ調べていくしかない」

7

翌日、安治川は静枝を再び老人ホームに訪ねた。

「何かわかったんですか」

静枝はすぐさまそう訊いてきた。疎遠になっているとはいえ、母親としては一人息子の消息が気にかかるのは当然だ。

「いいえ、そやないんです」

「あなたがお帰りになってから、心配が拡がってきました。親不孝な息子ですが、元気で、人様に迷惑を掛けていない生活をしているのなら、まだいいです。夫に先立たれただけに、もしも一人息子までこの世にいなくなったなら、私は独りぼっちです」

「まあ、そないに悪いほうに考えはらへんでくださいな」

違法薬物の運び屋をしていたのだから、人様に迷惑を掛けていない生活とは言えない。だが、ここはそれを伝えるべきではない。

「浩雄はんの浪人生時代についてお尋ねしたいんです。二年浪人してはったんですな」

「はい、そうです。あまり勉強が得手ではなかったのですが、夫が『大学を出ていないと一人前扱いされない』と強く言うものですから……夫は高卒の学歴で苦労していました。浪人一年目は予備校に通ったのですが、スパルタ式で合わなかったようです」

「どこの予備校やったのですか」

「進々ゼミナール大阪東部校です。もう予備校には行きたくないということで、二年目は自宅浪人ということになったのですが、ダラダラしてばかりいるので、夫は堪忍《かんにん》袋《ぶくろ》の緒《お》を切らして、東大阪市にある翌檜《あすなろ》塾という小さな塾がいいという評判を聞きつけて、そこに通わせました。でも突然に閉塾になってしまいました。結局、すべり止めだった北海道の新設の入りやすい大学しか受かりませんでした。今から考えると、あんなに無理させないほうがよかったように思います。性格的に屈折したかもしれません。浩雄が、私たち親のところに寄りつかなくなったのも、それが遠因かもしれないです」

「なんで突然に閉塾になったんですか」

「塾長の先生が亡くなったからです。お気の毒に刺殺されたということでした。以前は中学校の教師をしておられて、少年の更生《こうせい》にも熱心に携わっていたかただったそうです。浩雄はわりと懐《なつ》いていたようでしたが」

「ああ……もしかして、あの事件の」

少年の更生に関わっていたという言葉を聞いて、安治川の記憶が蘇った。安治川の刑事部時代の所属は、捜査共助課という主に他県警からの依頼に基づいての調査や逮捕協力をしていくセクションだったので、直接の関わりはなかった。だが、学習塾をしながら少年の更生に熱心に取り組んでいた保護司が殺された事件ということで、大阪府警は威信《いしん》をかけての捜査を行なっていた。捜査一課の熱気は、凄《すさ》まじかった。

保護司というのは、犯罪や非行をした者たちの更生や自立を地域で支えていく民間の篤志《とくし》ボランティアである。法務大臣から委嘱《いしょく》を受けた非常勤の公務員という扱いだが、給与もボーナスも支給されない。

たとえば、窃盗《せっとう》や詐欺《さぎ》といった犯罪をしてしまった青少年が、逮捕されて家庭裁判所で保護観察処分となった場合、保護司のところへ定期的に訪問して面談を受けることになる。再犯しないように生活のアドバイスをもらい、ときにはアルバイトや就職の斡旋《あっせん》をしてもらう。青少年に限らず、執行猶予判決を受けた成人や刑務所に服役《ふくえき》したあとの出所者のフォローも、保護司は行なう。

無給ということもあり、なり手が多いわけではない。役所や会社を定年退職してから社会貢献《こうけん》として保護司をしようとする者が少なくないので、どうしても若い保護司は割合が低い。青少年の更生にはなるべく年代の離れていない保護司が担当したほうがよいとされるが、なかなか現実はそうはいかないようだ。

東大阪市で刺されて亡くなった保護司は、まだ三十代と若く、しかも積極的に青少年の更生活動に取り組んでいて貴重な存在であったと聞いている。

「あの親身な塾の先生がいらしたなら、浩雄を北海道の地方大学に行かせようとする夫に反対してくれたかもしれません。浩雄は行きたくないと言っているのに、『遠い大学だと評判やランクはわからないから、かっこ悪くない』と夫は強く勧めました。実際のところ、浩雄の学力では入れる大学は限られていました。でも、あの塾に行ってからは、少しは勉強に取り組むようになっていました。閉塾になって、浩雄は塞《ふさ》ぎ込んでいました」

「北海道の大学に行くことを、急に受け入れたということでしたな」

「ええ。理由はわからないのですが、浩雄は自分からそう言い出しました」三浪は避けたかったし、父親に授業料を出してもらうんだから仕方ないと思ったんでしょうね」


新月良美は、仕事を終えて退社する衣川美織を待ち構えて、声をかけた。

「浩雄ちゃんの行方なんて、全然知りません」

美織は昨日と同じ言葉を繰り返した。

「あなたが、行方を知っているとは考えていません。ただ、浩雄さんのことを少しでも詳しく知りたいのです」

「浩雄ちゃんが、何かやらかしたんですか？」

良美はすぐには答えずに、「近くのカフェで座って話しましょう」と持ちかけた。

相手が訊いてきたときは、場所を変えるチャンスなのだ。

「実は、植原浩雄さんには違法薬物の運び屋という容疑がかかっています」

オーダーを済ませてから、良美はそう答えた。

「違法薬物……私は、何もやっていませんよ」

「訊きたいのはそのことではないのです。昨日はお母さんの前でしたので、話しにくいこともあったと思います」

「別にそんなことはないです」

美織はムッとした顔になった。

「違法薬物に浩雄さんが関わっていたことは、過去になかったですか」

「聞いたことありません。彼はやんちゃな面もあって、高校のときは生徒指導の先生から目を付けられていたこともあったようですが、根は真面目で気が弱いところもあります。停学処分などは一度も受けたことがないと聞きました」

「浩雄さんと最後に会ったのはいつですか」

「昨日も言いましたよね。浩雄ちゃんが北海道に行ってからは一度も会っていないです。距離が離れてしまいました」

「でも、大学生なら帰省することもありますよね」

「そうですけど、連絡も取りませんでした。私も女子大時代は学内オーケストラのサークルに所属していて多忙でした」

「でも幼なじみで、彼の実家も近くですよね」

「幼なじみだからずっと仲がいいということはありませんよね。ましてや同性ではないです。あのう、もうよろしいですか」

美織は苛立《いらだ》ちを含んだ声になった。

「浩雄さんと交際していたということはなかったのですか？」

「それは、ありません。断言できます」

オーダーしたウィンナーコーヒーが届いていないのに、美織はさっさと立ち上がって店を出ていった。


そのころ安治川は、府警本部の資料室にいた。

東大阪市で保護司が刺殺された事件は平成七年の一月二十四日の夜に起きていた。被害者は西ノ谷誠司《にしのやせいじ》、当時三十九歳であった。彼は三十一歳まで公立中学校で英語教師を務めていたが、青少年の更生と育成に積極的に関わりたいと一念発起して、退職してからは近鉄布施駅の近くで学習塾を開く一方で保護司として尽力してきた。

西ノ谷の遺体は、その夜の九時過ぎに遅番勤務をして帰宅してきた看護師の妻によって発見されていた。七歳になる娘は、妻が遅番の曜日のときはいつも近くにある妻の実家で晩ご飯を食べており、巻添えにはならなかった。

敷地内の住居の横にプレハブ建ての塾の教室が設けられ、教室に隣接して塾の事務室兼保護司としての面談部屋があった。西ノ谷誠司はその部屋でナイフのような鋭利な刃物で胸や腹を刺されて失血死していた。

粉雪が舞う寒い夜のことであり、目撃者や物音を聞いた近隣住民はいなかった。西ノ谷の住居や教室がある敷地は、引退した別の保護司の所有地であった。西ノ谷は中学校教師時代に、非行に走って保護観察処分を受けた担任クラスの生徒のことで、その老保護司と知り合い、篤実《とくじつ》な人格と献身的な活動に深い感銘を受けた。そのことがきっかけで、自分も保護司として青少年の更生に携わろうと意を決して、教師を退職した。公立中学校で多忙な教師を続けながら保護司をすることはできなかったからである。老保護司は彼の志に敬服し、よき後継者ができたと喜んだ。そして広い自宅敷地を西ノ谷に無償で貸し与え、故郷の四国に帰った。西ノ谷は、老保護司の家に住み、庭となっていた場所にプレハブを建てた。塾といっても、有名校進学が目標ではなく、不登校に悩む生徒や人間関係の不調和などの理由で勉強についていけない生徒たちをキメ細かくフォローすることに主眼を置いていた。塾に通う生徒や保護者の評判はすこぶる良かった。

事件同日は、夜七時半まで塾の授業が行なわれていた。住居の居間には、西ノ谷誠司が食事をした跡があり、缶ビールも一本開けられていた。塾の授業を終え、晩食を済ませたあとで被害に遭ったと思われた。

敷地は乗り越えることができる低い塀に囲まれているが、小さな玄関門は中から開けられていた。生徒たちを送り出したあと、急な来訪者があって、西ノ谷が中から開けたという推測が成り立った。塾が終わったあとの時間帯の来訪者として考えられるのは、保護司として受け持っている保護観察対象者であった。西ノ谷がビールを飲んでいたことから、予定されていたのではなく、急な来訪による相談があったのだと思われた。

事務室兼面談部屋には、西ノ谷が格闘したような痕跡《こんせき》はなかった。西ノ谷の妻の話では、部屋には金目のものはほとんど置いていないということであった。

西ノ谷は、ほぼ正面から胸や腹を三ヵ所刺されていた。手指の防御創《ぼうぎょそう》は少なかった。不意討ちのような状態であったことが窺《うかが》えた。面談中にいきなりの凶行が行なわれた絵図が想像できた。三ヵ所の受傷というのは怨恨《えんこん》の動機の表われと捉えることができた。凶器は現場にはなく、持ち去られたようであった。

保護司は、何人もの犯罪者や服役した者たちと接するが、危険な仕事ではない。昭和二十五年の本格的な制度発足以降、一時的な感情に走った面談者が保護司に突っかかって殴りかかったというトラブル程度はあったものの、保護司が被害に遭って亡くなるという事例は記録になかった。更生を第一義に考えて、彼らのために無償で働く保護司は、恨まれる存在ではない。それだけに、この事件の反響は大きかった。ちょうど一週間前に阪神・淡路大震災が起きて、マスコミもその報道に日夜終始したが、その中でも西ノ谷誠司の事件は大きく取り上げられた。

大阪府警としては、早期の犯人逮捕が重要な使命となった。専従班を設置して、西ノ谷が現在や過去に担当した保護観察者たちが、人員と費用を掛けて洗われた。

保護司の中でも、西ノ谷は熱心であり、多くの青少年保護観察者たちを担当してきた。保護司となって約八年間で、五百人を超えた。その数の多さも捜査の支障となった。元受刑者の中には職場や近隣者に過去を秘密にしている者が少なからずいた。それにも充分に配慮して、捜査をしなくてはならなかった。

濃い容疑者が一人も浮かんでこないまま、時間は経過していった。保護観察を受けた者たちは、一様に西ノ谷誠司への感謝を口にした。動機の面でも、絞っていくことはできなかった。

事件から約二年後に捜査方針の見直しがなされて、西ノ谷誠司の交友関係者や塾関係者、さらには中学校教師時代の元同僚や元教え子たちにも捜査の輪は、拡げられた。だが、成果は何も得られなかった。

直接は担当しなかったものの当時の安治川も、府警の焦りは感じていた。一度拡げた捜査の輪を、再び保護観察対象者に絞り、その親族や友人関係にも当たったが、模《も》糊《こ》の状態は続いた。

そして……十五年後の平成二十二年一月に、西ノ谷事件は公訴時効を迎えることになってしまった。

刑法ならびに刑事訴訟法の改正により、殺人については公訴時効が撤廃されたが、それは平成二十二年四月のことである。すなわち法改正の施行日（平成二十二年四月二十七日）の時点においてすでに時効が成立した殺人事件については、もはや公訴はなされないのである。すなわち西ノ谷事件には、時効撤廃が及ばなかったのだ。府警としては、血道《ちみち》を上げて捜査をしたものの、結果的に迷宮《めいきゅう》入りとなった最後の殺人事件となってしまったのである。

膨大な捜査資料は、とても短時間に読み切れる量ではなかった。しかし安治川は読むことをやめなかった。

8

「うーん、二十八年も前の事件が、今に繋がっているのだろうか」

芝は、考え込んだ。

「それは正直言うてわからしません。今さらどれだけのもんが摑めるかも不透明です。けど、調べることはやってみてもええんとちゃいますやろか。もちろん、塾生であった植原浩雄に関して、という限定付きですけど」

「安治川さんには、何か引っ掛かることがあるのかね」

「ええ。事件が起きたのは、一月二十四日です。早い私立大学では入試が始まっている時期です。中学や高校の在校生向けならともかく、大学受験生向けの塾の授業はもうあまりあらへんはずです。それやのに、母親の静枝はんは『閉塾になって、浩雄は塞ぎ込んでいました』と言うていました。なんや、しっくりきませんのや」

「たしかに、彼は生徒の一人に過ぎない。しかも西ノ谷とは、たかだか一年間のつき合いだ。そこまで塞ぎ込まなくてもいいかもしれない」

「そのあと、植原浩雄は北海道の大学に行くことを急に受け入れました。静枝はんによると『理由はわからないのですが、浩雄は自分からそう言い出しました』ということでした。それだけやないです」

　高校のときに成績不良での原級留置になってしまったみち代は、カッコ悪いから退学したいという意向だったが、父親が布施駅近くの補習塾を探してきて通わせていた、という話を良美が聞き出していた。

「当時の捜査本部は、保護司として担当していた保護観察対象者に重点を置いてましたけど、交友関係や塾関係を調べなかったわけやありません。捜査資料の中に翌檜塾の生徒名簿がありました。みち代は、高校三年生のときに週二回通塾しとります。高校が卒業できたので、それで塾とも縁が切れました。そのあと一年後に、二浪していた浩雄が通《かよ》っていますのや」

「時期の差こそあれ、同じ塾生だったのか」

「浩雄とみち代は、まさか結婚するとは思わなかったという周囲の反応でした。なんぞ隠れた事情があったのかもしれません」

「安治川さんはもしかして、植原浩雄が西ノ谷事件に関わっていると……」

「いや、まだまだ調べてみんことには、わからしません」

「どうアプローチしていくつもりかね」

「西ノ谷誠司の妻やった女性は、七年後に再婚しています。とりあえずは彼女に会ってみたいんです」

「わかった。やってみてくれ」


西ノ谷誠司の妻であった小夜子《さよこ》は、現在は神戸市西区に住んでいた。今も看護師として働き、理学療法士の男性と再婚して、高齢出産であったが二人の息子をもうけていた。

「二十八年間は長いようで短く、短いようで長かったです。警察のかたが頑張ってくださったのはよく理解しているつもりです。でも、未解決に終わったのはやはり残念です」

小夜子は、温かい茶を淹れて、差し出してくれた。

「前の主人とは、中学校の新人教師と三年生の生徒として出会いました。といっても、交際するようになったのは、あたしが看護師になった二十一歳のときでした。彼が中学校教師になったときの最初の教え子の一人があたしでして、彼にとっても思い入れのある学年だということでした。看護学校三年生のときに看護師試験の勉強になかなか身が入らなくて悩んでいたあたしは、母校を訪れて彼にアドバイスを求めました。それが再会のきっかけでした。何度も激励をもらい、看護師試験に合格できたあたしは、お祝いの食事をご馳走《ちそう》していただき、そこからおつき合いが始まりました。彼は二十九歳で、保護司になるきっかけを作った非行男子生徒を担任していました」

西ノ谷誠司は三十歳になったときに小夜子と結婚して、翌年に保護司となった。

「もちろん、彼はあたしにちゃんと相談してくれました。中学校教師を退職することは生活面での不安もあって、彼にも迷いがないわけではありませんでした。あたしは『看護師として働くから、経済面では心配しないで』と意見しました。敬愛する先輩保護司さんの御自宅と敷地を無料で貸していただき、プレハブを建てて塾を開きました。中高生で勉強についていけないいわゆる落ちこぼれの生徒がメインでした。初めのうちは塾生は集まらなかったですが、次第に口コミなどで少しずつですが、増えていきました。保護司としては、彼自身が若いということで、青少年の保護観察者をメインに担当していました。彼はどちらの仕事にもやりがいを感じて、頑張っていました。ただ、収入面は教師時代に比べて減りました。保護司は無給ですし、持ち出しをすることもありました。あたしが看護師をしていたから生活ができていたというのが現実です。でも尊敬できる人と結婚できて、毎日楽しく過ごせていました。結婚して二年後に娘も生まれて、順調でした……あの事件が起きるまでは」

小夜子は細い肩を落とした。

「あの年の一月は、阪神・淡路大震災がありました。ここはあたしの姉が嫁《とつ》いで住んでいた家でしたが、姉も軽いながらもケガをして、ライフラインも被害に遭って水道や電気がストップしました。鉄道が不通で道路も通行止めの中を、あたしは水や食料や医療品をリュックに詰めてここまで運びました。そして震災からわずか一週間後に、あの事件でした。忘れられない冬となりました」

「犯人像に、心当たりのようなものはあらしませんでしたか」

「まったくなかったです。彼は誠実を絵に描いたような人間です。恨まれるなんてありえないです。当時の捜査本部のかたも、『保護観察対象者には過去を含めて全員に会いましたが、誰一人として西ノ谷さんを悪く言う人間はいませんでした』とおっしゃっていました。塾のほうでも丁寧《ていねい》に塾生に接し、授業料も安くて保護者からも感謝されていました。あとは中学校教師時代の生徒ですが、これも誰も捜査線上に浮かばなかったそうです」

「せやから、迷宮入りになってしもうたんですな。盗られたものはなかったんですやろか」

「保護観察者の記録については、鍵のかかる棚に入れてあって、全員分が揃っていたそうです。金目のものはほとんど置いていません。月末が近かったので、受け取った塾の授業料はあったかもしれませんが、もしあったとしても金額はしれていますよね。殺して奪うほどのものではありません」

統計的に見て、迷宮入りする事件で多いのは、動機のわからないものや通り魔的な犯行である。被害者をめぐる人間関係に接点がなかったり、行きずりであったときは、容疑者を絞り込めないからだ。

西ノ谷事件では、犯人は敷地に入り、事務室兼面談部屋で凶行に及んでいる。これまで一度も訪れたことのない人間がしたとは思えない。ましてや通り魔というのは考えにくい。

「交友関係はどないやったんですか」

「塾長と保護司という二足のわらじなので、飲みに行ったり遊びに行ったりすることは、ほとんどありませんでした。交流のある友人は少なかったです」

「失礼ですけど。異性関係は？」

「ありえません。そんな時間もなかったし、経済面でもあたしのほうがむしろ家計を支えていました」

小夜子は不愉快そうな顔になった。

「いったい何のつもりで、いらしたのですか。もうとっくに時効なんですよね」

二十八年前に起きた事件だから、十三年前に刑事上の公訴時効は成立している。時効成立までに、犯人が外国に行っていた期間がある場合は別だが。

「塾の生徒やった植原浩雄という人の行方を探しているんです。その手がかりがあれば、と思いまして」

「塾生のことも、保護観察者のことも、詳細はよく知らないです。あの年から看護師として主任となり、気の抜けない業務を忙しくこなしながら、娘も育てていたのです。彼がやっていた保護司という職務は、人のために無給で働くというとても尊い社会的役割だと思っていましたから、あたしも看護師として、母親として頑張っていました。でも、そんな彼に対して、運命は酷《ひど》すぎました。どうして、あんな篤実でいい人が三十九歳で死ななければいけなかったのでしょうか。まだまだ保護司としても、塾長としても、人の役に立ったはずです」

「塾の教員は、西ノ谷はんだけやったんですか」

「大学生を二人アルバイトとして雇っていました。彼は元々は英語教師でしたので、理数系を任せていたのです。でも、あの夜はアルバイト大学生の授業はありませんでした」

二人の大学生のことも捜査本部は調べて捜査記録に残していた。二人ともアリバイがあった。

「正直申しまして、もうあの忌《い》まわしい事件のことは忘れたいです。あたしは姉の勧めで再婚して、今の夫と暮らしています。息子も二人できました。現在は小さなクリニックに勤務しています。大阪時代のような大きな病院と違って夜勤もなく、和気あいあいとやれています。だけど、あの事件のことは忘れようとしても、忘れられないのです。たった一日で、人生が激変しました。いつまでも先輩保護司さんの家を無償で借りているわけにはいきません。マスコミの取材もつらかったので、引き払ってアパートに移りました。そのあとさらに、姉のところに引っ越しました。そして真相がわからないまま、終わってしまったのです。永久に濃い霧に囲まれたままになった、と喩《たと》えればいいでしょうか。ずっと腑《ふ》に落ちないまま、二十八年が過ぎました」

「遺《のこ》された娘はんは、どうしてはるのですか」

「娘の瑞希《みずき》は、今は大阪の池田市で一人暮らしをしています。あたしが再婚したのは、娘が高校二年生になった春です。瑞希は新しい父親との生活がうまく馴染めなかったのか、京都の短大に進学して、学生寮に入って自活しました」

「娘はんの連絡先を教えてもらえますか」

小夜子に連絡を取ってもらったうえで、安治川は娘の瑞希が住む池田市の豊島南《とよしまみなみ》に向かった。伊丹《いたみ》空港のすぐ近くである。伊丹空港は、正式名称を大阪国際空港というが、現在は国際線の就航はなく国内線のみである。大阪という冠称《かんしょう》だが、その敷地の多くは兵庫県の伊丹市に属している。

けれども、空港の一部の敷地は、大阪府の豊中《とよなか》市と池田市にも属している。池田市には、空港という町名もある。

瑞希は、空港ターミナルビルの中にある物品販売店で社員として働いていた。無添加無農薬の食品を取り扱っており、イートインコーナーも併設されている。母親の小夜子によると、瑞希は二十歳のときに結婚したが、約二年で離婚して、現在独身である。子供はいないということであった。

シフトが早番で終わるということなので、しばらく待って、空港ターミナルビル内のカフェで会った。母親に雰囲気が似ていたが、母親よりも小柄であった。

「本当は、キャビンアテンダントになりたかったのですが、身長が低くてはダメです。座席上部の荷物スペースが閉まっているかの確認作業をきちんとする必要がありますから」

清潔感のある清楚《せいそ》な女性だった。

「たしかにスチュワーデスはんは背の高い人が多いですな」

安治川は、〝キャビンアテンダント〟よりも〝スチュワーデス〟のほうが馴染んだ世代である。

「それで、父の事件を再捜査なさっているのですか？」

「いや、再捜査やあらしません。残念ながらもう時効ですし、だいいちわしは刑事部の人間やあらしません。塾生やった植原浩雄という男性の行方を探してますのや」

「塾の生徒さんですか。いつごろの生徒さんですか？」

「お父さんが亡くならはった年に、浪人生として塾に通ってました」

「それでも、二十八年も前のことですね。私は当時七歳でして、父が塾を開いていたことはわかっていましたが、生徒さんの詳細については何も知りません」

「当時の捜査資料の中に、西ノ谷誠司はんが毎年夏休みに塾生を集めて、淡路島で一泊合宿をしてはる写真がおました。事件のあった半年前にも行なわれていて、植原浩雄もそこに参加してました」

　集合写真には十数人の男女塾生が写っていて、一列目の中央に瑞希を膝の上に乗せた西ノ谷誠司が座っていた。

「父は、進学指導というよりも、人間関係で悩んだり、学校に馴染めない生徒さんたちを主な対象にしていたようです。私もほぼ毎年夏合宿に連れていってもらって、生徒さんたちに遊び相手をしてもらっていました。でも幼かったので、一人一人のことなんか、とても憶《おぼ》えていません」

植原浩雄が在塾していたのは一年間だけだ。だから、合宿参加も一度だけとなる。

「もう事件のことは忘れたいです。もちろん、忘れることなんかできません。私たちの人生を変えてしまった犯人はわからないままのモヤモヤです。でも、だからと言って、いつまでも引きずっていたくないのです」

瑞希は、母親の小夜子と同じようなことを言った。おそらく、未解決事件の遺族はほぼ全員が、似たような感情を抱き続けていることだろう。


そのころ、新月良美は、みち代と相対していた。

「翌檜塾には、高校を原級留置となったあと、親が半強制的に通わせたのよ。塾長さんは熱心な先生だったけど真面目過ぎて、あまり相性は合わなかった。頑張ってもできないことってていくらでもあるのに、心の持ちかた次第で実現できるものだというのが、塾長の持論だった。だけど、現実はそんなことはない」

「西ノ谷さんと軋轢《あつれき》のあった塾生はいましたか」

「軋轢はなかったでしょう。あくまでも塾なんだから、嫌になったら辞めればいい。学校とは違うわよ」

「浩雄さんも、浪人生のときに通ってはったのですね」

「あれはたまたまよ。私が勧めたからではないわ。一浪のときに予備校に馴染めなかったことで、彼のお父さんが、きめ細かなフォローをしてくれる塾を探してきて、通わせたのよ」

「彼は、どう言っていましたか」

「私よりは、相性が合ったのではないかな。私は夏合宿には行かなかったけど、彼は参加したらしいから」

9

芝はその翌日に、再び府警本部警務総務統括官室に呼び出された。

「忙しいときにすまないね」

浜之江警視長は座ったまま、メタルフレームの眼鏡の奥の双眸《そうぼう》を向けた。

「いえ」

きょうの浜之江は、座るようには言わない。

「福井県警との違法薬物合同摘発のきっかけ作りはご苦労さんだった。消息対応室の働きがなければ、検挙には至らなかった。大阪府警としては、売人一人を逮捕できただけだったが、どこの手柄ということは関係ない。県警だの府警だのという狭いこだわりは、警察全体のためにならない」

「はあ」

「それで、前に少し話していた機構改革を前倒ししようと考えている。その用件で来てもらった」

「警視長殿は、具体的にはどのような改革をお考えなのですか？」

「消息対応室の人員増はすぐには難しいと前には言ったが、不可能ではない。これまでの実績と貢献度は充分なのだ。それで方法を考えてみた。実はこれは政府が将来的に拡充する方針なのだが、女性職員で育児や介護といった理由でやむなく離職した職員をもう一度採用しようとする試行が霞《かすみ》が関《せき》の一部の官庁で始まっている。退職してしまうことで、有能なスキルやそれまでの経験を活《い》かせなくなるというのは、本人にとっても、組織にとっても、もったいないことだ。それだけではない。復職ができるということになるなら、安心して出産と育児をするということになる。つまり少子化対策の有効な手立てともなる。とりわけ二人目三人目の出産を迷っている女性たちにとって、朗報となるはずだ」

浜之江は早口で続けた。芝は、それと消息対応室がどう関わってくるのか、読めないでいた。

「府警としても、育児のために退職してしまったが少し落ち着くことができたという女性警察官を再任用することにしたい。君のところにいる定年後の再雇用警察官とは趣旨が違う。あれは年金支給年齢が遅くなってしまったことによる収入減の救済だ。そっちは率直に言って、将来的展望がない。だが育児理由で辞めた警察官については、再雇用ではなく再任用だ。正規の職員となる。少子化ストップを見据えた具体的かつ国家的な対策だ。だから、政府からも予算交付を引き出せる」

政府や国家といった言葉が出てくるのが、いかにもキャリアらしい。彼らは警察官という身分を有する官僚なのだ。

「それで政府関係者に根回しをしたうえで、育児理由で辞めた女性警察官の再任用を府警で開始する。警務部で応募者を面接して、在職時代の勤務ぶりを参考にしつつ採用可否を決めていく。とりあえず、三名を採用して消息対応室に配属する」

「え、三名全員を消息対応室に、ですか？」

「そういうことだ。バラバラに配属するのではなく、孤立することなく同じ部署で助け合ってやっていってもらいたい。第一号が成功しなくては、新しい制度は拡がっていかない」

「では、消息対応室は六名態勢になるのですか」

「そうではない。今回は女性ばかりの再任用になる。したがって新月巡査長には残ってもらう。つまり四名態勢だ。新月巡査長には当面、室長代行に就《つ》いてもらう」

「では、私と安治川さんは？」

「転任してもらうことになる」

「それは、性急すぎませんか。まだ消息対応室は発足して一年です」

「気持ちはわからないではない。だが、大所高所《たいしょこうしょ》に立って考えてみてくれたまえ。大阪府警全体、いや国家全体の見地から」

「は、はあ」

　まさかの展開となった。

「芝警部には、府警本部の中枢に戻ってもらおうと考えている。君のような優秀な人材を、ああいう末端の出先に置いておくのはもったいない」

　芝は、末端の出先という表現に少し抵抗を覚えた。たしかに所轄署の倉庫の二階という離れ小島のようなロケーションではあるが、府警本部庁舎に置かれた部や課と変わらない重要な役割を担っているという自負はある。

「新月巡査長への引き継ぎを始めておいてくれ。君個人としての意見はあるかもしれないが、人事権は警務部の専権事項だ。それは百も承知だろう。本日の用件は以上だ」

　浜之江は部屋の扉を手で示した。

「そんなことって……」

新月良美は絶句した。

「新月君が室長代行に就く、と明言があった」

「引き受けられません。うちは、まだまだ力量不足です。芝室長と安治川さんに両側から支えてもらって、ようやく務まっている状態です」

「『人事権は警務部の専権事項だ』と言われた。浜之江統括官は、警務部長よりさらに上の地位にあり、最高位の人事権を有している」

「だからといって、受け入れる気にはなりません。育児や介護でやむなく退職することになった女性警察官を再任用すること自体には賛成です。それまで培《つちか》ってきた経験や技能が、退職とともに消えてしまうのは惜しいことです。でも、だからといって、三人を揃って消息対応室に入れなくてもいいのではありませんか」

「バラバラに配置したら孤立してしまいかねないという理由だ。『第一号が成功しなくては、新しい制度は拡がっていかない』ということだ」

「失敗してしまって拡がらないことを避けたい、というのは理解できます。それでも、納得できません。消息対応室は総入れ替え同然になってしまいます。もっと人員が多いセクションに、三人を配属すべきではないですか」

良美は首を振った。

「安治川さんはどう思うかね？」

「定年後再雇用のわしは、意見を言える立場にはあらしません。もう決定したんやったら、それに従うだけです」

「本当にいいんですか。ここまで頑張ってきて、いくつかの事件を解決してきたではないですか。それなのに、こういう扱いは理不尽だとは思わないのですか」

良美は抗議するような目で、安治川を見る。

「人事権は向こうにある――そない言われたらどうしようもあらへん」

安治川はわずかに上を向いて、あとは黙った。

芝が良美を取りなすように言った。

「これまでの消息対応室の仕事ぶりや実績が否定されたわけではない。むしろ高く評価されている。だから増員となった」

「それとこれとは別です」

「帰りがけに、警務部の同僚と少しだけ話をした。浜之江統括官は、上昇志向の強い人物のようだ。私には、『県警だの府警だのという狭いこだわりは、警察全体のためにならない』と語ったが、福井県警の本部長は彼と同期のキャリアで、出世レースでは一歩リードされている。それだけに、今回の違法薬物事犯の検挙も、『大阪が下働きをして、福井に手柄を持っていかれた』とひどく不機嫌だということだ」

「そのとばっちりということですか」

「そうでもないだろう……女性活躍社会や埋もれてしまう人材の活用という方向性は時代に合っている」

「それでもやっぱり、うちは納得できないです。難波署の少年係から消息対応室への辞令が出たときは、左遷だと思いました。でも、一年間やってみて、少年係以上のやりがいを感じているのです」

「新月君はここに残れるんだよ」

「室長と安治川さんがいてくれるから、うまくやってこれたのです」

「新しいメンバーでも、今以上にうまくやれるかもしれないじゃないか。先のことはわからないだろう」

「室長は、もう諦《あきら》めているのですか」

「安治川さんの言うように、どうしようもないことだと思っている。もちろん、私も残念至極《しごく》なのだが」

芝は拳《こぶし》を握り締めた。

「室長。わしらの転任日はいつになりましたんや?」

「それは聞かされていない。これから三人の再任用者を面接して採用していくということだから、今しばらくは時間がありそうだ」

「そしたら、まだ仕事はでけますな」

「可能は可能だが」

「やりかけた仕事を、もう先があらへんさかいにやめておくというのは、わしの性に合わしません」

「何か見通しはあるのかい」

「いえ、見通しはあらしません。いつものように淡々黙々《たんたんもくもく》と動いていくだけです。その中から活路が見えてくることもありえます」

「淡々黙々か……安治川さんらしいな」

「それしかでけしませんのや。牛の歩み、いや亀の歩みかもしれまへん。けど、それでも歩みを止めなければ、前へは進めますのや」

「安治川さんは、次に何を調べようとしているのかね」

「わしには、植原浩雄が婿入り結婚したいきさつがどうも解《げ》せませんのや。質屋を継ぎたかったわけでもなく、商売的に将来性があったわけやおません。みち代とは高校の同級生でしたけど、親しかったわけでものうて、年齢も違いました」

10

安治川は、植原浩雄の高校三年生のときのクラス担任だった道岡を再び訪ねた。

道岡は、また来たのかと言いたげな顔をした。

「蒲田敦彦はんのほかに、植原浩雄はんと仲が良かった生徒を教えてもらえませんか」

「そう言われても、思いつかないなあ」

「クラスのボス的な男子生徒はおりまへんでしたか」

「ボスはいなかったよ。二人とか三人といった小グループに分かれていたクラスだった。文系コースなので女子のほうが多かった」

「そしたら、お局《つぼね》はんのような存在の女子生徒はおりませなんだか？」

「お局もいないよ」

「けど、噂好きで情報通の女子生徒はどのクラスにもいるもんやないですか」

「さあ、そう言われても……」

安治川は粘って、学年同窓会のクラス幹事をしているという女性の連絡先を聞き出した。彼女は大阪在住で、すぐに会うことができた。

「植原君とは、卒業以来会っていませんね。みち代さんと結婚したことは小耳に挟みました。正直なところ、意外でしたね。二人とも同窓会には出てきません」

「在学当時は、つき合うてた気配はあらしませんでしたか」

「気配も感触もなかったです。みち代さんはマイペースな性格で一つ年上だったので、クラスでは孤立していたところがあります。高校生にとっては、一歳差は大きく感じますからね。だから、彼女は学外の人や卒業した学年の人たちと遊んでいたと思います」

「植原浩雄はんと蒲田敦彦はんとは、いつもつるんでいたと道岡先生は言うてはりました」

「そうですね。でも……」

「でも、なんぞおましたんか」

「卒業してからのことで、確証もないので……」

「かましません。もちろん、あんさんから聞いたなんてことは絶対に口外しませんよって」

「植原君は、片思いの女性を蒲田君に取られてしまって、それで仲違《なかたが》いになったらしいということを耳にしました。植原君が浪人中のことだったそうです。植原君にしてみれば、浪人中であまり自由に身動きができない時期に、片思いという気持ちを知っているはずの親友に持っていかれたということになりますね」

「その片思いの女性というのは、もしかして、幼なじみの衣川美織はんですか?」

「名前までは知りません。でも、中学校は植原君と同じだったそうです、私は、やはり植原君といっしょの中学校出身で、別のクラスだった女の子からそのことを聞きました」

植原浩雄と蒲田敦彦は、中学校は違っていた。

安治川は、植原と同じ中学校だったというその女性を紹介してもらえないかと頼んだ。

彼女は結婚して広島市在住ということだったが、電話連絡を取ることはできた。

「植原君とか蒲田君とか衣川さんとか、懐かしいです」

時間が経過してしまうことで、調査は難しくなる。しかしその反面、今だから話してもらえるという利点もある。

「衣川美織さんはいいところのお嬢さんで、優しくて綺麗《きれい》なので、中学時代はよくモテていましたよ」

「わしも一度会うてますのや。まだ独身やということでした」

「モテる女はどうしてもそうなりますね。まだこのあと、いい男が出てくるという驕《おご》りがあるので、見送ってしまうわけですよ」

彼女は少し冷たく笑った。異性に人気があった同性への妬《ねた》みが深層心理にあるのかもしれなかった。

「植原浩雄はんは、蒲田敦彦はんに衣川美織はんを取られたんですか」

「そうだと思いますよ。私も、蒲田君と衣川さんのデート現場を目撃しました。映画館で仲よくポップコーンを買っていました。二人は、中学校は違いました。でも、植原君から一度紹介されたと聞きました。それで蒲田君はひとめぼれしたらしいですが、高校時代はさすがに遠慮していたようです」

「植原浩雄はんは、そのことを知ってはったんでしょうか」

「堂々とデートをしていて、私たちの間でも噂で広まっていたのですから、おそらく知っていたでしょう」

安治川はガソリンスタンドで働く蒲田を訪ねて、「浩雄はんには、結婚前に仲のよかった女性はいやはりましたんか?」と訊いたことがあった。

蒲田は「どうかな……昔のことはあまりよく覚えていないよ……」と答えながら、目をパチパチさせた。脳裏では衣川美織のことが浮かんでいたのではないだろうか。

「二人の仲は、いつごろまで続いたんですか?」

「詳しいことは知りません。でも、たいして長続きしなかったと思います。蒲田君は美人をゲットしたことを見せつけたいのか、隠すことなくデートをしていたのですが、それが途絶えましたから」

「映画館で見かけはったんは、いつごろでしたか？」

「私が専門学校二年生のときでした。後期授業が始まっていたから、秋でしたね」

植原浩雄が二浪していた時期だ。

そういう経緯があったのに、植原浩雄は蒲田敦彦を北陸のキャバレーで奢《おご》り、スナックのママの次女も紹介していた。それは、いまだに独身で安い給料だという蒲田に対して、愛人もいることを見せつけることで、植原は若い頃の意趣返しをするという少し屈折した優越感に浸りたかったのかもしれない。

11

新月良美は、衣川美織が仕事を終えて社屋から出てくるところを再び待った。

「いったい何のつもりですか。しつこいです」

「気を悪くしないでください。確かめたいことがあります」

前回はカフェに入ってくれたものの、オーダーしたウィンナーコーヒーが届かないうちに外に出てしまった。良美は、美織をビルの壁側に付かせる位置に立った。

「あなたは、『浩雄ちゃんが北海道の大学に行って以後は、会ってもいません』とおっしゃいました。でも、どうしてそうなったのですか」

「それって説明しましたよね。距離が遠く離れてしまいました」

「遠く離れていても、浩雄さんには恩義があったのではないですか」

美織は、恩義という言葉に、色白の頬をこわばらせた。

「あなたは、浩雄さんが北海道の大学に進学する前の年に、蒲田敦彦さんと交際していましたね。前にお仕事帰りにお声かけをしたとき、あなたは浩雄さんについて『高校のときは生徒指導の先生から目を付けられていたこともあったようです』、『停学処分などは一度も受けたことがないと聞きました』と言っていました。高校は別々なのに、どうしてそんなことを知っていたのか……蒲田敦彦さんから聞いていたからではありませんか」

美織は口をつぐんだ。

「蒲田敦彦さんとあなたが映画館デートをしているところを目撃した人もいました。二十歳の一時期、あなたは蒲田さんと交際していたのですね？」

美織は、ふうっと息をついた。

「もしそうだとして、それが何か法律に違反するのですか？」

「違反はしません。でもその結果、あなたは懐妊してしまいましたね」

良美は畳みかけた。

美織の頬がさらにこわばった。

「実は、東大阪市のすべての産婦人科医院に協力を求めました。そしてあなたの二十歳のときの中絶記録を得ることができました」

「そこまでやるのですか。プライバシー侵害もいいところです」

「プライバシーは守ります。おそらく御両親にもずっと秘密になさってこられたことでしょう。だからこうして、お勤め帰りに話しかけているのです」

「目的は何なのですか?」

「前にも申しましたように、植原浩雄さんの消息を追っています」

「彼の行方はまったく知らないです」

「そのことは本当だと思います。でも、あなたが北海道に行った彼といっさい会わなくなったのは、遠距離以外に理由があったはずです」

「それは……」

「御自宅にお伺いしたときあなたは　植原さんが結婚して質屋さんになったということは、『父の車に同乗して給油したときに、たまたま蒲田君がいて、少しだけ話をしたときに聞きました』とおっしゃいました」

「本当のことです」

「蒲田さんと深くお付き合いしていたのに、希薄過ぎませんか」

「別れたら、そんなものでしょう。私は彼のことが嫌いになったんです。もういいでしょう。帰ります」

美織は、良美の脇を擦り抜けようとした。

「お待ちください」

ビルの陰から、芝が姿を見せて前方を塞いだ。

「蒲田敦彦のことが嫌いになったのは、あなたから懐妊したことを聞いた彼が逃げたからですよね。ついさっき、彼を問い詰めてきました。『二十歳で父親になりたくなかったんだ』と認めましたよ」

「あんな身勝手な男だとは思わなかった。外見は雄々《おお》しいのに……」

美織は唇を噛んだ。

「厳格な親には言えないあなたは、どうしましたか。誰に頼りましたか?」

「………」

美織は答えない。

良美がさらに畳みかける。

「堕胎《だたい》オペをしたクリニックの先生は、若い男性が付き添っていて費用も支払ったことを憶えていましたよ」

美織は再び、ふうっと息を吐いた。

「あのクリニックでは、トラブル回避の理由から、父親になる男性の同意も必要だと言われて……他に頼める男性はいなくて、幼なじみの浩雄ちゃんにその役をお願いしました。浩雄ちゃんを結果的に利用することになりました」

「彼は、蒲田君とあなたの関係も知ったうえで、そんな役までしたんですか」

「まあ、そうですね」

「いくら片思いの相手でもそこまでしますかね？　お人好しすぎます。正直に答えてください。あなたが何かの罪に問われることはありませんから」

美織は困惑した。

芝は紳士的だが、緩《ゆる》くはない口調で迫った。

「誰にだって、過去には一つや二つは過《あやま》ちがあります。向き合う勇気を持ってください」

「私はまだ女子大生で、おこづかいも親に管理されていました」

「植原浩雄も浪人二年目で精神的にも行き詰まっていましたよね」

「申し訳なかったと、今でも思います。私は浩雄ちゃんに近づいて親しくなって、そのあと『あなたの子供ができてしまった』と……だけど、あんな無理をするなんて、思いもしませんでした」

美織は泣き崩れそうになりながら、ビルの壁に寄りかかった。

12

そのころ安治川は、みち代と相対していた。

娘の千晶は、まだ部活の練習をしている時間帯だ。

「あんさんは高校三年のときに、翌檜塾に通ってはりましたな」

「前にも言ったように、親から半強制的に行かされたのよ。原級留置は二度とダメだと」

「卒業してからは、もう行ってはらへんかったのですね」

「行く必要はないでしょ」

「夫の浩雄はんは、二浪のときに通ってはりましたんやな」

「あとで知ったことよ」

「『あと』というのは具体的に、いつのことなんですか」

「そう訊かれても、正確には憶えていないわよ」

「担任やった道岡先生は、あんさんは卒業後は『布施駅近くにあるアパレル店でアルバイト販売員として働いていた』と言うてはりました。そして翌檜塾はやはり布施駅に近い場所にありました。そのアパレル店にも、足を運んでみました。小ぢんまりとした店でしたが、店の経営者女性はきちんとした性格の人で、仕入れから販売までパソコンに詳細に記録してはりました。当時アルバイト店員はあんさんを入れて二人やったそうですけど、そのときの勤務シフトも入力していて残ってました。西ノ谷誠司はんが亡くならはった夜は、夜七時半まで塾の授業があって、九時過ぎに帰宅してきた彼の妻が死体を発見してました。すなわち夜七時半過ぎから九時過ぎまでが死亡推定時刻です。あんさんの当日のシフトは、閉店の八時までででした。片付けと掃除があるので、八時半までが勤務時間となっていたそうですな」

「私が、塾長を殺したとでも言いたいの？」

「そやおません。ナイフのような鋭利な刃物で胸や腹を刺されたことが死因でした、普通の女性の力では難しい犯行です。けど、あんさんは目撃したんやないですやろか。翌檜塾からあわてて飛び出してくる犯人――具体的には、植原浩雄の姿です」

　みち代の表情が固まった。

「そのときのあんさんは、何のことかとっさには事情が摑めへんかったことやろと思います。植原浩雄のほうは逃げるのに必死で、あんさんの姿は視野に入ってへんかったのやないですか」

　安治川は現場に行ってみた。みち代がアパレル店での仕事を終えて帰る道と、翌檜塾の前の道路とは近いものの一本外れている。しかし寒い静かな夜に足音を立てて駆けてくる人間がいたなら、その姿は交差路越しに見ることができる。街灯の明かりは充分にある。それも知らない相手ではない。高校時代の同級生なのだ。

「事件のことは翌日報道で知ることができましたやろ。西ノ谷塾長が殺害されました。その夜に、走り去る植原浩雄を見かけていた――あんさんの頭の中で結びついたんとちゃいますか」

西ノ谷は鋭利な刃物で刺されていたが、凶器は持ち去られていた。必死で現場を離れようと急ぐ植原浩雄は、ナイフをしまうことを後回しにしていて、刃身が街灯に照らされて鈍く光っていたかもしれない。

「当時の警察は、西ノ谷誠司はんが保護司として多くの若者に関わっていたことに引きずられてしまいました。マスコミも同様でした。けど、塾の生徒にもっと目を向けるべきでした。バリバリの進学塾ではなく、勉強に付いていけないタイプの生徒たちを丁寧に指導しており、恨まれるような人格ではなかったことで捜査の見誤りをしました。亡くなった場所は保護司として面談に使っていた部屋でしたが、塾の事務室を兼ねていました。多額でないとはいえ、受け取った授業料があったのやないですか」

「今ごろになって……」

みち代は吐息をついた。

「たしかに、今さらというお気持ちもありますやろ。けど、現在に繋がっているのやないですか」

西ノ谷事件は、捜査が膠着してしまい、ついには迷宮入りとなってしまった。時効が成立したが、事件それ自体が消えたわけではないのだ。

「ほんまのことを話してもらえませんやろか。一つ嘘をつくことで、次の嘘をつかなあかんことがおます。それと同じように、一つ真実を隠すことで、別の真実を隠さなあかんことがおます」

みち代はさらに大きな吐息《といき》をついた。

13

消息対応室に三人が集まった。

「時効になってしまってもはや捜査ができないということは、われわれ警察官にとって口惜しさの極みなのだが、悪いことばかりではないと今回は感じた。時効だからということで、真実を語ることへの抵抗感が減ってくれる」

芝が口を開いた。泣き崩れた美織からの告白が得られた。

「妊娠してしまい、蒲田から逃げられてしまった衣川美織は、植原浩雄に近づいて誘惑した。美織に対してかねてから思慕を抱いていた植原は、二浪のストレスもあって一線を越えてしまい、そのあと美織から妊娠したことを告げられて慌《あわ》てた。蒲田が本当の父親であることは知らないまま、植原は自分が懐妊させてしまったと思い込んだ。美織は厳格な親には話せず、中絶費用を工面しなくてはならなかったので、苦肉の策を採《と》ったわけだ」

衣川美織は、今に至るまでその秘密を、植原浩雄を含めて誰にも話していないことも告白した。

蒲田敦彦のほうは、その裏事情を知らないままだ。美織が自分で費用を工面して、一人でクリニックに行ったと思い込んでいる。

「植原浩雄さんは、蒲田さんが美織さんと交際していたことは知っていたのではないですか」

良美が訊く。

「蒲田は自慢げに美織と映画館などでデートしていたということだから、植原も噂は聞いていただろう。だが、美織は植原に費用を出させるために、蒲田とはあくまでもプラトニックだったということにしたそうだ」

「西ノ谷事件のあと植原浩雄は逃げるように北海道の大学に行き、美織はんとの関わりはなくなってしもうた。せやけど、自分は蒲田とは次元が違う。そういう彼なりの自負はあったんとちゃうかな」

　安治川は少し同情気味にそう言った。

　蒲田のほうも、自分が妊娠を知って卑怯《ひきょう》にも逃げたことを口にしたくないから、あくまで美織とは単なるデートをしただけだったということにしてきたと供述している。浩雄はそのことを確認したいという理由もあって、蒲田を北陸に呼んで酒を飲ませていたのかもしれない。

「それにしても、費用を得るために、植原浩雄は無茶をしたな」

「植原は気が弱いところもあって、二浪の身で何をやっているんだとなじられそうで、親に頼れなかったようですな」

　観念したみち代が語った内容を、安治川は報告した。

「けど、そういう性格の人間は、ときとして激しい行動に出ることもおます。〝ねそが事すれば大ごとになる〟というやつですな。みち代の話によると、最初はナイフを用意して、年配女性が一人で営む小さな花屋に押し入って脅そうとしたようです。せやけど、強盗はリスクが高いと考え直して、窃盗に切り替えました。翌檜塾なら勝手はわかってました。塾の授業を終えた西ノ谷誠司は、隣接する自宅で風呂に入る習慣がおました。少人数でアットホームな塾やさかいに、西ノ谷やアルバイト学生の授業の時間帯は塾生なら知っとります。それで事件当夜、意を決した植原浩雄は手袋をはめ、塀を乗り越えて塾の事務室兼面談室に入って物色を始めました。だがその夜に限って、西ノ谷は入浴せずに先に食事をしていました。植原は事務室の小机の引き出しから授業料の現金を得て、ずらかろうとしたところに、物音に気づいた西ノ谷が何ごとかと入ってきました。植原はパニックに陥って、ナイフを取り出して西ノ谷に襲いかかったことを、問い詰めたみち代に告白しとります」

植原は恐怖心からの高揚《こうよう》で、連続して胸や腹を三度刺したと思われる。西ノ谷はあえなく倒れただろう。

「植原はしばらくその場にへたり込んで放心していたけど、早く去らなくてはいけないと立ち上がった彼は、近隣の住人に目撃されないように、玄関門のサムターンを中から回して開けて、外の様子をうかがったうえで、一気に駆け出したということです」

中から開けられた状態であったことで警察は、来訪者がいて西ノ谷が玄関門を開けたのであり、塾が終わったあとの来訪者ということは保護司として関わっている保護観察者だろうと、誤った方向に捉えてしまった。

西ノ谷事件のあと、植原浩雄はそれまであまり気が進まなかった北海道の大学に進学することで、大阪から離れた。捜査の手が自分に及んでくることはなかったが、唯一の陥穽《かんせい》がみち代に目撃されたことだった。

「植原は逃げるのに必死やったよって、脇目も振らず西ノ谷邸の前の道路を走り、みち代の存在には気がつきませんでした。みち代のほうも、すぐにはどうこうする気はなかったということです。『警察への通報なんて、まったく考えなかった。一銭の得にもならないし、うざいだけだから』と言うてました」

みち代はさらに次のように語った。

彼女はいろんな男たちと遍歴を重ねたが、男たちの大半は体目的で、一夜限りということも多かった。「ブスと長くつき合う気はない」とか「おまえなんかに本気にならないぜ。あくまで捌《は》け口だ」と露骨に突き放されて捨てられたこともあった。三十《みそ》路《じ》が近くなると、そういう男たちすら、あまり寄ってこなくなった。正社員の仕事にも就けておらず、一人で身を立てていく自信はなかった。専業主婦となり、ろくに家事をしなくても、黙々と働いてくれる夫が理想だった。みち代の父親も、婿を取って質屋を継がせることを望んでいた。そんなときに、近鉄電車の車内で植原浩雄を見かけ、声をかけた。北海道の大学を卒業した浩雄は、大阪に本社がある機械メーカーのセールスマンをしていたが、なかなか成績が上がらずに、上司から小言を言われっぱなしだとボヤいた。

あの夜に、現場から脱兎《だっと》のごとく逃げるところをみち代に目撃されたことには気がついていない。それどころか、犯行をしたことすら、彼はまるで忘れているかのようであった。しかし、忘れているはずがなかった。捜査の手が伸びてこなかったので、とりあえずのところは普通に構えてはいるが、内心はビクビクしているに違いなかった。

みち代は鶴橋《つるはし》駅前の焼き肉店に浩雄を誘い、それとなく西ノ谷事件のことを持ち出した。案の定、浩雄は驚いた表情を向けた。みち代は、『警察が私のところに聞き込みに来て、あなたのことを訊いていったわよ。悪いことができる人じゃない、って答えておいたけど』と嘘をついたうえで、カマを掛けていった。みち代のほうが一枚上手《うわて》であった。

そして浩雄を蜘蛛《くも》の糸にからめていき、みち代は三十一歳のときに一つ年下の植原と結婚して、彼を婿養子に迎えた。父親は「おまえを娘に持ってよかったと初めて思ったぞ」と喜んだ。二年後に、千晶が生まれた。

植原は質屋経営の才能はないものの、おとなしくしていた。父親のほうも、期待していたほどではない浩雄に対して不満はあったようだが、面と向かって言うことはなかった。

だが、八年前に父親が亡くなった頃から、植原の態度は変わり始めた。そして箍《たが》が外《はず》れ出した。みち代は、父親という留め金がなくなったからだ、と今も思っているようだ。

「けど、よう考えてみたら、それは事件から二十年が経過したからやないですやろか。刑事上の時効としては十五年経過すればもはや服役のおそれはなくなりますけど、まだ民事上の時効はあと五年間は成立しておらず、事件が明るみになってしもたなら損害賠償を請求される可能性がおます。殺人事件の損害賠償ともなれば、半端《はんぱ》な額やないです」

民事上も免責が確定してから、植原は羽根を伸ばし始めたと思われるのだ。父親の重しがなくなって自由を感じたのは、むしろみち代のほうかもしれない。以前にみち代をけなして離れていった男たちも中年となって若い女の子から相手にされなくなっていた。みち代はそんな昔の男の一人と関係を復活させた。植原のことは、夫とはいえ、もうどうでもいいような存在になっていた。土日は北陸に行って、植原も好きにやっていた。一定の稼ぎは家計に入れてくれているので、文句を言う気はなかった。仮面夫婦の状態となり、みち代は西ノ谷事件のことはもうほとんど忘れていた。

「みち代にとっては、知っている塾講師が亡くなった過去の出来事ということなんだな」

安治川の話を聞き終えた芝がそう言った。

「でも、浩雄さんは違いますよね。当事者なんですから」

良美が考え込む。

「浩雄さんは目撃されてしまったから、みち代さんと結婚することになってしまった。そんなに好きでもないのに……ほとんど無理じいですよね」

「いや、もっと切実に人生が変わってしもうた当事者がおります。西ノ谷誠司はんの女房と娘です」

14

西ノ谷誠司の妻・小夜子によると、娘の瑞希は二十歳のときに結婚したが、約二年で離婚したということだった。

安治川と良美は、瑞希の前夫と会ってみることにした。戸籍の附票《ふひょう》を調べると、前夫であった大岸昌男《おおぎしまさお》は京都市南区の東寺《とうじ》の近くに住んでいた。瑞希は離婚したものの、旧姓には戻らずに大岸姓を名乗っていた。

「僕は、もともとは京都を主な拠点とする文化雑誌の記者だったのですが、仏像修復師に転職しました」

大岸昌男は温厚そうな男であった。

「出版不況の中で、十三年前に雑誌は休刊という名の廃刊に追い込まれました。親会社は新聞社なので、配置転換に応じれば失職することはなかったのですが、休刊の話が出たときに自主退職を決意しました。その少し前に、レジェンドと言われている仏像修復師のかたを取材していて、強く惹《ひ》かれたので、何度もお願いをして弟子入りさせてもらいました。地味で根気が必要な仕事ですが、やりがいは感じています」

大岸は、二十四歳で瑞希と結婚して約二年後に離婚、そして三十歳で再婚して、今は一児の父親であった。

「瑞希はんとは、どうやって知り合わはったんですか？」

「最初のきっかけは、木屋町《きやまち》に友人と二人で飲みに行ったときです。彼女は短大生でしたが、アルバイトで女性バーテンダーとして働いていました。僕も入社したての雑誌記者でした。彼女は出版業界のことをいろいろ質問してきました、僕の名刺がほしいということで渡しました。就職を控えて、進路を迷っているのだが、出版業界やマスコミにも関心があるという話でした」

大岸は懐かしそうに目をしばたたかせた。

「離婚してからは久しく会っていないのですが、瑞希が何か警察の世話になることをしてしまったんですか？」

大岸は心配げに訊いてきた。

「いやいや、あくまで参考までに聞かせてほしいんです。それで、結婚に至らはったんは、それからですな」

「ええ、結局彼女は事務職のＯＬとして就職が決まったんですが、内定が出たあとすぐに彼女のほうから連絡があって再会しました。話が弾んで、交際するようになりました。学生寮で生活をしていた彼女は早く結婚したいと言いました。僕のほうも大学時代におつき合いしていた別の女性とお別れをしていて、就職とともに親元も離れて寂しくしていました。それから約半年後に結婚しました」

「彼女のお父はんのことは、聞かはりましたか？」

「ええ。結婚前に打ち明けてもらいました。幼くして父親を亡くしたことで、どうしても年上の男性に惹かれる傾向があると話していました。事件の詳細は、新聞社のデータベースで読みました。瑞希のほうからは詳細を話したがらなかったので……彼女は被害者遺族で気の毒な存在です」

「時効成立になったのは？」

「彼女が二十二歳のときです。大阪府警の本部長さんたちが直々《じきじき》に報告とお詫《わ》びにやって来ましたが、紋切り型の報告で、あまり誠意は感じませんでした。こういう言いかたは失礼かもしれませんが、車数台に分乗した十人以上が、大名行列さながらに、狭い僕たちの家に押し寄せてきたんです」

「それは、かえって迷惑でしたな」

本部長が動くとなると護衛を伴う。刑事部長や捜査一課長や東大阪署長など幹部も同行したことだろう。

「瑞希は腹を立てていました。大げさにお詫びに来るくらいなら、もっと捜査に力を入れてほしかった、と」

「お気持ちは、ようわかります。わしは事件担当こそしてませんでしたけど、府警の一員としてほんまに申し訳なかったです」

「うちも警察官として、お詫びしたいです。どうもすみませんでした」

安治川と良美は、頭を下げた。

「それで、瑞希はんは、自分で真犯人捜しをしようとはしはりませんでしたか」

「短大時代には、そう思った時期もあったそうです。でも民間人では、ほとんど何もできませんよね。『もう忘れて早く結婚して幸せになりなさい』と彼女のお母さんからも諭《さと》されたようです。お母さん自身は再婚していました」

「そうでしたか」

「短大時代の瑞希は、大阪府警に調べてほしいことを一度頼んでみたが、『捜査はすべて警察に任せてください』とあしらわれたそうです」

「具体的に、どういうことやったのでしょうか」

「そこまでは聞いていません。ただ、別のことかもしれませんが、大名行列さながらの詫びがあったあとしばらくしてから、東大阪署の事件当時の組織図や署員名簿が見たいと瑞希から頼まれました。親会社の新聞社に後輩がいましたので、僕からお願いしたことがありました」

「見ることがでけましたんか？」

「いくら新聞記者でも、それはできませんでした。情報管理が厳しいことを、後輩から瑞希に電話して説明してもらいました」

「どないな理由で知ろうとしはったんですか」

「それは、訊いても教えてもらえなかったです」

「瑞希さんとは二年ほどで離婚しはったのでしたね」

「ええ。時効のことで大阪府警から大名行列の詫びがあってから約半年後のことです」

「離婚に至ったわけを訊いてもよろしいですやろか」

「僕にもいまだに明確にはわからないのですが、やはり時効が成立して迷宮入りになったことが影を落とした可能性はあると思います。もう犯人は野放しになったわけです。重罪を犯しながら、無罪放免と同じことになったのです。その不条理は、瑞希にとってはたまらなかったことだと思います。ずいぶん落ち込んでいました。僕は、何か心の支えになるものがあればいいと考え、寺社めぐりを勧めましたが、あまり効果はありませんでした。『暗い人間が、あなたのそばにいるのはふさわしくない』と瑞希は離婚を切り出しました。もちろん説得しましたが、彼女の気持ちは変わりませんでした。そのころ僕の仕事のほうも、雑誌の休刊が決まりました。それで、離婚と転職という大きな決心をするに至りました」

「いろいろとたいへんでしたね」

良美が同情を込めてそう言った。

大岸はちょっと上を向いた。

「瑞希は、思い立ったらきかないところがあります。悪く言えば頑固《がんこ》ですし、良く言えば意志が強いです。現在の妻はタイプが全然違いまして、僕が決めたことにはトコトン付いてきてくれる古風な女性です」

安治川と良美は、大岸昌男の自宅兼仕事場をあとにした。現存する木造建築物として日本随一の高さを誇る東寺の五重塔が、青空に屹立《きつりつ》していた。

「現在の奥さんのことを口にする大岸さんの表情は、どこか柔和《にゅうわ》に見えませんでしたか？」

「せやったな」

「もしかすると瑞希さんとは離婚してよかった、と内心で思ってはるのかもしれませんね」

「時効になってしもうたことで、瑞希はんだけやのうて、大岸はんもしんどかったんやろな。犯人がわからへんまま捜査が打ち切られたという疼痛《とうつう》を、そしてたとえ犯人がわかったとしても処罰されることはもうあらへんという不条理さを、瑞希はんは一生抱えていかんならん。大岸はんもずっとそれに付き添うていくことになる」

「もし府警が犯人を逮捕できていたら、離婚はなかったように思います。本当に申し訳なくって……犯人の可能性がある人間が浮かんだことを、うちは言いかけそうになりました」

「おいおい、まだ確証はあらへんのやで」

「この先、どう進めていきますか」

「あんさんは、室長代行になるのやさかい、自分で決めなあかんのとちゃうか」

これまでの安治川なら、たとえ良美が望んだとしても今回の同行を拒んだだろう。この先は、消息対応室の権限を超えた職務逸脱行為を問われかねない。その処分を受けるのは自分一人で充分だ。けれども、良美はもうすぐ消息対応室のリーダーに就くのだ。彼女が覚悟を決めて行動するというのなら、拒むべきではない。

「室長代行になることは、望んでいません」

「せやけど、そういうわけにはいかへん。それに、あんさんなりの意見はあるやろ？」

「時効で迷宮入りになってしまったというのは警察にとっては黒星の屈辱ですが、時効が成立した後にその犯人が割り出せたというのはもっと屈辱であり、大失態になります。おそらく府警の上層部は、真犯人を明らかにしないように、という方針を出すと予想します。けど、真実に蓋《ふた》をするのはよくないと思います」

安治川も良美と同じスタンスであったが、あえて問うことにした。

「真犯人が明らかになったなら、当時の捜査に携わった府警の先輩たちに対して恥をかかせることになるで」

時効が成立した時点で、大阪府警はマスコミの前で幹部が頭を下げている。被害者遺族にも本部長以下が大名行列をして直々に謝罪している。それで一応のみそぎは終わっている。今ごろになって犯人がわかったとなると、当時の府警が無能集団だったと厳しく非難されるに違いない。しかもたとえ犯人が明らかになったとしても、もはや処罰はできないのだ。誰も得をしない結果になる。

「上層部がそないな方針であっても、あんさんは犯人を明らかにするつもりか？」

「うちは、そうすべきやと思います。真相に目を背《そむ》けるのは、警察官としてやってはいけない行為だと思います」

「真犯人という証明は、容易《ようい》やないで」

「それもわかっているつもりです」

良美は決意を込めた表情で、小さくうなずいた。

15

京都から消息対応室に戻った安治川に、芝が声をかけた。

「安治川さん。府警本部の警務総務統括官室からの呼び出し電話が、今しがたかかってきた。帰るなりで申し訳ないが、行ってくれるか」

「わしに？」

「そうだ。直々のご指名だ」

「刑事部在職時代でも、そんな府警庁舎の奥の院には行ったことがあらしませんで」

「私もこれまで統括官室には入ったことがなかった。それが最近になって二回も、呼び出された」

「室長や新月はんは？」

「おそらく、のちほど呼び出されるだろう。再雇用の安治川さんを先に、という統括官の意向のようだ」

「まあ、とにかく行ってみることにしまっさ」

予期していたより、リアクションは早かった。

「一つ調べて欲しいことがおます」

安治川は、芝に頼んだあと、席に着く間もなく出かけた。

「あなたが、安治川信繁さんなのですね。おかけください」

浜之江統括官は、驚くくらい丁寧に対応した。

「おそれいります」

とても座り心地のいいソファだ。

「定年後の再雇用ということなら収入も減るから働きもほどほどに、というイメージを失礼ながら私は持っていました。実際、そういう再雇用警察官も少なくないと思います。だが、安治川さんは違うようだ」

「わしは、親の介護という家庭事情のため、警察官人生の後半は内勤部門に転任させてもらいましたのや。せやから、それが終わったあと、こうして再び現場に定年後にもかかわらず復帰でけて、ほんまに感謝しとります。それだけに、全力でやりたいんです。収入は関係あらしません」

相手が、はるか上の階級のキャリアであっても、安治川は大阪弁で答える。

「いい心がけです。人生百年時代なのですから、定年後の再雇用であっても、どんどん活躍してくれることが警察組織全体にパワーを与えてくれることになります」

「いや、そんなたいそなもんやおません」

安治川は、自分だけが先に呼び出されたことで、悪い予感がしていた。再雇用という身分は、正規の者に比べて不安定だ。それほど重くない職務違反でも、解雇はしやすい。正規の者には保証されている不服申し立て制度も整備されていないはずだ。

「安治川さんは、定年後再雇用者の星になってくれると期待している。それで、この府警本部の生活安全部に移ってもらいたいのだよ。今回、違法薬物で成果を挙げてくれたことでもあるので、薬物対策課に就いてほしい。それとともに身分を、警部補待遇にしたい」

再雇用の場合は、退職時の階級での処遇となるのが原則だ。安治川は巡査部長で定年となったから、再雇用のときの辞令は、巡査部長待遇と書かれていた。それが警部補待遇ということは、昇格を意味する。

「わしはこれまで、薬物対策の仕事はやったことがおません。現役時代の経験や技量が活かせるとは思えしません」

「まあ、そこのところは、これから勉強してくれたらいい。六十の手習いという言葉があるが、新しいチャレンジをするという意味でも、お手本になってもらいたい。これから定年後の再雇用者は増えていく。その後進の目標になれるように、新天地でも頑張ってほしい。役職としては課長補佐代理を与える。したがって役職手当も出る」

「昇格にしろ役職にしろ、異例すぎるんとちゃいますやろか」

府警本部の課長は通常は警視の階級であり、課長補佐には警部の者が就くのが通例だ。課長補佐代理という役職は、あまり聞いたことがない。

「それだけの貢献をしてくれているということだ」

「そないな異例の人事をしても、かましませんのか」

「何の問題もない。私は警務総務統括官だ。府警における人事面での最高権限を持っているのだから」

浜之江統括官は、制服の胸に付けた警視長の階級章を指差した。安治川が新たに提示されている警部補から見ても、警部、警視、警視正、警視長と四階級も上なのだ。年齢は向こうが十歳ほど若いが……。

安治川は少し間を置いてから、訊いた。

「断わっても、よろしおすやろか？」

「おい、君も警察に長年いるのだから、上意下達《じょういかたつ》の鉄則は百も承知だろう。人事異動は命令と同じなのだ。刑事部や警備部といったセクションから生活安全部への異動も珍しくはない。ましてや行方不明者を扱う消息対応室は生活安全部の所管なのだから、生活安全部内での異動に過ぎない。それに、昇格はいい話ではないか」

「わしは、安治川信繁です。信繁という名前は、真田幸村の本名に由来していますのや」

「何を言い出すんだ」

「ええ名前を付けてもろたと、親に感謝しとります」

「そんなことはどうでもいい。今は人事異動の事実上の内示をしているのだ」

安治川は座り心地のいいソファから立ち上がった。

「わしにとっては、どうでもいいことやあらしません。身に余るお話ですけど、わしはそれに見合うような働きをしてしません。今回の薬物検挙はたまたまの余禄みたいなもんです。お受けすることはでけしません」

「勝手なことを言うな」

入室したときの浜之江の丁寧な言葉使いはすっかり消えていた。

「失礼します」

一礼して安治川はきびすを返した。

「人事異動に従わないなら、消息対応室全体に大きな影響が出るぞ。芝室長にも累《るい》が及ぶことになる」

浜之江の言葉を、安治川は背中で撥《は》ねつけた。

消息対応室が置かれている天王寺区にある安居《やすい》神社に、安治川は立ち寄った。消息対応室とは徒歩で数分の距離だ。

安居神社は、元々は「古事記」にも登場する少彦名神《すくなひこなのかみ》を祀《まつ》る神社であり、天慶年間からは菅原道真《すがわらのみちざね》も祭神とされて、安居天満宮とも呼ばれている。大阪人にとっては、大坂夏の陣で獅子奮迅《ししふんじん》の健闘をして討ち死にした真田幸村の終焉《しゅうえん》の地としてのほうが知られていると言える。境内《けいだい》には、真田幸村戦死跡之碑が置かれ、幸村の銅像も鎮座《ちんざ》している。

安治川は、その碑と銅像に向かって手を合わせた。

大坂夏の陣に先立つ大坂冬の陣で真田丸を築いて徳川勢を撃退した真田幸村に、徳川家康は手を焼いた。真田幸村さえいなければ、豊臣陣営は飛車角落ち同然だった。

そこで徳川家康は、真田幸村への調略《ちょうりゃく》を企《くわだ》てた。実の叔父であり家康の家臣となっていた真田信尹《のぶただ》を使者として幸村のもとに送った。「慶長見聞録」によれば、信濃国内に十万石を与えるので徳川に味方してほしいという条件であった。だが、幸村はそれを断わった。徳川方はそれを聞いて、それならば信濃一国を与えようと上乗せをしてきた。信濃一国の大名ともなれば、四十万石に及ぶ。上田を主な拠点とする国衆に過ぎなかった真田氏の家格からすれば、破格の提案であったが、幸村はそれも拒絶した。豊臣秀吉に目をかけてもらい、秀吉家臣である大谷吉継の娘を妻として娶《めと》ったという経緯があるにせよ、豊臣秀吉の親族であり子飼いの家臣であった加藤清正や福島正則が関ヶ原で徳川方の東軍に付いたことからすれば、提案を受け入れることができない状況ではなかったであろう。だが幸村はきっぱりと拒絶して、そのあとの夏の陣で勝ち目の薄い豊臣のために戦って命を落とす。

その選択には、かつて人質として送られながらも大切に扱ってもらえた上杉景勝の影響があったのではないかと、安治川は思っている。上杉謙信は「義をもって不義を誅《ちゅう》する」という義の精神を何よりも重んじた。上杉景勝はその謙信の教えを、言わば家訓として守り抜いた人物であった。

真田幸村は、その「義」を実践して、信濃一国という徳川方の格別の調略に応じることなく、討ち死にした。命は落としたが、名は残した。その奮戦ぶりは、「日本一のつわもの」と讃《たた》えられた。

（わしは、真田幸村のような有名な武将やあらへん。単なる市井《しせい》の人間や。けど庶民であっても、義の精神は持てる）

再雇用警察官の身分は、これで終わるかもしれない。損得勘定だけで言えば、警部補待遇及び課長補佐代理の職と報酬を、すんなり得たほうが明らかに利になる。しかし、そういう生きかたは自分に合わない。餌《えさ》に釣られて「義」に反したなら、きっとあとになって悔いるに違いない。

安治川は、真田幸村戦死跡之碑と銅像に向かって、もう一度手を合わせた。

消息対応室に戻ると、芝の姿はなかった。

「室長は少し前に、府警本部に向かいました」

良美がホッチキスを手にそう答える。

「呼び出しがかかったんかな」

浜之江統括官は、安治川による拒否を受けて、芝を呼びつけたのではないだろうか。

「いえ、そうではないです」

消息対応室の電話が鳴った。安治川が出る。

「はい、消息対応室です」

芝からだった。

「今、府警警務部の廊下からかけている。統括官室を勇ましく出ていったと聞いたよ」

「いや、勇ましいなんてことは」

「だいたい予想していたよ。統括官が好条件を提示することも、安治川さんがそれを撥ねのけることも」

受話器の向こうで、芝は軽く笑った。

「もうすぐ私にも呼び出しがかかるだろう。だが、その目的で警務部に来たのではない。警務部は私の古巣だが、浜之江統括官に反感を抱いている知人もいる。とにかく実績を作って大阪府警を出てさらに上のポストに就き、階級も警視監に昇格する……その野心が浜之江統括官の頭を占領している」

「出世が最大の目標であり、行動原理やと考えているから、わしにも課長補佐代理のポストと警部補待遇を提示してなびかそうとしましたのや」

「調略に失敗したなら、次は何が来ると思う」

「力攻めですやろな」

「私も、同感だ。どうやら、今週中には消息対応室の人員と改編についての正式な決定が出るようだ」

「もう時間はなんぼもありませんな」

「安治川さんから頼まれたものを警務部で得て、先ほど新月君に送信しておいた。見ておいてくれ」

良美がホッチキスで綴《と》じた紙を掲げる。

「力攻めにどう対応していくか……難題で、しかも時間の猶予はないぞ」

「そうですな」

「しかも、時効という厚い壁がある」

「わかっとります」

「以前の私なら、昇格を提案されたら受け入れただろう。上から見下ろせる景色が好きだったからな。しかし安治川さんや新月君と仕事をして基準が変わった。警察官としての魂を売り渡してはいけないんだ」

16

その日の夕方に、伊丹空港で仕事を終えた瑞希を、安治川は待っていた。

「お時間をいただきとうおます」

「急に言われましても……どこかに行くのですか」

「いや、この空港ターミナルビルの中ですのや」

当初は四階の展望デッキも考えたが、カップルや子供連れも多い。そこで、空港ターミナルビル内にある空港ホテルのロビーにした。フロントにはお願いして許可を得た。空港ホテルの所在地は豊中市螢池《ほたるがいけ》西町なので、大阪府警の管内だ。

「きょう、京都にいやはる大岸昌男はんを訪ねましたんや」

安治川はそう切り出した。

「そうなんですか」

「ほんまは、もう御存知なんですやろ。大岸はんからあんさんにすぐに連絡があったはずです。さいぜん、彼に確認したところ、認めはりましたで」

新月良美が京都まで再度足を運んで、大岸に確かめたばかりだった。

「あんさんは『もしも警察が訪れるようなことがあったら、連絡ください』と大岸はんに電話で頼んではりましたな。その前に、神戸の小夜子はんから、わしが訪れたという電話があんさんのところにあったんで、その依頼をしはったんですやろ」

安治川は小夜子を再び訪ねて会ったうえで、この大阪空港まで急いだ。

小夜子は、大岸以上に瑞希のことを気に懸《か》けていた。再婚して二人の男児をもうけたとはいえ、小夜子にとって瑞希は大事な娘なのだ。

「大岸はんと結婚して、新しい生活を始めたものの、あんさんは父親である西ノ谷誠司はんの事件が忘れられへんかったのですね」

大岸は、先ほど訪ねた良美に「府警から時効成立を伝える大名行列があって以降、瑞希は変容した気がします。離婚を言い出したのは瑞希のほうからでしたが、僕も彼女に対してそれまで感じていなかったある種の不気味さを感じました」と答えた。二度目の良美の来訪ということで、大岸はさらに心配していた。そして、「もしも瑞希が何か罪を犯しているのなら、きちんと償《つぐな》ってほしいです」と話した。

「あんさんの心情はわからへんでもないです。父親の命を奪い、母親と自分の人生を大きく変えてしもうた犯人が、時効ということだけで何の処罰も受けへんまま放免《ほうめん》となってしもうたのです。とても耐えられへん理不尽です。しかも時効制度は、そのあと撤廃されました。もしも事件があと四ヵ月後に起きていたなら、犯人は時効によって罪を逃れることにはならへんかったのです。こんな不公平なことはあらしません。十五年と永久では、えらい違いです。そんな差を付ける理由なんて、どこにも見あたらへんのです。もしわしが被害者遺族なら、大手を振ってのうのうと生きとる犯人が目の前に現われたなら、やり場のない怒りを相手にぶつけますやろ。いや、そんな程度では済ましません。国が処罰を放棄するというのなら、自分が私刑を与えようとも考えますやろ。そないなふうに考えてしまうのは、警察に身を置く者として不謹慎かもしれませんけど、被害者やその遺族にとっては、事件に時効なんてあらへんのです」

瑞希は見据えるような視線を安治川に向けた。だが、何もしゃべらない。

「せやけど、犯人が目の前に現われるなんてことは、残念ながらあらしません。そもそも、犯人が誰なのかわからへんのです。大量の人員と費用を投じて、警察が十五年にわたたって捜査をしたけれども、不明のままで終わったんです。それを一私人がいくら頑張っても、突き止めることは至難《しなん》の業《わざ》なんです」

瑞希は表情を変えない。

「けど、至難の業であっても、可能性は皆無《かいむ》とは言えしません。狭い国土の日本で、犯人も被害者遺族も生きておるのです。ましてや、時効によって犯人はもう解放されています。時効前のように、息を潜めてモグラのような生活を送る必要はあらしません。そこに慢心や隙も生まれます。被害者遺族が時間と労力を掛けて捜し続ければ、見つけ出せる確率は少しはありえます。府警からの大名行列のような紋切り型の謝罪を受けたあと、あんさんは自分の力で犯人を捜し出す意を決めて、大岸はんに迷惑をかけへんように、離婚することにしたんとちゃいますか」

瑞希は、何か言いたげな表情を垣間見せたが、すぐに消えた。安治川はその代弁を試みた。

「殺人罪の時効制度が撤廃されるまでは、同じような無念の血涙《けつるい》を流した被害者遺族は、ようけおりました。せやけど犯人を自力で捜し出した者を、わしは知りません。むろん思い立った人間はおりましたやろ。憤怒《ふんぬ》の感情を抱くのは、しごく当然のことです。せやけど個人が捜し出すのはほんまに困難なことなんです。そのうえ、その犯人が確実に殺人をしたという確証を得んことには、私刑にはとても踏み切れしません
——あんさんはそう反論したいのとちゃいますか」

彼女の目がかすかに揺らいだ。

「せやけども、あんさんにとっては、単なる至難の業とは言い切れへんことがおました。あんさんの父親である誠司はんは、塾生たちと淡路島で一泊合宿をするときにまだ小さかったあんさんを同行するなど、あんさん自身も塾生と接点を少し持っていま

した」

西ノ谷誠司は、単なる授業だけに留まらない時間を塾生たちと過ごしてきた。受験指導を主眼とはしないで、不登校となった生徒たちをはじめ、みち代のような原級留置になった者たち、さらには浩雄のように浪人して行き詰まった者たちを積極的に受け入れてきた。保護司としても若者の更生と自立に力を入れてきた西ノ谷誠司らしい塾運営であった。

安治川は淡路島での夏合宿の写真を、今一度瑞希に見せた。西ノ谷の膝の上で、七歳の瑞希は無邪気に笑っている。瑞希だけでなく、参加した塾生たちも植原浩雄を含めて全員が明るい笑顔だ。

「わしら消息対応室は、植原浩雄という男の行方不明者届を受理しました。調べてみると、二浪していた時期に、西ノ谷誠司はんが主宰してはる翌檜塾に在籍していました。当時の捜査本部では、重点は現在及び過去の保護観察対象者に置かれました。塾関係者も調べましたけど、安い授業料にもかかわらず熱心な指導をする西ノ谷誠司はんに恨みを抱く者はおらんという帰結になりました。翌檜塾には別の年に、黒井みち代という高校生も通っとりました。成績不良で原級留置になってしもうたので、卒業できるようにという目的でした。彼女はのちに、植原浩雄と結婚しました。けど、夫婦仲は悪うて、なんで結婚したのかようわからへん状態でした。そういったことは、知ってはりますやろ」

「どうして私がそんなことを」

瑞希はようやくポツリと低い声を出した。

「警察による捜査というもんは、対象が絞れへんケースが最も難儀しますのや。代表的な例が、行きずりの通り魔的な犯罪です。接点も動機もわからへんかったら、あぶり出しようがあらへんのです。けど、調べようとする対象がはっきりしたときには、わりと証拠を挙げることがでけます」

安治川は、別の写真を二枚取り出した。どちらもNシステムによって、車を運転する瑞希が写っていた。

「あんさんは自分の車で福井市内に向かっていますな。曜日は土曜日です。植原浩雄はんも、隔週のペースで土日は福井におりました。この翌週の火曜日になっても帰阪せんと、消息がわからんようになりました」

瑞希は、そんなことだけでと言いたげな表情で、写真から目をそらせた。

「福井県警が協力してくれました。違法薬物の検挙で花を持たせてあげた借りを返してくれました」

県警は、瑞希が向かったと思われるエリアで、タクシーなどの運転手にドライブレコーダーの提供を精力的に求めた。そして植原浩雄と瑞希が、親しげに飲食街を歩いている映像を見つけ出してくれた。安治川は、その映像を示す。

「違法薬物の大阪での売人として逮捕したスキンヘッドの男は、植原浩雄から『おれはもっと可愛い素人の若い女と恋仲関係になっている』『嘘だと思うなら、勝手に思っておけ。病院の待合室で知り合ったれっきとした素人なんだから』と自慢されていました。植原が通っていた病院を調べましたけど、そんときは病院内の防犯ビデオは上書き消去されていて、映像は得られしませんでした。けど、Ｎシステムの画像は三十年ほど保存されとります。約七ヵ月前に、植原の車のあとを追うようにしてその病院に向かうあんさんの車を捉えておりました。植原浩雄はんの通院日でした」

安治川はそのときの画像も示した。

「こんな熱心さが、どうして父のときにはなかったのよ」

瑞希は絞り出すような声を上げた。

「さいぜんも言いましたように、調べる対象がはっきりしてへんかったことがネックになりました。それに二十八年前は、現在のようなドライブレコーダーの普及もなく、Ｎシステムもまだ充分な整備はできとりませなんだ」

Ｎシステムの警察庁への最初の試験的納品は、昭和六十二年と言われている。そのあと段階的に導入がされていった。

「だけど、いくら不充分でも、その気になればできたはずよ。調べてみたら、ＤＮＡ

鑑定の技術だって、当時にも存在した」

瑞希はそう言って、口をつぐんだ。

「あんさんは、夫やった大岸はんに、東大阪署の事件当時の組織図や署員名簿が見たいと頼みましたな。大岸はんは、親会社の新聞社にいる後輩に、それをお願いしはりました。そのことがヒントの一つになりました」

17

「どういうことなんだ。私を呼び出すとは、君も偉くなったもんだな」

芝に対して、浜之江統括官は居丈高《いたけだか》に言った。

「退庁後の、しかも夜遅い時間帯にお時間をいただいて、どうもすみません」

芝は、大阪城の内堀にかかる極楽橋の袂《たもと》で、浜之江を待っていた。浜之江の住む官舎からは徒歩圏内だ。

「大手門から見ると裏手になるこの極楽橋を、警視長殿は御存知でしたか？」

極楽橋は大阪城天守閣の北側に位置する。

府警本部庁舎からだと、ほぼ真正面にある大手門を通ったあと、南にある桜門の前から内堀を渡るほうが天守閣に早く着ける。

「知らないな。前に言ったと思うが、私は東京出身だ」

「この極楽橋から見える天守閣が、私は大好きなのです」

毎日日没から二十三時まで美しくライトアップされる天守閣は、大阪のシンボルと言える。極楽橋は袂の部分が木で造られており、石垣や内堀と相まって、築城当時にタイムスリップしたような錯覚さえ感じさせてくれる。

「あの大阪城天守閣は、昭和の初めに市民による募金と寄付によって再建されました。大阪人はケチと言われますが、そうでもないのです。私の家系は代々大阪ですが、曾祖父もかなりの寄付をしたと聞いています」

「そんな話をするために、ここまで呼び出したのかね。電話では、消息対応室の構想についての重要な報告があると言っていたではないか」

浜之江は、安治川に生活安全部薬物対策課の課長補佐代理への転任を内示したが拒絶された。そのあと芝を呼び出して、安治川を説得するように命じた。安治川がそれでも受け入れないときは、再雇用の解除を匂わせていた。

「説得に成功したという報告だろうね」

浜之江は、安治川への説得を命じるとともに、芝の府警本部警務部への復帰にも言及した。さらに芝が昨年受けた戒告処分についても付言があった。戒告処分を宥恕《ゆうじょ》して、人事カードの赤字記載の一行を、人事裁量によって抹消扱いにする可能性がなくもない、ということであった。

「今週中には、消息対応室改編についての正式な決定が出るそうですね」

「よく知っているな」

「警務部の仲間から聞いています。発令するのは警視長殿ですが、その文書を実際に作成するのはノンキャリアですから」

「そんなことはどうだっていい」

「警視長殿は急ぎ過ぎておられませんか。消息対応室だけでなく、他にも三つのセクションの改革を考えておられるようだと聞いていましたが、足並みが揃っていません」

「全部を同時に進める理由などない」

「しかし、新月君だけを残して、あとの三名は育児などでやむなく退職をした女性警察官を募集して選考するのです。三名の再任用後になってもいいのではありませんか？」

「いや、早くすべきだ。女性活躍社会の積極的な構築は、現内閣の重点項目でもある。今なら、増員の予算が国から下りる。それより、説得はどうなったのだ？」

浜之江は苛立ちを含んだ声になった。

「うちは、反対します」

橋の袂の陰から、新月良美が姿を現わした。

「一名増員はありがたいです。だけど、芝さんと安治川さんが転出したなら、次期室員の採用と配属まで、うちがたった一人で切り盛りしなくてはならない空白期間が生じます」

「一人でもこなすことができると、私は君の力量を買っているのだ」

「失礼をわかっていながら、申し上げます。統括官は、消息対応室の実情をどこまで御存知なんですか。そして、うちのほんまの力量をどれだけ御掌握《ごしょうあく》なのですか。これまで、芝室長と安治川さんの活躍で、事案を解決してきました。うちの貢献なんて、ほんのわずかです」

「個人個人の言い分を聞いていたのでは、人事異動や機構改革はできるものではない。君は新人警察官ではないのだから、それくらいは理解できているだろう。上の者がすべてを決める。下の者はそれに従う。それが階級社会だ。人事異動が受け入れられないのなら、あとは辞職しかない」

「上の者がまったくの現場知らずでも、そうなのですか。失礼ついでに申し上げます。統括官が現場研修を経験したのは、採用一年目の後半の、たった半年間だけではないですか。いくらその地が大阪だったとしても、二十八年も前のことです。あとはキャリアとして、警察庁や各地の都道府県県警本部で上級管理職を務め、法整備の企画立案や予算配分や政府との折衝《せっしょう》といったお仕事をなさってきて、現場とはほとんど無縁ではないのですか」

「失敬な。現場で働くノンキャリア警察官ともさまざまな場面で接して、実情も聞いてきた。これまでの私の判断に誤謬《ごびゅう》は一度もない。だからこそ、今のポストまで昇れた」

浜之江はきびすを返そうとした。

「待っとくなはれ」

その前を遮《さえぎ》るように、安治川が両手を拡げながら現われた。

「誤謬は一度もない――たしかに行政機関、とりわけ警察は無謬《むびゅう》が求められます。誤認逮捕はもちろんのこと、起訴したものの冤罪《えんざい》となったときも、警察の威信は大きく揺らぎます。ミスがないということは、わしらノンキャリアにも求められます。白バイやパトカーが交通ルールを違反したら非難されます。警察手帳を紛失しようものなら、辞職相当になります。キャリアはんなら、もっと完全無欠やないとあきませんけど、人間である以上は、完全無欠なんてありえへんのです」

「芝警部。部下の二人を何とかしろ。私は帰らせてもらう」

浜之江は、強い口調で芝に人差し指を向けた。

「警視長殿、まだ話は終わっていません。私も、今回の人事異動をお断わりします。

当分の間とはいえ、新月君一人だけに消息対応室を任せてしまう期間を作ることには賛同できません。それから、私が昨年受けた戒告処分を宥恕して赤字の一行を抹消する話もお断わりします。部下が犯した横領とはいえ、私に監督責任があったことは動かせません。人事裁量で、赤字の記載を消してしまうというのはおかしいです。そういう赤から白への反転は、納得できません」

「バカバカしい。早く道を開けたまえ」

「開けるわけにはいかしません」

「何の権限があるのだ」

「これは事情聴取ですのや」

安治川は両手を拡げたまま、半歩前に進み出た。

「おい、巡査部長待遇の再雇用警察官の分際で、現職の警視長であるこの私に事情聴取すると言うのか」

「警察官が職務を遂行するときには、階級は関係あらしません。再雇用であってもでけますのや。わしはあんさんから、警部補待遇という事実上の昇任を持ちかけられました。わしは高卒で府警に入って、巡査部長で終わりました。警部補にはなってしません。賢い大学を出て難しい国家公務員試験を通らはったキャリアのあんさんは、採用と同時にいきなり警部補としてスタートです。半年間の警察大学校での研修とそのあとの半年間の現場研修を終えたら、自動的に警部に昇進です。ウサギと亀、いや亀どころか蟻《あり》みたいなもんです。せやけど、法の前では、ウサギも亀も蟻も平等です」

「要点を踏まえて、趣旨を簡潔に説明したまえ」

浜之江は官僚的な物言いになった。

「消息対応室に対するあんさんの改革案は、途中から変節しました。当初、芝室長を呼ばはった段階では、注目しているセクションの一つやという程度やったと思います。人員増は厳しいということやったのに、急に実現しました。そして改革という名目のもとに、室長とわしを飛ばそうとしました。調略という餌をぶら下げて……」

「君に説教される筋合いはない。総合的見地から方向が変わることは、どの官庁でもありうることだ。人員増は、女性活躍社会や少子化対策という現内閣の方針に沿うことで実現できた。調略と言われるのは心外だ。君たちの功績を評価した結果なのに」

「この極楽橋が架かっているのは内堀ですのや。大坂冬の陣が講和によって終結したあと、徳川方は外堀を埋め立てるだけでなく、講和条件に書かれてへんかった内堀をも強引に埋めてしまい、城の防御力を完全に奪うてしまいました。そうやったうえで大坂夏の陣で落城させ、盛り土をしたあげく徳川氏による城を築き上げました。そもそも冬の陣のきっかけになったのも、方広寺《ほうこうじ》の釣り鐘銘文へのイチャモンでしたのや。そういう徳川氏の狡猾《こうかつ》なやりかたに大阪人は反感を持っていたさかいに、昭和初期に市民による多額の寄付が集まって、現在の天守閣が築かれましたのや」

「いったい何が言いたいのだ。論旨が理解できないな」

「あんさんは、強い人事権を有する警務総務統括官という立場をつこうて、消息対応室の三人をバラバラにしようとしはりました。しかも、えらい大急ぎで……それが不自然やと御自分で気づかはりませんのやろか。あんさんに権力と地位があるゆえに、周りの者は保身を考えて意見を言わしまへん。せやから、独りよがりになるのとちゃいますか。跳びはねるウサギには、地を這う蟻の気持ちはわからしません」

「ダラダラ話には、つき合っていられない」

浜之江は素早く立ち去ろうとする。安治川たちは機敏に、三方から囲うように立ち塞がった。

「無礼者！」

三角形の真ん中で、浜之江は声を張り上げる。しかし三人は体勢を変えない。

「あんさんの人事権発動は、わしらがある人物と会うた直後から始まりました。おわかりですやろ。西ノ谷誠司の一人娘である瑞希はんです」

瑞希を最初に空港ターミナルビルに訪ねた翌日に、浜之江は芝を呼んで消息対応室の増員と人事異動を持ちかけた。

そして瑞希の元夫である大岸を京都に訪ねて戻ってきた安治川は、浜之江から呼び出されて、長きにわたる警察官人生で一度も足を踏み入れたことがない警務部の奥の院に入った。そして〝栄転〟を持ちかけられた。再雇用警察官としては異例のことであった。確かめてみると、大岸は安治川の来訪をすぐに瑞希に連絡していた。

「時効が成立して大阪府警から大名行列のような詫びを受けた瑞希はんは、大岸はんに東大阪署の事件当時の組織図や署員名簿が見たいと頼んではりました。実現はでけませんでしたが」

安治川は、事件当時の東大阪署の署員名簿のコピーを、胸ポケットから取り出した。安治川が頼んで、芝が警務部から得てきてくれたものだ。

「警察庁に採用されたあんさんは、半年間の警察大学校での研修を終えたあと、東大阪署の地域課に半年間の現場研修として赴任しました。普通はキャリアはんは、現場研修というてもお客様扱いです。ほんまの現場に出ることはそうそうあらしません。地域課ですさかいに、交番勤務はおますけど、先輩警官に随行されての自転車での巡回程度やと聞いています。ところがたまたま、その半年の間に、どえらいことが起きましたのや。一月十七日の阪神・淡路大震災です。大阪府下でも、西部地域は大きな被害を受けたうえに、兵庫県警への応援も必要になりました。府警は応急の総員動員態勢を採りました。当時は刑事部にいたこのわしかて、西淀川署に五週間ほど臨時配属になりました。あんさんのいやはった交番も応援要員を出したさかいに、当直や立《たち》番《ばん》などのシフトが増えましたな。翌檜塾は、あんさんがおった交番が最寄りでした。そして、あんさんは立番中に、まだ七歳やった瑞希はんの来訪を受けましたな？」

浜之江は問いかけには答えなかったが、両肩を硬直させた。

「警視長殿、われわれは瑞希さんの供述を得たうえで、こうして来ています。警視長殿が不自然なほど急な策《さく》を弄《ろう》したことで、瑞希さんとの結びつきがわかったのです」

芝が冷静に詰め寄る。

「意外なことに、瑞希さんはわれわれが調査の手を伸ばしてくることを待っていたフシがありました。だから最初にわれわれが接触したあとも、空港勤務を辞めて家を引き払って姿を消すことはしなかったのです。父親が殺されたにもかかわらず時効成立になってしまった無念を晴らすことが彼女の目的でした。犯人が罪を逃れたからといって、自分も逃れようという気はなかったのです。彼女の復讐心は、二つのものに向いていました。犯人と府警です。その府警の中でも、証拠になったかもしれないものを取り上げなかった一人の警察官が怨嗟《えんさ》の対象でした。半生を捧げた二つの復讐が実現できれば、彼女は自首をしてもいいとすら考えていました」

空港ホテルのロビーで瑞希は、安治川が浜之江の名前を出したうえでこれから取り組もうとしている方針を毅然《きぜん》と述べたことで、以下のような自供に至ったのだった。

瑞希は、事件当時まだ七歳だった。父親っ子だっただけに受けた衝撃は計り知れないものだった。優しかった父親が突然に、それもナイフで刺されて失血死するという痛ましい最期を遂《と》げたのだ。

看護師の母親が遅番勤務のときは、瑞希は近くの祖母のところで晩ご飯を食べていた。その夜、母親に手を引かれて帰宅したとき、面談部屋兼塾事務室の明かりが点き、部屋の扉が開いたままだった。母親より先に気づいた瑞希は様子を見に行って、死体を目の当たりにしてしまった。

すぐにパトカーや警察車両がやって来て、近所の人たちが何ごとかと出てきた。テレビカメラも次々と駆けつけた。

事件のあと、瑞希は当分の間は祖母のところに身を寄せて、そこから学校に通うことになった。祖母は、西ノ谷が保護司をしていたことを非難した。「悪いことをした少年たちはまた悪いことをするし、少年から逆恨みを買うこともある。かねてから懸念していたことが、現実になってしまった」と祖母は言った。西ノ谷の中学校教師退職にも不満だったのだ。予想していたよりも塾の収入は低くて、祖母の娘である妻によって生活は支えられていた。

瑞希は、保護観察を受けて面談にやってくる少年たちとは、まったく関わりはなかった。祖母が心配していたこともあって、西ノ谷は自分の家族とは顔を合わさせないようにしていた。だから面談のための部屋は、家とは別棟《べつむね》にしていた。交流があったのは塾の生徒たちであった。淡路島で毎年夏に行なわれている一泊合宿にも連れていってもらっていた。

事件の前年の合宿のときに、ちょっとした出来事があった。一番年上の塾生が物陰でタバコを吸っているところを、瑞希は目撃したのだ。父親は喫煙を厳しく禁じていた。

彼は「おれはもう二十歳になっているから、法律的には吸ってもいいんだよ。でもお父さんには黙っていてくれよな。お願いだから」と手を合わせた。瑞希はそれを聞き入れた。これから夕食会が始まるのだ。嫌な雰囲気にはしたくないと子供心に思った。

事件の夜、動転する母親には言わなかったが、死体を見つけたときに瑞希はかすかにタバコの匂いを感じていた。そのあとの混乱の中で、瑞希は母親にそのことを言う機会を逸していた。保護観察を受けている者の中にも喫煙者はいただろう。面談のあと灰皿を洗っている父親の姿を見たことがあった。保護観察の相手には、喫煙をたしなめることはなかったようだ。父親の中では、保護観察者と塾生は切り分けて扱われていた。だから、保護観察者が吸っていた可能性は十二分にある。そもそもタバコの匂いと事件とは関係ないことだったかもしれなかった。

事件の翌日に瑞希は、用事で外出した祖母のところから一人で出かけて、家の様子をそっと見に行った。自分の部屋に置いたままの、お気に入りの抱き枕が欲しかったからだ。しかし、まだテレビクルーの一部がいたし、近隣のおばさんたちも声を潜めて立ち話をしていた。家に入ることなどできなかった。瑞希は、近くにあるよく行く児童公園に足を運んで、ブランコを漕いだ。漕ぎ疲れて、ベンチに座った瑞希の目に、下に落ちているタバコの吸い殻が止まった。拾い上げてみた。ツンと鼻にくるハッカのような成分が入り混じっている独特の匂いがした。

あの夜にも、似たようなタバコの匂いを感じた。その前年に病気で亡くなった祖父は喫煙者だった。入院先でも吸っているようなヘビースモーカーで、瑞希の前でも遠慮はしなかった。その祖父が愛用していたタバコの香りとは違うように思えた。

気になった瑞希はその吸い殻を捨てなかった。よく瑞希を預かってくれていた祖母は、テレビドラマが好きだった。瑞希は半分も理解できなかったが、一緒に見ていた。何かのドラマで、イケメンの主人公刑事が現場周辺を必死になって探して一本のタバコの吸い殻を見つけ出し、それによって犯人が逮捕されるシーンがあった。ストーリーはよく憶えていないが、若い刑事がカッコよかったのが印象的だった。

児童公園から五十メートルほど行ったところに、交番があった。お巡りさんが不在だったり、こわそうなお巡りさんしかいなかったらやめておこうと思いながら歩いた。

立番していたのは、眼鏡をかけた利口そうな若い警官だった。

瑞希は、吸い殻を差し出して、事情を話した。「そうなのか。まあ一応、預かっておくよ」と若い警官は答えた。

しばらくして、祖母が帰宅した。祖母は瑞希のために、最新のゲーム機を買ってきてくれた。次の誕生日にお祝いでもらう約束だったが、前倒ししてくれたのだ。事件のことから少しでも気を紛《まぎ》らわせてあげたいという配慮だった。瑞希は祖母に吸い殻のことを話した。祖母は「犯人が遺したものかどうかわからないわね。児童公園は少し離れているのだし」と否定的だった。

その翌日に、瑞希はもう一度交番に足を向けた。祖母は震災で被災した伯母のところへ行っていた。同じ若い警官が立っていた。「お巡りさん、どうなりましたか？」と瑞希は訊いてみた。「調べたよ。でも残念だけど、無関係だった」と若い警官は少し申し訳なさそうに答えた。

それから日々が流れた。先輩保護司から無償で借りていた家を明け渡し、母親が勤める大阪市鶴見区の病院近くにある賃貸アパートに引っ越した。瑞希はそこの小学校に転校した。東大阪市とは疎遠になった。

それからさらに日々が流れた。瑞希が中学生のときに、神戸から東京に転居した伯母の家を修繕して住むことになった。瑞希は再び転校した。瑞希が高校二年生になった春に、母親の小夜子は、新しい勤務先の病院で同僚となった理学療法士の男性と再婚した。弟も生まれた。瑞希は肩身の狭さを感じた。高校卒業までは同居していたが、短大は京都に進学して、学生寮に入った。捜査に進展がない父親の事件のことが頭を離れることはなかったが、一個人の力ではどうしようもないことだった。

寂しさを埋めるかのように、京都で知り合った大岸昌男と結婚した。短大を卒業した年の二十歳のことであった。瑞希は八幡《やわた》市に社屋がある会社のＯＬになったので、八幡市郊外に新居を持った。そしてそれから約二年後に、父親の事件が刑事上の時効を迎え、大阪府警の大幹部たちが大挙してお詫びと報告にやってきた。

納得がいかなかった。瑞希は父親を失い、大きく人生を変えられた。それなのに、犯人はもう処罰されることはない。逮捕もなければ、裁判もなく、ただの一日も刑務所に入らなくてもいいのだ。黒だったものが、時間が経過したということだけで白に反転する――まったくの逃げ得なのだ。

それだけではない。その時効制度は、わずかな差で殺人罪については廃止となった。事件がもう少し後に起きていれば、あるいは法改正がもう少し早くなされていたなら、瑞希はここまで辛い思いはしなかった。時効さえなければ、たとえ可能性が低くても犯人逮捕を期待し続けることができる。犯人のほうも、ずっと怯《おび》え続ける暗い生活が死ぬまで終わらない。それならまだ、せつなさは減じられる。たった十五年ですべてが消えてしまうのとは、大きな差がある。こんな不平等はあってはならない。

18

「黒が白に反転するという究極の逃げ得をさせないための唯一の方法は、遺族による復讐しかありません。私は大岸昌男と離婚しました。大岸のことが嫌いになったわけではなかったのです。大岸は優しい男でした。それだけに大岸と一緒に居ると、決心が揺らぎそうでした。だけど、そんな簡単に犯人が捜せるものではなかったです」

安治川と対した瑞希は、腹を括《くく》ったかのように話し始めた。

「私はこう考えました。警察は、人員と時間と費用を投じて、父が担当していた保護観察者のことを過去に遡《さかのぼ》って調べました。調べ尽くしたと言ってもいいでしょう。それで容疑者が誰も浮かばなかったのだから、盲点になっていた塾関係者をもっと調べるべきだと思いました。しかし塾関係者のことは、警察もまったく追わなかったわけではなく、保護観察者で行き詰まったことで一度はシフトチェンジをしたが、手がかりは何も浮かばなかったそうです。時効成立の詫びにやって来た府警の管理官だという人が、ボソボソッと一応の経過説明はしました」

父親は、塾用のノートパソコンとは別に、保護観察者用のデスクトップパソコンを保有していた。保護観察者用のものは彼がつけていた記録類とともに事件後すぐに警察が預かっていた。そしてそのあと塾用のほうの提供を求めていた。数年後に、塾用のものは返却された。保護観察者用のものは、時効成立まで警察が保有を続けていた。

離婚した瑞希は、大阪に転居して、勤め先も替えた。

塾関係者もかなりの数になったが、当面は父親が亡くなった年の塾生に絞った。その中でも、淡路島で隠れてタバコを吸っていた植原浩雄の姿が脳裏から消えていなかった。淡路島のときは、瑞希と彼とは少し距離があったので、タバコの匂いまではよくわからなかったが。

植原浩雄が結婚して質屋に婿入りしたことを知るまでには、時間がかかった。私人が戸籍関係を調べることはできないし、平成十七年に施行された個人情報保護法の壁も厚かった。

調査会社や探偵事務所を使うことも考えたが、そこからアシがついてしまって目的が果たせないことになったのでは、元も子もなかった。ここは時間がかかってもいい。どうせ時効期間は過ぎてしまったのだ……。

「その一方で、もう一つの復讐の準備を進めることにしました」

瑞希は、刑事捜査のことを研究した。事件のあった平成七年当時でも、DNA鑑定の技術を警察は保有していた。同一のDNA保有者が四兆数千億人に一人しかいない、という現在の技術に比べると、その確度は低かったが、指紋と同様に個人識別の有力な手段となっていた。ただ、分析に要する時間は現在よりもさらにかかった。

あの交番の若い警官は「調べたよ。でも残念だけど、無関係だった」と答えたが、それは嘘であった。翌日に結果が出るはずがなかった。おそらく子供が持ってきたものだから、とまともに取り合わなかったのだろう。しかし、もしも分析をしていれば、捜査本部の方向は変わっていたかもしれないのだ。大名行列を連ねて形式的な陳謝にやってきた大幹部からも誠意は感じられなかった。用意した文章を記憶して、ただそれをテープで流したような平板な口調で詫びて、頭を下げただけだった。

何とか自分の力で犯人を捜し出して、おざなりに対応して嘘をついた交番警官やただ単に詫びただけの大幹部に、時効犯罪の遺族の口惜しさをわからせて、本心からの土下座をさせてやりたかった。

大岸に頼んで当時の東大阪署の組織図や署員名簿を得ようとしたができなかった。思案のあげく交番に行って、直接訊いてみることにした。「子供の頃に親切にしてもらった若いお巡りさんに御礼を言いたい」と、裏腹のことを言った。応対した初老の警官は、当時は別の交番に勤めていたということだったが、素直にその言葉を信じてくれた。あのときに吸い殻を渡したのがこの警官だったら、もっと真剣に取り上げてくれたかもしれなかった。あの眼鏡をかけた賢そうな若い警官の風貌を告げると、

「もしかしたらほんの一時期、現場研修でわが署に配属されていた超エリートさんかもしれないな」という答えが返ってきた。「もしそうだとしたら、今ごろは警察庁かどこかの都道府県警本部で役職に就いているものと思われるが、彼らとは別の人種のようなものなので、現在の所属まではわからないね」ということだった。

「時間をかけて、他の塾生のことも、できうる限り調べました。でも植原浩雄以上に気になる人物はいませんでした」

植原浩雄は、やはり塾生であった黒井みち代と結婚していた。塾生同士で結婚したカップルはいなかった。そして民事上の時効も成立した八年前から、羽根を伸ばして遊ぶようになっていた。

瑞希は、植原浩雄に近づいて、さらに調べようと考えた。当時七歳だった瑞希のことを、植原は簡単には見抜けない。しかも瑞希は離婚はしたが、あえて旧姓には戻らず、大岸姓のままにしていた。美容整形も受けた。それは魅力的になれる効果もあった。

「植原浩雄を尾行していたら病院に入っていったので、思い切って待合室で声をかけて知り合いになりました。彼は、みち代との結婚生活に全然満足していませんでした。その反動なのか、福井のほうで愛人を作っていました」

その愛人ともうまくいかずに別れていた。瑞希は、新しい愛人になる決意をした。

彼は同じ銘柄のタバコを吸い続けていた。あのツンと鼻にくるハッカのような成分が入り混じっている独特の匂いのタバコだった。

本来なら、犯人かもしれない男と親密になるのは耐えられないことだ。しかし、まだタバコだけでは、犯人かどうかの確証はない。確証を得るには、植原が気を許す女になるのが、唯一の方法だと思えた。瑞希は植原に抱かれた。強い抵抗感はあった。けれども犠牲を払わずに、成果を得られるものではなかった。刑事上の時効も民事上の時効も得られた植原浩雄はもう安心したのであろう。二浪していたときに初恋の女性に頼まれて堕胎費用を得るために勝手知ったる場所に盗みに押し入ったことを、酔った勢いでとうとう話した。さすがに翌檜塾という名前や居直り強盗になって刺したことまでは、口を滑らせなかったが。

「そんなときに、あの浜之江という警官が転任してきて大阪府警の首脳陣に加わることになったことを、新聞のインタビュー記事で知りました。新聞の顔写真は当時に比べるとかなり老《ふ》けてはいましたが、すぐにわかりました。まさに天の配剤がなされたという思いが強くしました。今を逃したら、こんなチャンスはもうないと感じました」

瑞希は、福井にいる植原浩雄を訪ねて、京丹波地方にドライブをしたいと誘った。植原は裏ビジネスのブツを仕入れる仕事を終えて上機嫌だった。

瑞希は無添加無農薬の食品を扱う店に勤めていたが、契約農家の一軒が高齢のため廃業を申し出ていた。瑞希は京丹波にあるその畑の一部を、自分で耕作してみたいと申し入れて購入していた。農機具や収穫野菜を収納するための小屋も付いていた。

植原は、瑞希を乗せて京丹波に車を走らせた。瑞希は小屋に植原を招き入れて、隙を見て後頭部を農機具で殴りつけた。抵抗力を削いで手足を拘束するには充分のダメージを与えることができた。植原を縛りつけて、西ノ谷事件の真相を話せば命は助けると迫った。そのときに初めて、自分が西ノ谷誠司の娘であることを明らかにした。植原はショックを受けながら「刺殺しようとまでは思っていなかった。もし見つかったときに、脅して逃げようと考えてナイフを持っていった。だが現金を探し出すために物音を立ててしまい、塾長に見つかってしまって叱りつけられたときは、脅してもダメだと思った。両親にも警察にも通報されるに違いない。そうなってしまっては受験どころではなくなる。刺す以外に逃げる方法はなかったんだ」と植原は告白した。瑞希の怨念は燃え上がった。「なんて勝手なの」と農機具を二度三度と振り下ろしてトドメを刺した。遺体は、休耕となっている畑に埋めた。植原の軽自動車は小屋の中に入れて、外から見えないようにしたうえで施錠《せじょう》した。あらかじめ用意してあった服に着替えて、五キロ歩いて一日に四便だけのバスに乗って鉄道に乗り継ぎ、自分の車を駐めている福井に戻った。

「そのあとあまり日を置かないで安治川さんがやって来たときは、その洞察力に驚きました。そして淡路島での一泊合宿での集合写真を見せられたときは息が詰まりそうになりました。私は、もう一つの復讐を急ぎました。目立たないように気をつけながら、府警本部の前で浜之江が退庁するところを待ちました。本部長や刑事部長には護衛役の警官が随行《ずいこう》していましたが、総務部や警務部といった管理部門はそうではないようです。浜之江は府警本部に近い官舎住まいでした。官舎はさすがにセキュリティーが完璧で、防犯カメラも何台もありました。浜之江は、グルメ配達を頻繁《ひんぱん》に頼んでいて単身赴任のようでした。私は機会を待ち、彼が薬局に出かけた帰りに声をかけました」

ストレートに身分を明かした瑞希に、浜之江は驚いた様子でメタルフレームの眼鏡の奥の目を見開いた。けれどもタバコの吸い殻を受け取ったことや翌日に彼が話した内容は、いずれも否定した。このままでは水掛け論だった。瑞希は、安治川に追及されそうになっている事情を話した。浜之江は「私には何の関わりもないことだ」とかわしたが、瑞希は大岸の後輩であった新聞記者の名前を出した。後輩記者とは一度電話で話しただけで、会ったことはなかった。けれども、「親しいですから、彼に話せば記事にしてもらえます」とハッタリをかけた。

「警視長殿、もう観念なさったほうがいいのではありませんか」

　芝は、丁寧だが鋭い口調で浜之江に迫った。

「瑞希さんは、まさに捨て身です。植原浩雄の遺体を埋めた畑の場所を進んで自供しました。そして供述どおりに、遺体が出てきました。しかるべき刑を受けると言っています」

「知らんな。戯《ざ》れ言《ごと》だ」

「見苦しいことはおやめください。瑞希さんはあなたに迫った二回の会話を、ボイスレコーダーに録っていました。それも進んで提供しています。一回目のあと、私は呼び出されて消息対応室の人事異動を提示されました。そして二回目のあと、安治川さんが調略を持ちかけられました」

　安治川が、その言葉を引き取った。

「あんさんが、楽な人生を歩んできはったとは思わしません。毎日何時間も猛勉強をして受験戦争に打ち勝って超名門の国立大学に入学し、真面目に大学生活を送り、さらなる勉学に励んで難関の国家公務員試験にもパスしました。そのあとも、同じく優秀なキャリアとの競争が待ち構えていました。落伍したら、退職して外郭団体に移らなあかんのです。ミスは命取りになります。あんさんは『これまでの私の判断に誤謬は一度もない。だからこそ、今のポストまで昇れた』と言わはりました。まさにそのとおりですやろ」

　警察や裁判所は、国家機関の中でも最も誤謬があってはならない。だが、神様ではない人間が携わるのだから、百パーセントということはありえない。ごく稀《まれ》ではあるが、逮捕されて裁判で死刑判決が確定していながら、再審で無罪になったケースが出てくる。

「裁判所には再審制度がおますけど、警察にはそういうのはあらしません。それだけに警察は、もし過失があったときはそれを率直に認めるべきやないですやろか。キャリアはんには、わしら下の者にはないしんどさがあることも、これまで完全無欠で来はっただけにそれを貫きたい気持ちもわかります。せやけど、いたいけな七歳の子供に嘘はあきませんやろ。そして、権限を濫用《らんよう》した人事異動も、ダメなんとちゃいますか。人事権は、統括官という地位に付いた権限です。あんさんという人間に与えられたものやあらしません。高い地位にいる者は、つい誤解しはりますけど」

　浜之江は、この場から逃げ去ろうという姿勢はもう見せなかった。

「瑞希はんが主張してはるように、あんさんは小さい子供の持ってきたものだからまともに取り合わへんかったんですか?」

「違うな」

　浜之江は聞き取れないほどの小さな声でそう言った。

「どないなふうに違うんですか」

「天災のせいだ。やむを得なかった。阪神・淡路大震災さえ起きなければ……」

「大震災がなかったら、ちゃんと取り上げてはったんですか」

「風邪を引いてしまっていた……」

「風邪?」

「子供の言うことではあったが、気にはなった。現場でのタバコの匂いはすぐに消えただろうから、駆けつけた警官も感づいていない。いや、それだけではない。地域巡回をしたことがあるから、あの児童公園は地元の人たちが、ほぼ一日おきのペースで丁寧に清掃していることも知っていた。翌檜塾とも距離は近くて、犯人がそこで吸って精神状態を落ち着かせて犯行に向かったことはありえると思った」

「そしたら、なんで無視したんですか」

「無視したのではない。阪神・淡路大震災で臨時動員態勢となって、あの夜は私一人だけだった。本来なら、キャリアの現場研修には御守役が付くのだが、例外的措置となった。おまけに密のシフトになって忙しくしていた私は、冬の寒さで風邪を引いてしまっていた。そのため、あの子から預かった吸い殻を交番の奥の部屋でティッシュに包もうとしたときに、クシャミをしてしまった。吸い殻にまともにクシャミがかかった」

「そしたら、あんさんの唾液がかかってしもうたんですな」

「警察大学校での研修で、ＤＮＡ鑑定のことは教わった。混じり合った検体からの個人特定は困難だと習った」

「それで、『天災のせいだ。やむを得なかった』と？」

「不可抗力だ。誰だってクシャミはしてしまう。ましてや真冬で風邪を引いていたら」

浜之江は肩を落とした。

「あんなことが、二十八年も経ってから、ゾンビのように蘇って襲ってくるなんて」

19

「室長、消息対応室の改編は結局どうなったんですか」

府警本部から戻ってきた芝に、良美は訊いた。一分でも早く知りたいことだった。

「育児や介護でやむなく退職した女性警察官を主な対象にした再任用は、予定どおり三名行なわれることになった。もう募集要項と採用基準を発表してしまったから。後には引けないということだろう。退職を余儀なくされた女性の技能や意欲を活用するという趣旨は、けっして悪いことではない。私も賛成してきた」

良美が早く知りたいのはそこだ。室長代行になるのかどうかは、良美にとって大きな問題だ。

「それで、改編は？」

「新月君は、どういう形がいいんだ？」

「室長代行なんて、まだ荷が重すぎます。それでも、やれと命じられたならやりますけど、芝警部と安治川さんがいなくては無理です」

「いつまでもそんなことは言ってられないよ。安治川さんはどこに行ったんだ？」

「植原千晶さんに会って直接報告したいと、出かけました」

そもそもの発端は、植原千晶が行方不明者届を提出したことだった。彼女の父親である植原浩雄は、二十八年前に殺人を犯し、時効で罪から逃れたものの、復讐死を招く結果になってしまった。女子高生の千晶にとっては、とても重い結末となった。しかも母親のみち代は、現場から走り去る姿を目撃しながらもそれをヒタ隠すという条件を出して、浩雄に結婚を迫っていたのだ。その結果、生まれたのが千晶だった。

千晶への精神面でのケアが必要だと考えた安治川は、ネットワークを使って臨床心理士に連絡を取って同行を求めていた。

「安治川さんらしいな。彼の人格に触れたからこそ、瑞希さんも心を開いた」

「ですから、安治川さんは消息対応室にとって不可欠の人材です。それで、府警本部の方針はどうなったのですか？　浜之江元統括官の案がそのまま通ったのですか？」

浜之江は、一身上の都合を理由とする辞表を書いて自主退職をしていた。外郭団体に天下ることになるそうだ。

「キャリア官僚の世界は、おもしろいと言えばおもしろいな。一度決めたことは、覆《くつがえ》らない。綸言汗《りんげんあせ》の如《ごと》し、というルールだ。けれども、決めた人間が不適切なことをしたなら、対立する派閥のキャリア官僚が、いい口実ができたとばかりに攻撃する。そうなったら不適切なことをした官僚は、所属する派閥からも守ってもらえない。一人で勝手にやったことなので自己責任であり、派閥としては関与していないとそっぽを向く。今回はその力学が働いた。消息対応室には、新しく採用されることになる三名のうちの一人の配属が決まった。ただし、部屋は変わらない。今のプレハブ倉庫の二階のままだ。そしてわれわれ三人も、現在のまま残留することになった。つまり一名増だ」

「よかったぁ～～」

良美は胸をなで下ろした。

「もう一つ机を入れるとなると、この部屋はますます狭くなるな。しかし新しいメンバーが加わったら、どんな化学反応が起きるか、楽しみと言えば楽しみだ」

芝は、さっそく部屋のレイアウト替えの図面作成に取りかかった。

この作品は徳間文庫のために書下されました。
なお本作品はフィクションであり実在の個人・団体などとは一切関係がありません。

徳間文庫

再《さい》雇《こ》用《よう》警《けい》察《さつ》官《かん》

七色の行方不明

2023年8月15日 初刷

著者 姉《あね》小《こう》路《じ》祐《ゆう》

発行者 小宮英行

発行所 株式会社徳間書店

東京都品川区上大崎三−一−一 〒141−8202
目黒セントラルスクエア

電話 編集〇三(五四〇三)四三四九
販売〇四九(二九三)五五二一

振替 〇〇一四〇−〇−四四三九二

印刷
製本 大日本印刷株式会社

ISBN978-4-19-894884-9

徳間文庫の好評既刊

再雇用警察官 いぶし銀

姉小路 祐

書下し

一所懸命生きて、人生を重ねる。それは尊くも虚《むな》しいものなのか。定年後、雇用延長警察官としてもうひと踏ん張りする安《あ》治《じ》川《がわ》信《のぶ》繁《しげ》は、自分の境遇に照らし合わせて、そんな感慨に浸っていた。歳の離れた若い婚約者が失踪した——高校時代の先輩の依頼。結婚詐《さ》欺《ぎ》を疑った安治川だったが、思いもよらぬ連続殺人事件へと発展。鉄壁のアリバイを崩しにかかる安治川。背景に浮かぶ人生の悲哀……。

徳間文庫の好評既刊

降格警視

安達　瑶

　ざっかけないが他人を放っておけない、そんな小舅《こじゅうと》ばかりが住む典型的な東京の下町に舞い降りたツルならぬ、警察庁の超エリート警視（だった）錦《にしき》戸《ど》准《じゅん》。墨《すみ》井《い》署生活安全課課長として手腕を奮うが、いつか返り咲こうと虎《こ》視《し》眈《たん》々《たん》。ローカルとはいえ、薬物事犯や所《しょ》轄《かつ》内部の不正を着々と解決。そしていま目の前に不可解な一家皆殺し事件が立ちはだかる。わけあり左遷《させん》エリートの妄想《もうそう》気味推理炸裂！